W0417041

SUTTON KRiMI

Gunnar Kunz

ZEPPELIN 126

Zeppelinheim, 10.10.13

Mit herzlichen Grüßen,

„Ein Buch ist wie ein Garten,
den man in der Tasche trägt.“
(chin.)

SUTTON KRIMI

Sutton Verlag GmbH
Hochheimer Straße 59
99094 Erfurt
www.sutton-belletristik.de

ISBN: 978-3-95400-166-8

Gestaltung: Markus Drapatz
Druck: Aalexx Buchproduktion GmbH, Großburgwedel

Über den Autor

Gunnar Kunz, Jahrgang 1961, hat sich mit über vierzig Theaterstücken sowie mit preisgekrönten Hörspielen für Kinder einen Namen gemacht. Große Erfolge feiert der in Berlin lebende Autor mit seiner Serie von historischen Kriminalromanen aus der Weimarer Republik: »Dunkle Tage«, »Organisation C« und »Inflation!«.

Website des Autors: **www.gunnarkunz.de**

Die Fahrgäste des LZ 126

Hendrik Lilienthal, Professor für Philosophie
Diana Lilienthal, physikalische Assistentin bei Professor Planck
Maximilian Graf von Salburg-Oertzen, verarmter Adliger
Magdalena von Salburg-Oertzen, seine Frau
Ferdinand von Salburg-Oertzen, 24, Sohn des Grafen
Klarissa von Salburg-Oertzen, 19, Tochter des Grafen
Alois Kahl, Spekulant
Valentin Veidt, Sekretär von Alois Kahl
Reinhold Pfeiffer, Reporter der *Vossischen Zeitung*
Orren Quinn, Reporter der *New York Times*
José Miguel Valdés, brasilianischer Diplomat
Eduard Diehl, Legationsrat im Auswärtigen Amt
Hilmar Haase, Konstrukteur in den Zeppelinwerken

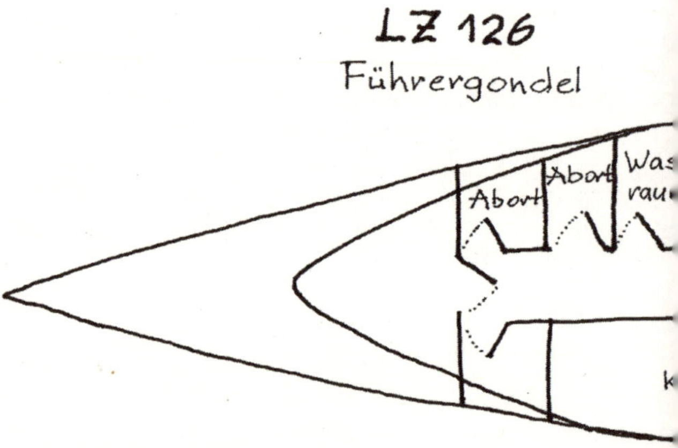

Die Besatzung des LZ 126

Hugo Eckener, Kommandant
Ernst Lehmann und Hans Flemming, Wachhabende
Hans von Schiller und Anton Wittemann, Navigatoren
Udo Geßler und Walter Scherz, Seitensteuermänner
Karl Sammt und Max Pruß, Höhensteuermänner
Willy Speck und Johann Ladwig, Funker
Ludwig Knorr, Ballonmeister
Frank Kennedy und Scott Mitchell, Mitglieder der amerikanischen Bauaufsicht
außerdem: Motorenwarte, Fahrmeister, Maschineningenieure

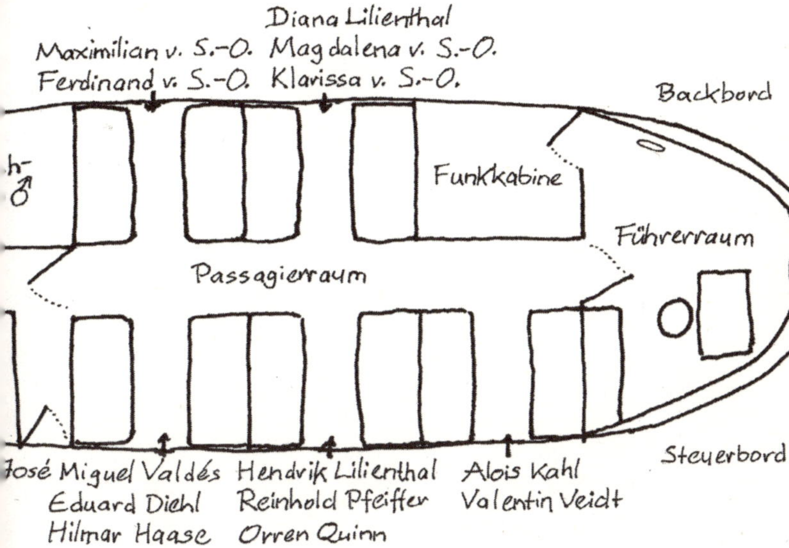

Prolog

8. April 1915

Letzten Endes gaben weder Pflichtbewusstsein noch Wagemut den Ausschlag, sondern das unbedingte Vertrauen in deutschen Erfindergeist. Und war dieses Vertrauen nicht gerechtfertigt? Der Spähkorb zeichnete sich durch eine zweckmäßige Bauweise aus, er besaß Stabilisierungsflossen und sogar einen Blitzableiter. So zerbrechlich die Konstruktion auch wirkte, sie würde ihre Aufgabe ohne Wenn und Aber erfüllen. Wie die Soldaten in den Schützengräben. Wie die Oberste Heeresleitung.

Der Mann mit der Pelzkappe empfand keine Angst, nicht mal Unbehagen angesichts der Winde, die das Gewicht von anderthalb Tonnen würde tragen müssen, nur Stolz auf die Ingenieurkunst seines Landes. Welche andere Nation brachte ein solches Wunderwerk der Technik zustande? Kein Zweifel, das Luftschiff war ein Symbol der Überlegenheit Deutschlands. Die Franzosen da unten würden nicht wissen, wie ihnen geschah.

Ein letzter Blick in den Laufgang: Die Klappen waren geöffnet, die Bomben abwurfbereit eingehängt. Der Wachoffizier nickte ihm zu. Er nickte zurück und setzte sich in die fischförmige Gondel. Die Motoren wurden gedrosselt, damit der Feind die Annäherung so spät wie möglich hörte. Alles lief nach Plan.

Ein Ruck ging durch den Spähkorb, dann wurde er herabgelassen. Die Gondel schwankte, sobald sie frei in der Luft hing, aber nur einen Augenblick lang. Der Mann beachtete es nicht, sondern sah nach oben. Er baumelte jetzt unter dem Mutterschiff wie ein Schöpfkübel im Brunnen. Der Korb sackte abwärts. Immer weiter entfernte er sich vom Rumpf des Zeppelins, der kleiner wurde und kleiner, bis er in der Dunkelheit verschwand. Das Quietschen der Winde verlor sich in der Nacht. Wie ein

Geist schwebte er nun im Raum, körperlos. Allein. Ein Mann und anderthalb Tonnen Metall, tausenddreihundert Meter über dem Erdboden, gehalten von einem dünnen Stahlseil.

Fünfzig Meter unter dem Schiff. Der Mann zog die Handschuhe aus und hauchte ein paarmal in seine Hände. Verfluchte Kälte! Trotz der doppelten Unterwäsche und des aufgetragenen Frostschutzmittels bissen die nächtlichen Minusgrade in seine Haut. Er griff in seine Fliegerjacke und holte eine Zigarette hervor. Wenigstens konnte er hier unten gefahrlos rauchen. Mit klammen Fingern zündete er die Zigarette an, inhalierte und zog sich die Handschuhe wieder an. Er versuchte, über sich etwas zu erkennen, aber das Luftschiff hatte seine Positionslichter gelöscht und war in der mondlosen Nacht nahezu unsichtbar.

Hundert Meter. Dunkle Schleier trieben an ihm vorüber, als der Spähkorb durch die Wolken sank. Der Mann schaltete kurz das Licht über der Kartenablage ein, um einen Blick auf den Kompass zu werfen und sich noch einmal mit den geografischen Gegebenheiten unter ihm vertraut zu machen. Bevor er die Wolkendecke durchstieß, schaltete er das Licht wieder aus.

Hundertfünfzig Meter. Die Schleier um ihn herum wurden dünner und verflüchtigten sich. Ein leichter Westwind zupfte an der Gondel. Ideale Bedingungen: Dunkelheit, eine geschlossene Wolkendecke und ein Wind, der sie von selbst in die Heimat zurückbrachte, sollte das Schiff wider Erwarten angeschossen werden.

Die Augenlider des Mannes zuckten, erst das rechte, dann das linke, dann beide zugleich. Verflucht, es ging wieder los! Bloß ein nervöser Tic, gar nicht weiter beachten. Er drückte seine Zigarette aus und sah nach unten. Ostende und Dünkirchen lagen hinter ihnen; irgendwo dort in der Finsternis musste sich Calais verbergen. Natürlich hatten die Franzosen ihre Stadt verdunkelt, aber so etwas funktionierte nie hundertprozentig. Der Mann kniff seine Augen zu Schlitzen zusammen, was das Zittern der Lider verstärkte. War da nicht etwas? Tatsächlich, ein einzelner Lichtpunkt, der sich bewegte; ein Autoscheinwerfer vielleicht.

Dreihundert Meter. Überraschend fing auch seine linke Schulter an zu zucken, was nicht mehr vorgekommen war, seit er damals im Unterstand verschüttet wurde. Mit der rechten Hand hielt er seinen Oberarm fest, erreichte jedoch nur, dass das Zucken auf die Hand übersprang. Verflucht! Er war doch keiner von den Drückebergern, die so taten, als würden sie sich vor Teppichfalten fürchten, den Feiglingen, die mit Eiswassergüssen und Elektroschocks auf Vordermann gebracht werden mussten! Mit der Faust schlug er auf seine Schulter ein, stieß einen Schrei aus und klammerte sich an der Kartenablage fest.

Vierhundert Meter. Das Zucken hörte so plötzlich auf wie es begonnen hatte. Erleichtert ließ der Mann die Kante los. Seine Augen, die sich an die Dunkelheit gewöhnt hatten, nahmen einen Schimmer wahr, den Schein gedämpfter Lichtquellen. Kein Zweifel: Calais. Er griff zum Hörer des Fernsprechers, gab seine Beobachtungen durch und dirigierte den Zeppelin zum Zielgebiet. Die Leitung, mit Gummi isoliert und in das Stahlkabel eingearbeitet, funktionierte nahezu störungsfrei.

Sechshundert Meter. Immer deutlicher schälte sich die Stadt aus der Dunkelheit, Umrisse von Häusern waren auszumachen. Der Mann zielte mit seinem Zeigefinger auf einen Industrieschornstein und ahmte das Geräusch eines Schusses nach. Ich bin der Todesengel, dachte er, mit feurigem Schwert komme ich über euch und nehme Rache für Langemark, für die Franktireurs, für all eure Hinterhalte.

Schlau waren sie, die Franzosen, das musste man ihnen lassen. Wo immer sie vertrieben wurden, ließen sie gut versteckte Soldaten zurück, die für Verluste unter den vorrückenden Deutschen sorgten und den Angriff ins Stocken brachten. Den Schlieffen-Plan hatten sie damit zunichte gemacht und einen schnellen Sieg Deutschlands verhindert. Aber gegen das Armageddon, das gleich über ihre Köpfe hereinbrechen würde, waren sie machtlos.

Siebenhundert Meter. Eigentlich hätte jetzt Beethovens *Fünfte* ertönen müssen: Das Schicksal klopft an die Pforten. Oder besser noch, Wagners *Walkürenritt*. Ja, das wäre angemessen. Der Mann in der Gondel fing an, die Melodie zu summen, nur unterbrochen von kurzen Anweisungen an das Mutterschiff.

Als sie sich dem Stadtzentrum näherten, flammten plötzlich Scheinwerfer auf. Strahlenbündel durchstachen die Luft, fuhren hektisch den Himmel ab. Offenbar hatte jemand die Motoren gehört; jetzt suchten sie nach der Ursache des Lärms. Abwehrgeschütze feuerten blind in die Luft. Der Mann in der Gondel lachte. Wie aufgescheuchte Hühner!

Achthundert Meter. Tief genug. »Stopp!«, rief er. Mit einem Ruck kam die Winde zum Stehen. Hallen, Docks, Hafenanlagen, alles lag wehrlos unter ihm ausgebreitet. Es konnte losgehen. Er gab die Positionen der Ziele durch. Von unten schwenkten weitere Lichtfinger durch die Nacht. Gebt euch keine Mühe, der Spähkorb ist zu klein, und der Zeppelin wird von Wolken verdeckt. Wir sind der unsichtbare Zorn Gottes.

Der Mann summte wieder den *Walkürenritt*, während die ersten abgeworfenen Bomben detonierten. Seine Augenlider fingen erneut an zu zucken, aber diesmal war er so gebannt von den Geschehnissen am Boden, dass er es kaum mitbekam. Eine Explosion verriet, dass sie ein Munitionslager getroffen hatten. Feuer loderte auf und erhellte Straßenzüge; das Licht erleichterte ihm seine Aufgabe. Ununterbrochen fielen Bomben auf die Ziele, die er aussuchte. Dreitausend Kilogramm hatten sie an Bord, und jedes einzelne würden sie in die Stadt jagen. Da unten musste die nackte Panik herrschen. Ob die Franzmänner eine Ahnung hatten, was hier über sie hereinbrach? War ihnen die Existenz eines Spähkorbes bekannt? Oder würden sie so etwas Hirnrissiges wie einen Tarnanstrich vermuten? Oder gar an eine neue Fernartillerie glauben?

Geschützbatterien schleuderten aufs Geratewohl Abwehrfeuer in die Luft, ohne etwas zu treffen. Zwei feurige Punkte krochen auf den Spähkorb zu – Brandgeschosse – und fielen am Scheitelpunkt ihrer Kurve auf die Stadt zurück, ohne auch nur in seine Nähe zu gelangen. Währenddessen spie der Zeppelin unentwegt seine tödliche Ladung aus und ließ Tod und Vernichtung auf die Feinde herabregnen.

Der Mann in der Gondel riss sich die Kappe vom Kopf und schwenkte sie. Dabei sang er aus voller Brust, versetzte den Spähkorb in schaukelnde Bewegungen und lachte. Ja, ihr Hunde, jetzt zeigen wir es euch! Mögen die Franzosen zu Land erbitterten Widerstand zeigen, mögen die Engländer die Meere beherrschen – die Deutschen sind die Herren der Lüfte, jetzt und für alle Ewigkeit!

1

Dienstag, 30. September 1924, 5:39 Uhr – Mittwoch, 1. Oktober 1924, 7:12 Uhr (MEZ)

An Pfingsten kam gefahren
ein Mann von siebzig Jahren.
Er saß in einer Blutwurst drin,
das war der Reichsgraf Zeppelin.

KINDERLIED

1

Wenn es dem Menschen bestimmt wäre zu fliegen, hätte Gott ihn mit Flügeln ausgestattet, dachte Hendrik und rieb seine schweißnassen Hände an der Hose trocken. Mit jedem Meter, den sie ihrem Ziel näherkamen, schien sich sein Herzschlag zu verdoppeln. Wie hatte er sich nur auf so etwas einlassen können? Vermutlich war der fromme Wunsch, ein bisschen Aufregung würde ihn von seiner deprimierten Stimmung ablenken, Schuld daran gewesen. Tolle Idee, Liebeskummer gegen einen Herzinfarkt einzutauschen! Menschen hatten nun mal keine Flügel. Gar nichts hatten sie, was Rettung versprach, wenn die Technik versagte oder die Gaszellen aufrissen oder das ganze verdammte Ding Feuer fing.

Ein Schlagloch warf seine Knochen und Gedanken gleichermaßen durcheinander. Vielleicht sollte er sich erst mal Sorgen machen, ob er die Autofahrt lebend überstand, bevor er sich mit kommenden Katastrophen beschäftigte. Wenn es dem Menschen bestimmt wäre, sich in rumpeligen Gefährten auf löchrigen

Straßen fortzubewegen, hätte Gott ihm eine Federung im Hintern eingebaut.

Der Motor ratterte, als wolle er jeden Moment auseinanderbrechen, die Ketten, die die Hinterräder antrieben, wackelten, es stank nach Benzin.

»Na, ist das nicht ein erhebendes Gefühl?«, fragte Herr Bollmann und drehte wie verrückt die Lenkkurbel, um eine Kurve zu nehmen.

In der Tat, vor allem bei Schlaglöchern.

Diana, zwischen ihnen eingequetscht, saß halb auf Hendriks Schoß und schwatzte, als bekäme sie es bezahlt. Dabei zeigte die Sonne gerade ihren ersten schwachen Schein am Horizont, und um diese Zeit war sie normalerweise so gesprächig wie ein Roggenbrot. »Ich kann es immer noch nicht glauben«, sagte sie und nahm zum wiederholten Mal das zerknitterte Telegramm in die Hand, um jedes Wort auf verborgene Bedeutungen zu untersuchen. »Wenn das Ganze nun ein Irrtum ist?«

Oh ja, bitte, dachte Hendrik, lass es ein Irrtum sein! Lass uns das Ganze vergessen und einfach nach Hause zurückkehren!

»Sagenhaft, was?«, meinte Herr Bollmann. »Drei PS, Viertakt-Heckmotor. Meine Frau sagt immer, Oswald, sagt sie, der Wagen hat Charakter. Der erste vierrädrige Benz.«

Motorkutsche wäre treffender. Der Benz Victoria stammte aus dem vorigen Jahrhundert und war im Grunde nichts anderes als eine Kutsche ohne Deichsel, der man einen Motor unter die Sitze montiert hatte. Weil der Wagen an den Seiten offen war, pfiff der Fahrtwind von überall herein und bescherte einem kalte Füße. Ganz zu schweigen davon, dass der stolze Besitzer des Gefährts alle Viertelstunde anhalten musste, um eine lockere Schraubenmutter festzuziehen. Wenigstens regnete es nicht. Nur fünfundzwanzig Kilometer bis Friedrichshafen, dachte Hendrik, das ist auszuhalten. Aber bei einem Schnitt von fünfzehn Stundenkilometern konnte selbst eine so kurze Strecke zu einer Tortur werden. Wenn es sich bei dem Gefährt wenigstens um einen Vis-à-vis gehandelt hätte, mit gegenüberliegenden

Bänken! Stattdessen zwängten sie sich zu dritt in einen Zweisitzer.

»Hat schon meinem Vater gehört, das gute Stück«, fuhr Herr Bollmann unverdrossen fort. »Alle raten mir zu einem neuen Wagen, aber warum sollte ich? Der fährt doch wie 'ne Eins. Meine Frau sagt immer, Oswald, sagt sie, lieber ein Motorschaden als ein Dachschaden, hahaha.«

Autsch, schon wieder ein Schlagloch!

»Und, Frau Lilienthal, wie lange wollen Sie in England bleiben?«, erkundigte sich Herr Bollmann.

Es dauerte eine Weile, ehe Diana begriff, dass sie gemeint war. Lautlos bewegte sie ihre Lippen, um die ungewohnte Anrede nachzuformen, und betrachtete ihren Ehering. Wäre sein Magen nicht so in Aufruhr gewesen, hätte sich Hendrik darüber amüsiert. Die Hochzeit von Diana und seinem Bruder lag nun schon vier Monate zurück, aber noch immer irritierte es sie, nicht länger mit »Fräulein Escher« angesprochen zu werden. Gregor zog sie deswegen oft auf und behauptete, ihn zu heiraten hätte sie in eine Persönlichkeitskrise gestürzt.

»Vier Wochen«, erwiderte sie. »Professor Planck hat mir freigegeben. Hendrik fliegt leider übermorgen schon wieder zurück.«

»Aber das lohnt sich ja kaum.«

»In zwei Wochen beginnt das neue Semester«, erklärte Hendrik, »und da wird von mir erwartet, dass ich in Berlin bin und Studenten, die Leibniz für einen Keks halten und Rousseau für eine Martinisorte, etwas über Sein und Bewusstsein beibringe.«

»Hätten Sie nicht um Urlaubsverlängerung bitten können?«

»Der Leiter der Universität hat ihn auf dem Kieker«, verriet Diana. »Seiner Meinung nach legt Hendrik zu wenig Wert darauf, die nationale Gesinnung der Studenten zu fördern.«

»Ärgern Sie sich nicht darüber. Meine Frau sagt immer, Oswald, sagt sie, vom Ärgern kriegt man bloß Pickel.«

Wieder rumpelte und krachte es. Trotz der gemächlichen Fahrgeschwindigkeit wurden sie nach Kräften durchgerüttelt, denn die Vorderräder waren mit Vollgummireifen versehen und die Hinterräder mit Eisenreifen. Hendrik warf einen besorgten Blick auf die beiden vorn auf die Karosserie geschnallten Koffer. Die Flasche Wein für Marianne und ihren Mann war vermutlich längst zerbrochen.

»Wie lange haben Sie Ihre Schwester nicht gesehen, Frau Lilienthal?«, wollte Herr Bollmann wissen.

»Zwölf Jahre.«

»Eine lange Zeit. Werden Sie sie denn überhaupt wiedererkennen?«

»Ich weiß nicht. Auf den Fotos sieht sie aus wie immer. Na ja, beinahe.« Diana rutschte hin und her. »Ich bin ganz aufgeregt, ich war noch nie in London. Ich war überhaupt noch nirgends.«

»1909 sind wir mal in London gewesen, meine Frau und ich. Ein Monstrum von Stadt. Aber aufregend. Meine Frau sagt immer, Oswald, sagt sie, London ist wie Berlin mit Prickelwasser.«

Je näher sie ihrem Ziel kamen, desto mehr Wagen überholten sie, vermutlich Schaulustige, die beim Start des Zeppelins dabei sein wollten. Herr Bollmann drückte mit Hingabe den Gummiball seiner Hupe.

Die Sonne ging auf, und endlich kam auch Friedrichshafen in Sicht, Gott sei Dank!

Herr Bollmann fuhr sie bis vor das Kurgartenhotel am See, wo es zu ihrer Überraschung tatsächlich noch freie Plätze zum Parken gab. »Bei den vorigen Testfahrten war hier mehr los«, sagte er. »Aber die meisten Neugierigen warten wohl, bis Doktor Eckener nach Amerika aufbricht.«

Hendrik stolperte aus dem Auto und überzeugte sich davon, dass seine Knochen vollzählig waren. Dann schnallte er die Koffer los und stellte sie auf den Boden. Kein Klirren war zu hören, aber das wollte nichts besagen, schließlich hatte er die Weinflasche in einen Pullover gewickelt. Er ergriff Herrn Bollmanns Hand und schüttelte sie. »Wir sind Ihnen sehr dankbar, dass Sie uns hergebracht haben«, log er.

»Ist doch selbstverständlich. Ich würde es mir um nichts in der Welt nehmen lassen, Sie persönlich zum Zeppelin zu fahren. Meine Frau sagt immer, Oswald, sagt sie, für die Gäste nur das Beste.«

»Bitte richten Sie Ihrer verehrten Gattin noch einmal unseren Dank aus. Es waren ein paar unvergessliche Tage bei Ihnen am Bodensee.« Und das entsprach der Wahrheit. Aus der Zufallsbekanntschaft vor einigen Jahren hatte sich eine echte Freundschaft entwickelt, deshalb waren Diana und er auch gern der Einladung nach Lindau gefolgt, umso mehr, als die Nachwirkungen der Inflation ihnen jeden anderen Urlaub verwehrt hätten.

»Erholsam«, bestätigte Diana. »Ich habe seit Jahren keine richtigen Ferien mehr gehabt.«

»Sie sind uns immer willkommen, das wissen Sie ja.« Herr Bollmann sah auf seine Uhr. »Ich bleibe noch bis zum Start des Zeppelins. Den lasse ich mir nicht entgehen.«

Sie verabschiedeten sich voneinander. Herr Bollmann stieg wieder in seinen Wagen und fuhr zum Werksgelände, während Hendrik und Diana sich für die Reiseformalitäten ins Hotel begaben.

Schließlich standen sie einem Mitarbeiter der Luftschiffbau Zeppelin GmbH gegenüber, der sie verstohlen musterte. Hendrik war sich seiner widerspenstigen Haare, des fleckigen Hemdkragens und des zerknitterten Anzugs bewusst. Und Diana sah auch nicht präsentabler aus. Nach eigenem Bekunden hatte sie etwas Praktisches anziehen wollen, und ihre Vorstellung von etwas Praktischem bestand aus einem Norwegeranzug mit knöchellanger Überfallhose, dazu allerdings einer Krawatte und einem Glockenhut mit Karomuster. Nicht zu vergessen das rotgeschminkte Herzmündchen.

Sie umklammerte das Telegramm ihrer Schwester und trat einen Schritt vor. »Guten Morgen«, platzte sie heraus, »mein Name ist Diana Esch–, ich meine: Diana Lilienthal, das ist mein Schwager, und … und … wir fliegen mit.« Sie reckte ihr Kinn, als erwarte sie Widerspruch.

Lilienthal? Nie gehört, dachte Hendrik. Komm schon, sag es! Sie stehen nicht auf meiner Liste. Ein bedauerlicher Irrtum.

Der Mann schmunzelte. »Fahren«, erwiderte er, »es heißt fahren. Mit dem Zeppelin fliegt man nicht, man fährt. Ich habe Ihre Fahrscheine schon vorbereitet.«

Diana presste das Telegramm an ihr Herz und strahlte.

Hendrik fügte sich in das Unvermeidliche. Kein Irrtum. Anscheinend wollte seine Pechsträhne nicht abreißen. Denk an Seneca, ermahnte er sich: *Mehr als nötig leidet, wer leidet, bevor es nötig ist.*

»Sie sind spät dran«, meinte der Angestellte, »der Bus ist schon weg. Aber ich bringe Sie mit dem Auto hin, wenn Sie wollen.«

Nachdem die Formalitäten erledigt waren, erkundigte sich Diana nach einem Fernsprecher, um ein letztes Mal mit Gregor zu telefonieren. Hendrik wartete draußen am See. Er beneidete sie. Sie hatte wenigstens jemanden, der ihr gute Reise wünschte. Er roch an seinem Pullover, ein Geschenk von Josephine. Ihr Geruch hing noch darin.

Sollte er sie anrufen? Versuchen, alles wieder einzurenken? Wenn er am Wochenende nach Berlin zurückkehrte, konnten sie eine Kahnfahrt im Spreewald machen. Oder in ein Klavierkonzert gehen. Hör auf damit, das hat doch alles keinen Zweck. Es gab schließlich einen Grund für ihre Trennung. Und er hatte es satt, sich ständig rechtfertigen zu müssen, selbst für Dinge, die nur in ihrer Einbildung existierten. Er hatte ihr nie Anlass gegeben, an seiner Liebe zu zweifeln, warum also vertraute sie ihm nicht? Warum musste sie ihm wieder eine Szene machen, weil er »mit dieser Frau« verreiste? Nicht mal Dianas Heirat mit Gregor hatte etwas an ihrem Misstrauen geändert. Nein, diesmal gab es wohl nichts mehr zu kitten.

Nach einiger Zeit kam Diana heraus.

»Und, was sagt Gregor?«, erkundigte sich Hendrik.

»Er hat den Zeppelin über Berlin gesehen, bei der Probefahrt vor vier Tagen. Es war neblig, sagt er, aber er hat ihn trotzdem gesehen. Die Straßen waren verstopft, alles hat wie verrückt gehupt und geschrien, Verkäufer haben Zeppelinballons verkauft. Die Stadt stand Kopf.«

»Kann ich mir vorstellen.«

»Viele Grüße an dich, und du sollst für ihn einen Löffel Porridge mitessen.«

»Bäh.«

»Willst du Ihre Durchlaucht anrufen?«

»Ich mag es nicht, wenn du Josephine so nennst, das weißt du genau.«

»Willst du nun?«

Hendrik schüttelte den Kopf. »Später.« Er hatte Diana nicht verraten, dass es aus war zwischen ihnen, sie hätte doch nur wieder gelästert. Und ein »Siehst du wohl, habe ich dir doch gleich gesagt« war so ziemlich das Letzte, was er jetzt gebrauchen konnte.

»Mault sie immer noch, weil du mit mir verreist?«

»Sie hat eben nie eine Freundschaft zwischen Mann und Frau erlebt, das kann man ihr kaum zum Vorwurf machen.«

»Bei der miesen Laune wird sie das auch nicht.«

Hendrik schnappte sich seinen Koffer, ohne etwas zu erwidern, und stieg in das Auto, mit dem der Angestellte der Luftschiffbau Zeppelin GmbH soeben vorfuhr. Diana stand Josephine in puncto Bissigkeit in nichts nach, das wusste er spätestens seit seinem unglückseligen Vorschlag, einen gemeinsamen Spaziergang im Grunewald zu unternehmen. Er hatte angenommen, die beiden würden sich mögen, wenn sie sich erst besser kannten. Wie naiv! Jene anderthalb Stunden gehörten zu den schlimmsten seines Lebens. Allein die exquisiten Dialoge zwischen den beiden: »Welch ein entzückendes, ähm, Kleid. Ein Erbstück Ihrer Großmutter?« – »Entschuldigen Sie, ich glaube, Ihre künstlichen Wimpern sind verrutscht.« Lieber würde er einen Nachmittag mit zwei Tigern in einem Käfig verbringen, als noch einmal dabei zu sein, wenn diese beiden Raubkatzen ihre Krallen ausfuhren.

Josephine hatte ihre Fehler. Wer hatte die nicht? Aber waren es denn nicht gerade die kleinen Eigenheiten, die einen Menschen liebenswert machten? Ja, sie konnte furchtbar snobistisch sein.

Sie würde nie einen falsch temperierten Wein zu sich nehmen und immer darauf bestehen, dass ihre Dienstmädchen den feinen märkischen Sand vom Sandwagen auf dem Winterfeldtmarkt kauften, um die Parkettböden zu scheuern. Aber sie besaß auch eine herzliche Seite, eine großzügige, unkonventionelle. Während der Inflation hatte sie Wohlfahrtsverbände bei Volksspeisungen und Kleiderspenden unterstützt, und das nicht etwa nur finanziell oder organisatorisch, nein, sie stand selbst in der Suppenküche oder verteilte Hosen und Jacken an die Bedürftigen. Sie besaß ein Talent im Umgang mit schwierigen Kindern, was den Pfarrer ihrer Gemeinde gelegentlich bewog, sie bei einem familiären Drama um Hilfe zu bitten. Sie konnte komisch sein, sie imitierte Chaplins Watschelgang und die melodramatischen Gesten von Pola Negri so gekonnt, dass Hendrik jedes Mal in Gelächter ausbrach. Oder sie alberte mit ihm herum, bis sie selbst vor Lachen einen Schluckauf bekam. Und er hatte noch nie jemanden kennengelernt, der so sehr genießen konnte, gleich ob ein Klavierkonzert von Schumann, das Schlittschuhlaufen auf dem zugefrorenen Halensee oder das Beisammensein mit ihm. Es waren diese Dinge, die ihr wahres Wesen ausmachten.

Die Halle kam in Sicht. Selbst von hier aus wirkte sie gigantisch. Hendrik versuchte, sich anhand der Ausmaße den Zeppelin darin vorzustellen; es gelang ihm nicht. »Ich glaube, ich begehe gerade einen Fehler«, murmelte er.

»Untersteh dich, jetzt einen Rückzieher zu machen.«

Das Auto hielt. Sie dankten dem Fahrer und stiegen aus.

Auf dem Werksgelände wimmelte es von Schaulustigen. Herr Bollmann war nirgends zu entdecken. Hinter den Hallentoren, die soeben quälend langsam auseinanderglitten, hörte man das Brummen von Motoren im Probelauf. Die Männer, die die Gebäude bewachten, kontrollierten ihre Fahrscheine und ließen sie anstandslos passieren. Hendrik und Diana betraten die Halle.

Man konnte den Zeppelin sachlich beschreiben – ein länglicher Körper aus einem mit Stoff bespannten Metallgerippe, darunter im vorderen Teil die dreiundzwanzig Meter lange

Führer- und Fahrgastgondel, weiter hinten fünf Motorgondeln, versetzt angebracht –, aber all das wurde ihm nicht annähernd gerecht. Es war seine Leichtigkeit, seine Eleganz, die Schönheit seiner Form, die jeden Betrachter überwältigte. Selbst Hendrik ließ der Anblick nicht kalt. Ein silberner Vogel, dachte er, nein: ein exotischer Fisch, der im Ozean der Luft schwimmt. Wollte er wirklich in dieses Fabelwesen einsteigen? Ihm wurde ja schon schwindlig, wenn er aus dem Fenster seiner Wohnung im dritten Stock blickte. Wie hatte er sich nur auf so etwas einlassen können?

»Ich wünschte, Gregor wäre hier«, brüllte Diana gegen den Krach der Motoren an. »Ich wünschte, er käme mit.«

Ich auch, dachte Hendrik. Und zwar an meiner Stelle.

Zwischen Wasserschläuchen, Gasleitungen und Absperrungsstricken eilten Betriebsangehörige hin und her, nahmen letzte Überprüfungen vor, trugen Postsäcke herbei. Zwei Männer luden Konserven, Milchkannen und eine Kiste Äpfel von einem Handkarren in die Passagierkabine. Auf einer Balustrade hielt jemand Wache, damit sich kein Unbefugter dem Zeppelin näherte. Die anwesenden Fotografen fluchten, weil sie wegen der Brandgefahr keine Blitzlichtaufnahmen machen durften. Auffällig waren die vielen Amerikaner überall, vermutlich die Kontrollkommission, die das Schiff übernehmen sollte, wenn es in ein, zwei Wochen in Lakehurst seiner Bestimmung als Reparationsleistung aus dem verlorenen Krieg zugeführt werden würde.

Hendrik wurde auf einen Arbeiter aufmerksam, der mühelos einen meterlangen Leichtmetallträger mit dreieckigem Querschnitt vorüberbalancierte. »Diesen zerbrechlichen Dingern soll ich mein Leben anvertrauen?«, entfuhr es ihm.

Der Mann hatte ihn gehört. Er hielt an, stellte den Träger ab und pfiff einige Kameraden herbei. »He, Jungs, kommt mal her und lasst uns dem Herrn zeigen, was die Profilstäbe aushalten.«

Lachend, als hätten sie diese Demonstration schon öfters vorgenommen, stellten sich die Männer darauf und wippten auf und ab.

»Duralumin«, erklärte der Arbeiter. »Nahezu gewichtslos, aber extrem stabil.«

»Natürlich, ein Zusammenstoß mit einem anderen Zeppelin sollte trotz allem vermieden werden, da knicken auch die besten Träger wie Strohhalme«, konnte sich ein Witzbold nicht verkneifen zu sagen. »Wie gut, dass wir den Himmel für uns haben, was?«

Die Männer lachten und kehrten zu ihrer Arbeit zurück.

Hendrik war alles andere als beruhigt.

Endlich standen die Tore offen. Der Uhr nach hatte dieser Vorgang zwanzig Minuten in Anspruch genommen.

Ein Mann in blauer Seemannsuniform eilte vorüber; er trug eine Schirmmütze mit blauem Z über einem silbernen Luftschiff. »Doktor Eckener«, rief er, »ich kann Herrn Marx nirgends finden.«

Hendrik drehte sich um und entdeckte einen Mann mit Ziegenbärtchen, schwarzer Fliegerjacke und Kapitänsmütze. Das also war Hugo Eckener, der Kommandant ihres Luftschiffes.

»Er ist krank«, erwiderte Eckener. »Hat sich den Magen verdorben. Aber wir haben bereits Ersatz, einen Herrn Geßler. Was sagen die Wettermeldungen?«

»Windstärke: drei Meter pro Sekunde, null Grad zur Halle. Wetter stabil.«

Eckener dankte ihm und ging nach draußen, um sich selbst ein Bild zu machen und zum wiederholten Male die Windverhältnisse zu studieren. »Er riecht das Wetter«, hatte mal jemand über ihn gesagt. Hendrik verstand die Nervosität des Kommandanten. Die Entscheidung, ob gestartet wurde oder nicht, musste eine knifflige Sache sein. Eine Absage würde dazu führen, dass sich unter den Zuschauern die Vermutung verdichtete, der Zeppelin tauge nichts. Ein leichtfertiger Entschluss zum Start hingegen gefährdete nicht nur Schiff, Besatzung und Fahrgäste, sondern die Existenz der Firma, die Reparationsleistungen an Amerika und somit auch das Ansehen Deutschlands. Was für eine Bürde!

Diana nutzte die Gelegenheit und hielt den Mann in der blauen Uniform auf. »Entschuldigen Sie, können wir an Bord?«

»Einen Augenblick noch. Aber Sie können mir schon mal Ihr Gepäck geben.« Er nahm ihren und Hendriks Koffer und übergab sie einem Mann im Overall, der sie ins Luftschiff brachte.

»Sieh mal, da drüben«, meinte Diana zu Hendrik. »Sicher reisen die auch mit.« Sie deutete auf eine Gruppe von vier Menschen in der Nähe der vorderen Maschinengondel, eine Familie, wie es aussah.

Der Herr im Gehrock, der den Eindruck erweckte, als würde er sogar das Gesicht im Badezimmerspiegel in der dritten Person anreden, stand so kerzengerade zwischen den herumeilenden Betriebsangehörigen wie der Spazierstock, auf den er sich stützte, und ließ weder Ungeduld noch Vorfreude erkennen. Die Dame neben ihm, von der Hendrik vermutete, dass ihr ein Stirnrunzeln bereits als unschicklicher Gefühlsausbruch galt, war vermutlich seine Frau. Dann gab es da noch einen jungen Mann, vielleicht ein Student, jedenfalls gab er sich so abgeklärt wie ein Hochschüler im ersten Semester und trug einen spöttischen Gesichtsausdruck zur Schau. Letzte im Bunde war eine kindlich wirkende Frau, sicher noch nicht volljährig, die ununterbrochen gähnte und Leute herumscheuchte: nach einer Sitzgelegenheit, einem Glas Wasser, nein, lieber einem Glas Milch, ach, doch lieber einem Glas Wasser, und der Arbeiter mit dem Sandsack auf der Schulter möge sich doch mal beim Kommandanten erkundigen, wie lange es denn noch dauere.

»Entschuldigung«, fragte Diana den Schiffsoffizier, »können Sie mir sagen, wer das ist?«

»Wer? Der Herr dort mit seiner Familie? Das ist Graf von Salburg-Oertzen.«

»Ah.« Diana nickte wissend.

Hendrik bezweifelte, dass ihr die Auskunft weiterhalf. Ihm jedenfalls nicht.

Zwei neue Fahrgäste betraten die Halle. Voraus ging ein beleibter Herr, der es tatsächlich in puncto Geschmacksverirrung bei der Kleiderwahl mit Diana aufnehmen konnte. Er trug einen schlecht sitzenden Anzug mit bunten Karos und eine Fliege in schreiendem Kanariengelb, dazu einen Panamahut, Lackstiefeletten und um den Hals ein Fernglas. Über dem Arm hielt er einen Übermantel mit Pelzkragen und aufdringlichen Knöpfen, im Mund steckte eine kalte Zigarre. Sein Aufzug schrie: Ich habe keinen Geschmack, aber das in großem Stil.

Sein Koffer wurde von einem finster dreinblickenden Mann mit eingefallenen Wangen getragen, vielleicht sein Sekretär. Er sah aus wie jemand, der verbissen das Paradies auf Erden errichtet und dann niemanden reinlässt, der nicht über das richtige Passwort verfügt.

Als der Kofferträger den Grafen erblickte, erstarrte er. Für eine Sekunde hatte Hendrik den Eindruck, ein Raubtier vor sich zu haben, das im Begriff stand, sich auf seine Beute zu stürzen. Weil der Dicke munter auf die Familie zuschritt, blieb dem Hageren nichts anderes übrig, als ihm zu folgen. Die Herrschaften schienen sich zu kennen, steife Begrüßungen wurden ausgetauscht. Der Körperhaltung des Grafen war zu entnehmen, dass er die Begegnung kurz zu halten wünschte, worüber der Dicke ungeniert hinwegging. Er lachte und schwatzte, fehlte nur noch, dass er dem Grafen vertraulich auf die Schulter klopfte. Der Hagere wurde von allen ignoriert.

In welchem Verhältnis die beiden Gruppen wohl zueinander standen? Verwandt waren sie sicher nicht. Jugendfreunde? Kaum. Am ehesten war noch eine geschäftliche Beziehung denkbar. Vielleicht hatte der Dicke dem Grafen etwas verkauft, ein Automobil etwa oder ein Stück Land.

Eine Trillerpfeife ertönte, Arbeiter hasteten auf ihre Positionen, die Motoren des Luftschiffes verstummten. »Passagiere an Bord«, rief jemand in die plötzliche Stille hinein, dann wurden die Fahrgäste namentlich aufgerufen. Zuerst kamen einige wichtig aussehende Persönlichkeiten dran, unter ihnen der Graf und seine Familie. Dahinter folgte der Dicke mit seinem Sekretär. Letzterer bedachte den Rücken des Grafen mit einem derart mörderischen Blick, dass Hendrik unwillkürlich den Atem anhielt. Er hatte das unbestimmte Gefühl, dass diese Reise kein Spaß werden würde.

Schließlich hieß es: »Herr und Frau Lilienthal.«

Ach je! Anscheinend gehörten die ewigen Erklärungen auch mit Dianas Heirat nicht der Vergangenheit an. »Das ist ein Irrtum«, sagte Hendrik zu dem Mann in der blauen Seemannsuniform, »die Dame ist die Frau meines Bruders, und –«

»Sind Sie Herr und Frau Lilienthal?«

»Formal gesehen, ja, aber …«

»Dann steigen Sie bitte ein.«

Hendrik seufzte und ließ Diana den Vortritt. Sie grinste, als sie die Leiter zur Führergondel hinaufkletterte. Er folgte ihr. In der Tür drehte er sich noch einmal um und warf einen verzweifelten Blick auf den festen Boden der Halle. Wie hatte er sich nur auf so etwas einlassen können?

2

Gleich war es so weit! Diana stolperte durch den Zugangsraum in die Gondel. Hinter ihnen kletterten weitere Fahrgäste herein, aber die konnte sie später kennenlernen. Sie musste unbedingt einen Fensterplatz erwischen, sie wollte doch sehen, wie das Schiff startete!

Der Mann in der blauen Seemannsuniform stellte sich als Ernst Lehmann vor, seines Zeichens Wachhabender an Bord. Er verteilte die Plätze und führte die Passagiere zu ihren Abteilen. Hendrik und Diana wurden voneinander getrennt, Hendrik bekam einen Platz in der mittleren Kabine auf der Steuerbordseite zugewiesen, Diana wurde in die gegenüberliegende Kabine dirigiert, die den mitreisenden Damen vorbehalten war. Die Gräfin und ihre Tochter saßen bereits darin und fächelten sich Luft zu, als sei es warm.

»Guten Morgen«, sprudelte Diana hervor, »wie es aussieht, teilen wir uns diese Kabine. Diana Lilienthal, sehr erfreut.«

Die Gräfin nickte nur und nahm die Begrüßung wie eine Huldigung entgegen. Die Tochter beachtete sie gar nicht.

Die Kabinen hätten einem Bahnwagen alle Ehre gemacht. Ein hellgrauer Teppich bedeckte den Boden, Wände und Decke waren mit Stoff bespannt, die beiden Sitzbänke, die jeweils drei Personen Platz boten, mit rotem Cordsamt gepolstert. Fenster- und Türvorhänge bestanden aus rotem Satin. An der Decke hing eine ringförmige Lampe inmitten einer Rosette aus durchlässigem Stoff, durch die frische Luft hereindrang.

»Sie können die Luftzufuhr steuern, indem Sie die Druckhutzen mit dem Griff dort über dem Fenster öffnen oder schließen«, erklärte Herr Lehmann. »Soll ich Ihren Koffer ins Gepäcknetz legen? Oder möchten Sie ihn lieber in dem Behälter unter der Bank verstauen?«

»Danke, lassen Sie nur, ich muss erst ein paar Dinge auspacken.«

»Wie Sie wünschen. Die Sitze können Sie heute Abend in Betten verwandeln; wie das geht, zeige ich Ihnen später. Zu den Waschräumen und dem Abort geht es durch die Tür da hinten.« Er nickte ihr zu und verschwand wieder.

Diana nahm sich nicht die Zeit, sich mit den Räumlichkeiten vertraut zu machen. Sobald sie feststellte, dass sie einen schlechten Platz erwischt hatte, weil sich die spannenden Dinge auf der anderen Seite abspielten, stürmte sie in Hendriks Kabine. »Guten Morgen, Entschuldigung, bei uns sieht man überhaupt nichts, Sie gestatten?«, stieß sie atemlos hervor und versuchte, an zwei Herren vorbei ans Fenster zu gelangen.

»Immer langsam mit den jungen Pferden«, lachte der eine. »Ich nehme meinen Koffer gleich aus dem Weg, einen Augenblick.« Er deutete eine Verbeugung an. »Reinhold Pfeiffer, Reporter der *Vossischen Zeitung*. Und das ist Orren Quinn von der *New York Times*.«

Herr Pfeiffer sah aus, als wäre er unentwegt auf dem Sprung. Seine Augen schienen immer schon nach der nächsten Schlagzeile Ausschau zu halten, während seine Hände noch die letzte notierten. Sein amerikanischer Kollege dagegen machte den Eindruck, als würde er sich auch während eines Lawinenunglücks Zeit für ein zweites Frühstück nehmen.

»All the news that's fit to print«, zitierte Mister Quinn den Slogan seiner Zeitung, während er sich ebenfalls verbeugte. Alle Nachrichten, die es wert sind, gedruckt zu werden.

Endlich konnte Diana ans Fenster – das war doch kein Glas? Nein, Cellon, erklärte Herr Pfeiffer –, riss die Flügel auf und sah hinaus.

Der Wachhabende war wieder ausgestiegen und beaufsichtigte die Startvorbereitungen, während Hugo Eckener ein letztes Mal das Gelände vor dem Tor auf etwaigen Bodenwind kontrollierte und sich schließlich in die Führergondel begab. »Alle an Bord?«

»Jawohl.«

»Dann lassen Sie das Schiff abwiegen.«

Auch Herr Lehmann ging an Bord. Die Treppe wurde eingezogen, die Tür geschlossen und die Überwachungsbalustrade in der Halle weggeräumt. Einige Männer befestigten Haltetaue an den Laufkatzen, auf denen der Zeppelin über Schienen nach draußen gleiten würde. Auf ein Kommando stellten sich etwa zweihundert Arbeiter ringsherum auf, hoben das Schiff an und lösten die Sandsäcke von den Haltestangen. Schwankend erhob sich der Zeppelin und schwebte knapp über dem Boden, getragen vom Auftrieb des Wasserstoffs in den Gaszellen.

»Wir fahren«, rief Diana aufgeregt, »es geht los!«

»Noch nicht«, lachte Herr Pfeiffer. »Erst wird der Trimm korrigiert.«

»Trimm?«

»Die Lage des Schiffes in Längsrichtung.« Er verschwand mit seinem Kollegen in den Führerstand, um dem Start von dort aus beizuwohnen.

Diana sah wieder aus dem Fenster und blickte nach oben, aber der Schiffsrumpf versperrte ihr die Sicht. Der Abstand zur Hallendecke konnte nach dem Anheben unmöglich mehr als einen halben Meter betragen. Sie begann zu ahnen, wie sorgfältig alles ausbalanciert sein musste, damit es nicht zu einer Katastrophe kam.

Hinten war der Zeppelin anscheinend schwerer als vorn, daher wurde Ballastwasser abgelassen, bis er sich im Gleichgewicht befand. Einige Helfer, die nicht rechtzeitig zur Seite springen konnten, nahmen zur Erheiterung der anderen eine unfreiwillige Dusche.

»Er schwimmt«, rief jemand.

»Gut. Stützen entfernen!«

Der Befehl wurde ausgeführt, die Arbeiter ergriffen die herabhängenden Seile. Eckener, der aus dem Fenster des Führerstands sah, überwachte das Startmanöver. »Ausfahren!«

Der Bodenoffizier blies in seine Trillerpfeife. »Zeppelin marsch!«

Ein Ruck ging durch das Luftschiff, als die Haltemannschaft es langsam aus der Halle zog. Es sah aus, als trüge sie es auf ihrem Rücken.

»Aber jetzt«, Diana zappelte am Fenster herum, »jetzt geht es los.« Sie sah auf ihre Uhr: kurz vor sieben.

Mit dem Heck zuerst glitt der Zeppelin unter dem Beifall der Schaulustigen aus der Halle. Die Menge folgte ihm auf den Startplatz, wo das Schiff gegen den Wind gedreht wurde.

»Sieh nur, da ist Herr Bollmann!«

Diana winkte ihm zu. Hendrik tat es ihr gleich, allerdings nur mit einer Hand, die andere benötigte er, um sich am Fensterrahmen festzukrallen. Herr Bollmann winkte zurück.

Irgendwo erklangen die Glocken der Maschinentelegrafen, und die Motoren sprangen wieder an.

»Es geht los! Es geht los!«

Der Bodenoffizier lief auf dem Startfeld hin und her, überprüfte ein letztes Mal, ob das Schiff auch im Freien gut ausgewogen war, und streckte dann die Arme aus, Zeichen für Hugo Eckener, dass alles bereit war. Da man an diesem schönen Herbstmorgen in Bodennähe eine wärmere Luftschicht erwarten durfte, sorgte der Kommandant dafür, dass das Schiff durch erneutes Ablassen von Wasser leichter wurde.

»Taue los!«

Die Schleppseile wurden eingeholt. Das Schiff ruhte jetzt einzig auf den Schultern der Arbeiter.

»Lass gehen!«

Und dann – unglaublich! – hob die Mannschaft den Riesenwal an den Haltestangen der Gondel über ihre Köpfe, warf ihn spielerisch in die Luft, und mit steter Geschwindigkeit schwebte er in den Himmel, schwerelos. Diana hatte Tränen in den Augen. Dies war nicht der donnernde Start eines Flugzeugs, das mit nach oben gerichteter Schnauze gegen die Schwerkraft ankämpfte, die es auf den Boden zurückzuzerren suchte, dies war das sanfte Gleiten eines Albatros', der alle irdischen Fesseln abstreifte. Die Welt da unten schrumpfte und schrumpfte und entwirrte die vertraute Landschaft, Einzelheiten, die sich eben noch gegenseitig verdeckt hatten, ordneten sich, und mit einem Mal wurde der größere Zusammenhang der Dinge sichtbar.

Für Hendriks Anblick hätte man Eintrittsgeld nehmen können. Er stand am Fenster, den Mund aufgeklappt, und seine Hände hingen an ihm herab. Von Flugangst keine Spur mehr. Er schien nicht glauben zu können, was mit ihm geschah.

»Atme!«, schmunzelte Diana.

Der Aufstieg verlangsamte sich, die Propeller sprangen an, behutsam bewegte sich das Luftschiff vorwärts. Nichts, aber auch gar nichts geschah ruckweise.

»Und, bereust du es, mitgekommen zu sein?«, fragte Diana.

Hendrik schüttelte den Kopf. »Es ist überhaupt nicht wie fliegen, sondern wie … wie …«

»Frei sein.«

»Ja.«

Sie reckten ihre Köpfe nach draußen und zeigten auf Landarbeiter, Schafe, Autos, die unter ihnen dahinkrochen. Mühelos überholten sie einen Zug. Als sie sich schließlich an dem Panorama sattgesehen hatten, schlossen sie die Fenster und nahmen auf den Sitzen Platz. Die Ahs und Ohs ringsumher verrieten ihnen, dass auch die anderen Fahrgäste den Beginn ihrer Reise genossen.

Nur der Sohn des Grafen, der Student, falls er einer war, gab sich unbeeindruckt. Er stand mit spöttischem Gesichtsausdruck im Gang und deklamierte die Schlagzeile einer Zeitung: *»Familie von Salburg-Oertzen auf Zeppelinfahrt – Deutschland jubelt.«* Seine Mutter fand das gar nicht komisch.

Hendrik öffnete seinen Koffer und überprüfte die Flasche Wein für Marianne und ihren Mann. Wider Erwarten war sie heil geblieben.

»Ich freue mich darauf, meine Schwester wiederzusehen«, sagte Diana. »Du wirst sie mögen. Sie ist …« Ja, wie war sie eigentlich? Vor zwölf Jahren wäre es ihr nicht schwergefallen, sie zu beschreiben. Aber war sie immer noch dieselbe? War sie immer noch das Mädchen, das stets als Erste zum Tanz aufgefordert wurde? Das gute Noten nach Hause brachte und sich vor der großen Wäsche drückte und fuchsteufelswild wurde, wenn Diana beim Damespiel schummelte? »Sie ist anders als ich. Sie …« Diana fing plötzlich an zu lachen. »Sie hat ihre Schokoladenosterhasen und -weihnachtsmänner monatelang aufgehoben. Meine waren grundsätzlich am nächsten Tag aufgegessen, und dann habe ich angefangen, nach ihren zu suchen. Sie hat sie vor mir versteckt, aber meistens habe ich sie trotzdem gefunden.«

»Und verputzt.«

»Mhm. Und dann gab es immer Tränen und Geschrei. Ich glaube, das charakterisiert uns beide treffend: Marianne hat immer das Richtige gemacht, während ich dauernd in Schwierigkeiten geriet.« Eigentlich erstaunlich, dass ausgerechnet ihre Schwester, die doch so gar nicht abenteuerlustig war, einen Engländer geheiratet hatte und in einer Riesenstadt wie London lebte. Sie dagegen … Nun ja, sie war Assistentin von Professor Planck und die frisch gebackene Ehefrau eines Kommissars, auch nicht ohne. »Ich muss Gregor gleich ein Telegramm schicken, wenn wir ankommen, und ihm erzählen, wie wunderbar diese Reise ist. Wirst du Ihrer Durchlaucht auch eins schicken?«

»Hör auf damit.«

»Wirst du?«

»Mal sehen.«

»Ihr habt euch getrennt, stimmt's?«

»Wenn du es genau wissen willst: ja.«

»Sei froh, dass du dieses zitronensaure Gesicht nicht mehr sehen musst.«

»Vielen Dank für dein Mitgefühl.«

»Ach, komm, ohne sie bist du besser dran.«

Hendrik schnaubte und wandte sich ab.

»Was siehst du nur in ihr?«, bohrte Diana weiter. »Sie ist eine bourgeoise Gans, die ihr Leben lang auf Rosen gebettet war.«

»Du kennst sie doch überhaupt nicht! Dazu hast du dir ja auch keine Mühe gegeben, nicht mal um meinetwillen. Ihr das Vermögen ihrer Familie zum Vorwurf zu machen, ist armselig. Was weißt du schon, welchen Preis sie dafür bezahlt hat? Was weißt du davon, wie es ist, von Bediensteten aufgezogen zu werden, weil die Eltern nie für einen da sind? Was weißt du davon, wie sie in den Revolutionskämpfen ihr Haus und die Dienstmädchen gegen Plünderer verteidigt hat, ganz allein? Sie führt vielleicht nicht ständig revolutionäre Parolen im Mund wie du, dafür handelt sie. Und im Gegensatz zu dir macht sie um das, was sie tut, kein Gewese. Bourgeois? Sie ist zehnmal so unkonventionell wie du. Als es dir schlecht ging, hast du es dir einfach gemacht und bist zu deinem Onkel gezogen, obwohl du ihn nicht ausstehen kannst. Sie dagegen hat ihr bequemes Leben riskiert und ihrem Vater, der mich am liebsten hochkant rausgeworfen hätte, die Stirn geboten, meinetwegen. Hättest *du* diesen Mut? Den Mut, alles, was du hast und bist, zu riskieren für jemanden, den du liebst?«

Autsch, jetzt war sie zu weit gegangen! »Sei doch nicht gleich so empfindlich«, beschwichtigte Diana.

»Ich habe es satt, wie ihr beide immer übereinander herzieht. Ich habe es satt, ständig die eine gegen die andere verteidigen zu müssen. Und eins will ich dir noch sagen, Frau Neunmalklug: Bei all ihren Fehlern und ihrer Antipathie gegen dich hat sie nie so gehässig über dich geredet wie du über sie. Und jetzt hätte ich gern meine Ruhe.« Er riss den Deckel seines Koffers auf, dass die Weinflasche beinahe herausfiel, zerrte ein Buch hervor und hielt es sich demonstrativ vor die Nase, bis Diana mit einem »Pff!« die Kabine verließ.

3

»Ich mache das nicht«, sagte eine gepresste Stimme.

Unwillkürlich blickte Hendrik auf. In der Kabine gegenüber hatte sich der Graf niedergelassen und las einen Brief; anscheinend wartete er darauf, dass seine Frau vom Abort zurückkam. Sein Sohn stand im Durchgang und knetete die Hände. Er war es, der gesprochen hatte.

»Hast du gehört, was ich gesagt habe?«

Der Graf drehte das Blatt um und las auf der Rückseite weiter.

Nach unangenehmen fünf, sechs Sekunden Schweigen stakste der Sohn davon.

Es war Hendrik peinlich, Zeuge dieses Vorfalls geworden zu sein. Offenbar hatten Vater und Sohn Schwierigkeiten miteinander. Na wunderbar, noch mehr schlechte Stimmung! Die Reise versprach, ein richtiges Vergnügen zu werden.

Er legte sein Buch beiseite – er hatte ohnehin kein Wort behalten –, stand auf und öffnete das Fenster. Unter ihm breitete sich die Erde in ihrer ganzen Pracht aus: Wiesen und Kohlfelder, Hügel mit vereinzelten Bäumen, versprengte Kühe, ein See. Er wünschte, er könnte es genießen. Zum Teufel mit Diana! Zum Teufel mit ihrer ewigen Stichelei! Dabei hatte er gerade angefangen, sich für die Reise zu erwärmen. Soviel zu seinen Semesterferien, Tagen der Erholung und Kontemplation, ha! Erst die Trennung von Josephine, dann der Streit mit Diana, und jetzt saß er hier mit einem Haufen Menschen fest, die einander verabscheuten und ihm auch noch die letzten Ruhetage verleiden würden. Dass man zwischendurch nicht aussteigen konnte, war ein entschiedener Nachteil von Zeppelinreisen.

Wälder in herbstlichem Laub zogen unter ihm vorüber, Eisenbahnschienen, eine Landstraße. Wenn man doch sein Leben so an sich vorüberziehen lassen könnte, ohne Ärger, ohne Aufregung, einfach aus der Distanz betrachtet! Der Schatten des Zeppelins glitt über ein Dorf hinweg. Vögel stoben aus den Bäumen auf, Rehe suchten Deckung, Hunde verbellten den Eindringling am Himmel. Auf der Straße gingen die Zugtiere eines Ochsengespanns durch.

Hendrik wollte herausfinden, wie schnell sie fuhren. Er hielt nach einem markanten Punkt in der Landschaft Ausschau – die einzelne Eiche dort war gut – und zählte die Sekunden, die der Schatten des Luftschiffes brauchte, um darüber hinwegzugleiten. Eins … zwei … drei … vier … fünf … sechs … sieben. Sieben Sekunden. Das Schiff maß zweihundert Meter, also zweihundert durch sieben, das machte … gut achtundzwanzig Meter in der Sekunde. In Stundenkilometer umgerechnet waren das … mhm … mal drei Komma sechs … rund hundert Kilometer in der Stunde. Und trotzdem spürte er kaum mehr als ein sanftes Gleiten. Eine Fahrt mit dem Zeppelin war wirklich so angenehm wie eine Fahrt mit der Bahn. Nein, besser: Es fehlte das Rattern der Schwellen.

Das Drama zwischen dem Grafen und seinem Sohn beschäftigte Hendrik. Der Sohn hatte verzweifelt geklungen. Hoffnungslos. Sein Tonfall stand in eklatantem Widerspruch zu der trotzigen Aussage. *Ich mache das nicht.* Worum es wohl ging? Um etwas Wichtiges jedenfalls. Der Junge war – wie alt? Anfang zwanzig? Mitte zwanzig? Alt genug, um selbstständige Entscheidungen für sein Leben zu treffen. Warum tat er nicht einfach, was er für richtig hielt, statt um Zustimmung zu buhlen? Aus materieller Abhängigkeit? Und warum bestand der Graf auf einer Sache, die seinem Sohn offenkundig widerstrebte? Warum hielt er es nicht einmal für nötig, ihm zu antworten? Um einem Streit aus dem Weg zu gehen? Oder kümmerte ihn der Protest seines Sohnes nicht, weil er ohnehin sicher war, am Ende seinen Willen zu bekommen? Ich muss Diana fragen, was sie davon hält, dachte Hendrik, ehe ihm einfiel, dass zwischen ihnen ja Funkstille herrschte. Schade. Es hätte ihn interessiert, wie sie die Sache sah.

Er beugte sich vor, um den Schiffsrumpf in seiner ganzen Länge zu bewundern. Weiter hinten wurde eine Schiebetür geöffnet und die Leiter zu einer der Maschinengondeln aufgeklappt. Ein Mann im Overall stieg hinunter, ließ einen Fuß auf der untersten Sprosse stehen, trat mit dem anderen auf die Gondel und ruckelte an den Spannseilen, um deren Zustand zu prüfen. Der Fahrtwind zerrte an ihm. Hendrik wurde schon vom Zusehen schlecht. Hastig wandte er sich ab und schloss das Fenster.

»So, nun habe ich endlich Zeit, Sie in aller Form zu begrüßen«, sagte jemand vom Gang her. Die Stimme gehörte Hugo Eckener.

Nach und nach traten die Passagiere aus ihren Kabinen. Von irgendwoher tauchte Diana auf. Hendrik sah sie nicht an, und auch sie mied seinen Blick.

»Zunächst einmal das Wichtigste: Aus offensichtlichen Gründen ist das Rauchen an Bord verboten.«

»Schmarrn«, meinte der Dicke mit dem Karoanzug, »in der Gondel ist doch nix, was brennt. Was soll schon passieren?«

»Für Leichtsinn gibt es keinen Anlass. Ein Luftschiff bringt Wasserstoffgas und Benzin zusammen, da muss ich Ihnen doch wohl nicht erklären, wie wichtig ein striktes Rauchverbot ist?«

So genau hatte Hendrik es gar nicht wissen wollen. Er sah die Explosion geradezu vor sich: Funke, Blitz, Feuerball. Wie hatte er sich nur auf so etwas einlassen können?

Missmutig steckte sich der beleibte Herr eine kalte Zigarre in den Mund.

»Das Rauchverbot ist eine reine Vorsichtsmaßnahme, Sie brauchen sich keine Sorgen zu machen«, beruhigte Eckener die Passagiere. »Die Deutsche Luftschifffahrts AG hat trotz Tausender von Fahrten und beförderter Personen keinen einzigen Unfall zu verzeichnen. Natürlich erfordern die heiklen Materialien eine umsichtige Handhabung, aber die Gaszellen werden fortwährend kontrolliert.«

»Ich habe gelesen, wenn Wasserstoffgas austritt, bildet es mit dem Sauerstoff der Luft explosives Knallgas«, sagte jemand. »Ein Funke genügt, und schon …«

»Die Gefahren des Gases werden gewöhnlich überschätzt. In den meisten Fällen, in denen ein Zeppelin in Brand geraten ist, war das Benzin die Ursache.«

Wie beruhigend!

»Und was ist mit der *Dixmuide*?«, fragte Herr Pfeiffer. »Soviel ich weiß, hat sich bei der Katastrophe damals das Wasserstoffgas entzündet.«

»Das ist richtig, aber nur, weil das Schiff während eines Gewitters über Prallhöhe aufgestiegen ist und Gas abgeblasen hat, sodass der Blitz in die entstandene Knallgaswolke einschlagen konnte.«

Oh Gott!

»Unsere Mannschaft besteht aus erfahrenen Männern, die über solche Gefahren Bescheid wissen. Auch die Haut der Gaszellen bietet einen zusätzlichen Schutz. Früher hat man gummierte Stoffzellen genommen, die zu elektrischer Aufladung neigten, heutzutage verwenden wir Goldschlägerhaut, das ist die äußere Haut von Rinderblinddärmen, siebenfach aufeinandergeklebt. Leicht, und vor allem: gasdicht.«

»Das müssen aber eine Menge Rinder gewesen sein.«

»Siebenhunderttausend. Glauben Sie mir, mit dem Zeppelin zu reisen, ist eine sichere Sache, und angenehm dazu. Ein Flugzeug fliegt nur aufgrund des aerodynamischen Auftriebs, ein Luftschiff dagegen schwimmt in der Luft wie ein Fisch im Wasser. Selbst wenn alle Motoren versagen, wird es weiterschwimmen, weil es leichter ist als Luft. Und während einem Dampfer der Seegang zu schaffen macht, merkt man im Zeppelin kaum etwas von den Stößen eines Sturms. Ein Zeppelin rollt nicht. Er bewegt sich auf und ab, aber das seitliche Schlingern, das eine Seefahrt so unerquicklich machen kann, kennt er nicht. Also, genießen Sie die Fahrt.« Eckener räusperte sich. »Des Weiteren möchte ich Sie bitten, sparsam mit Wasser umzugehen. Wir haben nur eine begrenzte Menge an Bord, es wäre wünschenswert, wenn Sie Ihre Morgentoilette auf das Notwendigste beschränken könnten.«

Er machte sie auf weitere Besonderheiten des Luftschiffes und der Kabinen aufmerksam und erläuterte anschließend die geplante Route. »Wir fahren voraussichtlich über Würzburg und Erfurt, machen einen Schlenker nach Bremerhaven und werden uns gegen Abend der dänischen Küste nähern. Nachdem wir Norwegen hinter uns gelassen haben, schnuppern wir ein bisschen Seeluft, um in Vorbereitung auf die Amerikafahrt einige Versuche über offenem Meer zu machen, kehren dann um und fahren über die Shetlandinseln an der Küste Schottlands und Englands entlang nach London. Wenn Sie Fragen haben, können Sie sich jederzeit an mich oder meine Mitarbeiter wenden. Ansonsten wünsche ich Ihnen eine angenehme Reise.«

»Augenblick!«, rief der Dicke mit dem Karoanzug. »Wo sitzt der Funker? Ich muss ein Telegramm aufgeben.«

»Das ist zurzeit leider nicht möglich. Die Wetterberichte gehen vor.«

»Es poussiert. Ich muss meinem Börsenmakler Induktionen kabeln, welche Aktien er kaufen soll.«

Hendrik unterdrückte ein Schmunzeln. *Er hatte eben einige lateinische Wörter apportieren gelernt,* schrieb Georg Christoph Lichtenberg im 18. Jahrhundert in seinen *Sudelbüchern*, und zweifellos hatte er dabei diesen Herrn im Kopf gehabt.

»Tut mir leid, vielleicht später. Notfalls müssen Sie Ihr Telegramm bei der Ankunft in London aufgeben.«

»Das nützt mir nix. Schließlich soll der Mann ja der Presse stecken, dass ich ihn vom Zeppelin aus anfunke.« Der Dicke zückte seine Brieftasche. »Wie viel?«

»Bitte?«

»Was muss ich zahlen, damit Sie mich kabeln lassen?«

Hendrik sah, wie Eckener mit sich kämpfte, um höflich zu bleiben. »Sollte irgendwann Luft für private Telegramme sein, werden Sie informiert.« Damit ließ der Kommandant den Mann stehen und stapfte in die Führerkabine zurück.

Hendrik nahm wieder im Abteil Platz und fing an, Karikaturen seiner Mitreisenden anzufertigen. Die beiden Reporter setzten sich ihm gegenüber und diskutierten über den Zeppelin. Der LZ 126, wie seine Firmenbezeichnung lautete, war anscheinend das erste Luftschiff der Welt, das über Schlafmöglichkeiten für Fernfahrten verfügte, und erreichte eine Spitzengeschwindigkeit von bis zu hundertachtundzwanzig Stundenkilometern.

Mister Quinns Blick fiel auf Hendriks Karikaturen. »*Interesting.* Würden Sie überlassen Ihre Zeichnungen für die *New York Times*?«

»Sie meinen, zum Abdruck?«

»*Yes.* Es ist originell zu sehen. Ich bin sicher, es würde gefallen meine Chef.«

»Auf so einen Gedanken wäre ich nie gekommen, aber … ja, warum nicht?«

Aus der hinteren Backbordkabine war die erhobene Stimme des Grafen zu hören: »Ich erwarte von dir, dass du mit diesem wehleidigen Gejammere aufhörst. Für einen von Salburg-Oertzen steht Pflichterfüllung an oberster Stelle, zeig gefälligst Haltung!«

Anscheinend ging das familiäre Drama weiter.

»Als Reporter sind Sie doch sicher bestens informiert«, meinte Hendrik. »Was wissen Sie über die Familie des Grafen?«

»Maximilian von Salburg-Oertzen ist mit der Leitung des Zeppelinkonzerns befreundet«, erklärte Herr Pfeiffer. »Ich nehme an, er reist aus Prestigegründen mit.« Er dämpfte seine Stimme, damit seine Worte nicht in den anderen Kabinen vernommen wurden. »Der Graf gehört dem verarmten Landadel an. Er spekuliert wohl darauf, dass es seine Reputation hebt, wenn er sagen kann, er sei mit dem Amerika-Luftschiff gereist.«

»Und seine Frau?«

»Magdalena, geborene Tresckow von Aretin. Sie und die Kinder, Ferdinand und Klarissa, wissen diese Auszeichnung weniger zu schätzen, wie es aussieht.«

»Vater und Sohn scheinen auf Kriegsfuß miteinander zu stehen.«

»Wie das eben so ist, wenn Söhne älter werden.«

»Und was ist mit den anderen Mitreisenden? Der Streithammel mit der Zigarre … ich finde es seltsam, wie er und der Graf miteinander umgehen. Der Dicke gebärdet sich, als hätten sie gemeinsam im Schützengraben gelegen, während der Graf so tut, als kenne er den anderen nur vom Hörensagen.«

»Alois Kahl heißt der Mann. Ein Inflationsgewinnler. Hat seine Finger in allen möglichen Geschäften und denkt darüber nach, in einen künftigen Zeppelin-Linienverkehr zu investieren. Der Hagere, der ihn begleitet, ist sein Sekretär, Valentin Veidt. Außer diesen Herrschaften gibt es noch drei weitere Fahrgäste: einen südamerikanischen Diplomaten, einen Legationsrat vom Auswärtigen Amt und –«

Unter Gepolter stürzte ein schmales Männchen in die Kabine. »Haben Sie Graf Zeppelin gesehen?«, stieß er hervor.

Hendrik und die Reporter sahen sich an.

»Der ist seit sieben Jahren tot«, amüsierte sich Herr Pfeiffer.

Der Mann hatte die Antwort nicht abgewartet. »Graf Zeppelin«, rief er, ging in die Knie, um unter die Bänke zu sehen, und schnalzte mit der Zunge. »Hierher! Graf Zeppelin!« Hektisch verschob er Koffer und Aufbewahrungsbehälter. »Nicht da«, sagte er verzweifelt. »Die Käfigtür war nicht richtig zu. Meine Schuld.« Und schon stürzte er weiter zur Nachbarkabine.

»Eine kleine Hund?«, rätselte Orren Quinn. »Eine Katze?«

»Die hätte er bestimmt nicht mit an Bord nehmen dürfen. Ein Kaninchen vielleicht.«

»Wer war das?«, wollte Hendrik wissen.

»Der letzte Fahrgast. Hilmar Haase, ein Konstrukteur des Zeppelinkonzerns. Er kommt aus der aerodynamischen Versuchsabteilung und nimmt dort Modelluntersuchungen im Windkanal vor, soviel ich gehört habe.«

Interessant. Der Mann hatte mehr wie ein Buchhalter ausgesehen, der jede Erbse an Bord auf einer Liste abhakt, um sich zu vergewissern, dass sich alles an seinem Platz befindet. »Was macht er hier? Weitere Tests?«

»Offiziell führt er Messungen zur Bestimmung der Fahreigenschaften unter realen Wetterverhältnissen durch. Ich vermute allerdings, dass er auch ein Auge auf das Schiff haben soll. Wenn mich nicht alles trügt, ist Herrn Haases Anwesenheit das Resultat der Rivalität zwischen Herrn Eckener und Herrn Colsman.«

»Wer ist Herr Colsman?«

»Der Geschäftsführer der Luftschiffbau Zeppelin GmbH. Herr Eckener hat ihn mit dem Amerika-Luftschiff ausgebootet.«

»Jetzt verstehe ich gar nichts mehr.«

Herr Pfeiffer lehnte sich in seinem Sitz zurück. Die Freude, aus dem Nähkästchen plaudern zu können, war ihm anzusehen. »Was wissen Sie über dieses Schiff? Ich meine, über seinen Zweck?«

»Es ist als Ersatz für Reparationsleistungen an Amerika gedacht. Wir zahlen gewissermaßen in Naturalien.«

»Richtig. Amerika beansprucht drei Komma zwei Millionen Goldmark Entschädigung von Deutschland. Zugleich haben uns die Alliierten im Londoner Protokoll den Bau großer Luftschiffe untersagt. England und vor allem Frankreich setzen alles daran, die völlige Demontage sämtlicher Luftfahrteinrichtungen in Deutschland zu erreichen, was das Ende der Luftschiffbau Zeppelin GmbH bedeuten würde. In dieser Situation kam Eckener die Idee, den Amerikanern statt Geld ein neues Luftschiff anzubieten.«

»Ja, ich weiß. Das Reich zahlt die Reparationsleistungen als Baukosten an die GmbH statt an Amerika. Das Unternehmen ist gerettet, die Mitarbeiter können weiter beschäftigt werden, und Deutschland hat die Möglichkeit, durch ein technisches Meisterwerk sein Prestige in der Welt zu verbessern. Ein genialer Schachzug.«

»Allerdings gibt es ein Problem: Die amerikanische Militärkommission hat dem Vertrag nur unter der Bedingung zugestimmt, dass das Luftschiff in gutem Zustand in Lakehurst übergeben wird. Und eine Atlantiküberquerung mit einem vergleichsweise kleinen Schiff ist nicht ohne Risiko. Die deutsche Regierung hat sich geweigert, für die Überführung zu haften, weil sie nicht zweimal zahlen will, falls dem Schiff unterwegs etwas zustößt. Und es hat sich auch keine Versicherung gefunden, die bereit war, das Risiko zu tragen. In dieser Situation hat Eckener das Vermögen des Zeppelinkonzerns als Bürgschaft eingesetzt.«

»*Remarkable.* Ein großer Mann. Eine Visionär.«

»Verstehe«, sagte Hendrik. »Herr Colsman ist natürlich nicht glücklich über ein solches Risiko.«

»Er verfolgt eine andere Strategie, eine, wenn Sie so wollen, vernünftigere.«

»Und die wäre?«

»Umstrukturierung. Diversifikation. Um den Konzern zu erhalten, hat er angefangen, die Tochterunternehmen umzubauen, Aluminiumtöpfe und -pfannen zu produzieren, zur Herstellung von Konsumgütern zu wechseln oder beispielsweise die Leichtmetallgießerei aus der Staakener Luftschiffwerft herauszulösen und auf eigene Füße zu stellen, um für die Autoindustrie zu arbeiten. Er will die Firma mit allen Mitteln retten, auch wenn das die Aufgabe ihrer eigentlichen Bestimmung bedeutet. Eckener dagegen ist bereit, ein Risiko einzugehen, weil der Konzern in seinen Augen ohnehin nichts zu verlieren hat. Wenn er diese Chance nicht ergriffen hätte, wäre die Friedrichshafener Werft vermutlich schon demontiert. Er hat sich gegen Colsman durchgesetzt.«

Hendrik sah den Kommandanten jetzt mit anderen Augen. Welch ein Druck musste auf dem Mann lasten! Ein Scheitern würde unweigerlich das Ende der Firma bedeuten, wenn nicht gar der deutschen Luftschifffahrt überhaupt. Und er zeigte sich so ruhig, als bereite er sich auf eine Spazierfahrt vor. »Drei Komma zwei Millionen hat das Schiff also gekostet?«

»Drei Komma sechs.«

»Das Navy Department hat bezahlt die Rest, ungefähr einhunderttausend Dollar.«

»Um nun auf den Ausgangspunkt unseres Gesprächs zurückzukommen: Es ist sicher nicht abwegig anzunehmen, dass die Risikobereitschaft unseres Kommandanten Herrn Colsman Magenschmerzen bereitet. Ich vermute, Herr Haase soll ihm nach dieser Probefahrt darüber Bericht erstatten, wie umsichtig Herr Eckener das Schiff führt und ob man es ihm auf der ungewissen Reise nach Amerika anvertrauen kann.«

»In meinen Augen ist Herr Eckener die Besonnenheit in Person«, meinte Hendrik. »Aber selbst wenn es anders wäre – was könnte Herr Colsman schon dagegen unternehmen? Er hat doch ohnehin keine Alternative.«

»Panik ist nicht rational.«

Währenddessen waren die Rufe nach »Graf Zeppelin« weitergegangen. Überhaupt wurde es unruhig auf dem Gang, immer wieder eilten Leute in diese oder jene Richtung, um einen Blick in die Führerkabine zu werfen, den Abort aufzusuchen oder herauszufinden, ob schon jemand damit beschäftigt war, Kaffee zu kochen.

»Haben Sie etwas dagegen, wenn ich ein bisschen Grammophonmusik spiele?«, erkundigte sich Herr Pfeiffer.

»Wollen Sie etwa behaupten, Sie hätten ein Grammophon dabei?« Hendrik warf einen Blick auf den Koffer des Reporters. Wie alle Fahrgäste hatte er nur begrenzt Gepäck mit an Bord nehmen dürfen, und sein Koffer war alles andere als groß.

Herr Pfeiffer lachte, stellte den Klapptisch der Kabine auf und hängte ihn an der Fensterbrüstung ein. Dann zauberte er aus seinem Koffer etwas hervor, das entfernt an eine Taschenuhr erinnerte und die Größe einer Käseschachtel besaß, öffnete es und entnahm ihm mehrere Einzelteile. An eines dieser Teile schraubte er eine Nadel und setzte ein schwarzes Gehäuse daran. »Kein monströser Trichter nötig, der Klangverstärker besitzt einen Resonator aus Bakelit«, kommentierte der Reporter. Er drehte eine Schraube am Sockel, um das Gerät aufzuziehen, entfaltete den geknickten Tonarm und steckte ihn mit dem Tonabnehmer zusammen. Zum Schluss setzte er etwas auf, das vermutlich der

Plattenteller sein sollte. »Nur zehn Zentimeter im Durchmesser, deshalb muss die Platte befestigt werden.« Er entnahm seinem Koffer eine Schallplatte, legte sie auf den Teller und steckte sie mit einem metallenen Aufsatz fest.

»Was, um alles in der Welt, ist das?«

»Ein Mikiphone aus der Schweiz. Gerade zum Patent angemeldet, soll demnächst in Serie gehen. Dies hier ist ein Prototyp, ein Geschenk des Herstellers für eine journalistische Gefälligkeit. Ich bin also vermutlich der Erste, der ein solches Wunderwerk mit auf Reisen nimmt. Einer der Vorteile, wenn man beruflich herumkommt.«

»Nicht mal eine Kurbel benötigt man«, staunte Hendrik.

Reinhold Pfeiffer drückte den Tonarm zurück, was den Plattenteller in Bewegung setzte, führte die Nadel in die Rille der Schallplatte, und dann sorgte ein schmissiger Jazz von Paul Whiteman für Stimmung.

»Unbelievable.«

Neugierige Köpfe blickten um die Ecke und bestaunten das Wunderwerk des Reporters. Während der die Schallplatten wechselte und als nächstes einen Walzer auflegte – *Über den Wellen,* ein durch und durch österreichisch klingendes Stück, das nichtsdestotrotz von einem Indio-Mexikaner stammte –, erhob sich Hendrik, weil er ein dringendes Bedürfnis verspürte. Im Gang stieß er beinahe mit dem Konstrukteur zusammen und nutzte die Gelegenheit, um sich vorzustellen und herauszufinden, welche Art Lebewesen sich hinter »Graf Zeppelin« verbarg.

Derweil erschien Herr Veidt, der Sekretär, in der Tür zum hinteren Teil der Gondel. Sein Blick fiel zuerst auf die beiden Männer, dann auf etwas hinter ihnen, und ein grimmiges Leuchten huschte über sein Gesicht. Unwillkürlich drehte sich Hendrik um.

Graf von Salburg-Oertzen verließ soeben den Führerstand und kam ihnen auf dem Gang entgegen. Die Reise hatte ihn nicht lockerer gemacht, noch immer hielt er sich so gerade, als sei er irgendwo angebunden, und auch den obligatorischen

Spazierstock legte er anscheinend nie aus der Hand. Hendrik und Herr Haase machten ihm Platz, Valentin Veidt dagegen traf keine Anstalten, ihm auszuweichen. Zu den Takten des Walzers gingen die beiden aufeinander zu, bis der Graf gezwungen war stehen zu bleiben.

»Würden Sie mich bitte vorbeilassen?«, sagte er.

»Sieh an, der gnädige Herr geruht, mich wahrzunehmen«, erwiderte Herr Veidt und blickte ihm provozierend in die Augen.

»Lassen Sie mich durch.«

»Ohne Ihre Lakaien sind Sie verdammt hilflos, was?«

»Zum letzten Mal: Gehen Sie zur Seite!«

Valentin Veidt grinste.

Maximilian von Salburg-Oertzen versuchte, seinen Widersacher niederzustarren, was dessen Grinsen nur verstärkte. »Geben Sie auf der Stelle den Weg frei, sonst …«

»Sonst?«

Der Graf umklammerte seinen Spazierstock und hob ihn über den Kopf.

»Diesmal ist es also der Stock, ja?«, höhnte der Sekretär. Herausfordernd legte er seinen Kopf zur Seite, als biete er ihm die Wange dar.

Einen Augenblick lang dachte Hendrik, Maximilian von Salburg-Oertzen würde zuschlagen. Die Hand des Grafen zitterte. Dann ließ er den Stock sinken.

»Feigling.« Valentin Veidt gab ein verächtliches Geräusch von sich und stürmte an seinem Gegner vorbei in seine Kabine.

Hendrik zitterte kaum weniger als der Graf. Er hatte keine Ahnung, woher der mörderische Hass zwischen den beiden Männern rührte. Aber zwei Dinge wusste er mit Sicherheit: Dieser Zwist war nichts, was sich mit guten Worten aus dem Weg räumen ließ. Und die soeben erlebte Szene war nur der Auftakt zu Schlimmerem.

4

Etwas Braunes huschte an den Füßen der Fahrgäste vorbei, dann schrie Klarissa von Salburg-Oertzen: »Eine Ratte! Eine Ratte!« und sprang auf den Sitz.

Diana runzelte die Stirn und hockte sich nieder. In einer Ecke unter der Bank zitterte ein Hamster. »Das ist keine Ratte. Hören Sie auf zu schreien, Sie ängstigen das Tier ja.« Vorsichtig streckte sie die Hand aus und machte schnalzende Geräusche.

»Ein solches Benehmen schickt sich nicht für eine Dame«, tadelte Magdalena von Salburg-Oertzen ihre Tochter.

Aus irgendeinem Grund schien der Hamster Vertrauen zu Diana zu fassen, er schnupperte an ihren Fingerspitzen und ließ sich von ihr aufheben und kraulen. Mit vollen Backentaschen mümmelte er an etwas, das er vermutlich irgendwo stibitzt hatte.

»Graf Zeppelin?« Herr Haase stürmte in die Kabine. »Da bist du ja, Gott sei Dank, ich habe mir solche Sorgen um dich gemacht! Ist dir auch nichts geschehen?« Er nahm das Tier aus Dianas Händen. »Danke, vielen Dank. Graf Zeppelin ist mein ein und alles. Nicht auszudenken, was ihm hätte zustoßen können.«

Dann entdeckte er Klarissa, die noch immer auf dem Sitz stand, und sofort veränderte sich seine Miene. »Kommen Sie da runter, Sie ruinieren die Polster mit ihren Schuhen. Wissen Sie eigentlich was dieses Schiff kostet? Und ich rede hier nicht nur von Geld. Die Mitarbeiter der Werft haben Übermenschliches geleistet, um den LZ 126 zu vollenden, die Krönung ihrer Arbeit, und Sie treten ihre Anstrengungen mit Füßen.«

Klarissa bemühte sich um einen gleichmütigen Gesichtsausdruck, als sie vom Sitz stieg. Ihre Mutter machte durch ein Räuspern deutlich, dass ihr der Tonfall des Konstrukteurs nicht gefiel.

Herr Haase bemerkte es gar nicht. Er hauchte den Cordsamt an und wischte mit seinem Ärmel über das Polster. »Seien Sie in Zukunft achtsamer«, sagte er, »ein Zeppelin ist keine Turnhalle.« Mit seinem Hamster verließ er die Kabine, Koselaute von sich gebend.

Die Gräfin schloss die Augen, als wolle sie schlafen. Klarissa fuhr fort, ihre Nägel zu feilen, eine nervtötende Angelegenheit, die sie mit wahrer Hingabe verrichtete. Draußen auf dem Gang schlich Ferdinand herum und versuchte auszusehen, als ob er sich für nichts und niemanden interessiere.

Diana widmete sich wieder dem Brief, an dem sie geschrieben hatte. Lieber wäre sie losgezogen, um das Schiff zu inspizieren, aber sie wusste, dass Gregor sich über Post aus dem Zeppelin freuen würde, also zügelte sie ihre Neugier. *Würzburg haben wir bereits hinter uns gelassen. Herr Eckener hat uns eingeladen, ihn in der Führerkabine zu besuchen, ich kann es kaum erwarten. Die Passagiere hier an Bord sind ausgesprochen exzentrisch, und das ist noch harmlos ausgedrückt.* Diana kaute auf ihrem Bleistift. *Ich hoffe, mit Michael ist alles in Ordnung. Bitte grüß ihn herzlich von mir.* Wie die beiden wohl miteinander klarkamen? Es war das erste Mal seit der Rückkehr ihres Bruders aus der Kriegsgefangenschaft, dass Diana verreiste und sie in der gemeinsamen Wohnung allein ließ.

»Hast du gehört?«, fragte Klarissa ihre Mutter, ohne die Arbeit an ihren Nägeln zu unterbrechen. »Freiherr zu Schwabach und Wartenberg hat eine Affäre mit einer Bürgerlichen.«

»So etwas ist kein Thema für eine Dame«, erwiderte die Gräfin.

»Alle reden darüber.«

»Nun, wir nicht. Wer sich derart vergisst, dass er nicht weiß, was er seinem Stand schuldig ist, über den deckt man am besten den Mantel des Schweigens.«

»Man schweigt ihn tot, wolltest du sagen«, warf Ferdinand ein.

»Das ist eine Frage des Takts. Des Anstands.«

»Was das ist, weiß Ferdinand doch sowieso nicht«, murmelte Klarissa.

»Vielleicht lieben sie sich ja. So was soll es geben, selbst wenn dir dieses Gefühl unbekannt ist.«

Magdalena warf ihrem Sohn einen vernichtenden Blick zu. »Bist du nicht ein wenig alt für solch rührselige Bemerkungen? Was du für Liebe hältst, ist nichts als mangelndes Rückgrat.«

»Es verlangt Mut, sich gegen seine Familie zu stellen.«

»Selbstsucht trifft es wohl eher. Wer seinen guten Namen in den Schmutz zieht, verrät einen bedauernswerten Mangel an Ehrgefühl und ein fehlendes Bewusstsein für Diskretion. Adel ist keine Frage der Ländereien, sondern der Haltung, wie dein Vater zu Recht immer wieder betont. Sich von primitiven Leidenschaften beherrschen zu lassen, zeugt von einer niedrigen Gesinnung.«

»Mit anderen Worten: Befolge die ungeschriebenen Regeln der Gesellschaft, selbst wenn du dabei unglücklich wirst.«

»Glück, mein Sohn, ist ein überschätztes Ideal. Was zählt, sind Disziplin und ein guter Stammbaum. Die von Salburg-Oertzens können ihre Vorfahren lückenlos bis ins Jahr 1200 nachweisen; du solltest dir gelegentlich klarmachen, dass du in einer langen Reihe von Ahnen stehst, die dich tragen, dass du zur Elite dieses Landes gehörst, sowohl durch Blut als auch durch Tradition. Du hast eine Verpflichtung, diese Tradition fortzusetzen, vergiss das nicht.« Die Gräfin musterte ihren Sohn eindringlich. »Es wird Zeit, dass du dich deines Namens würdig erweist. Ich erwarte von dir Charakterstärke.«

Schnaubend wandte sich Ferdinand ab und verschwand nach hinten.

Diana sah ihm nach. Irgendetwas hatte sie nicht mitbekommen. Die Gräfin und ihr Sohn schienen von zwei verschiedenen Dingen zu reden. Hatte er sich in ihren Augen ebenfalls einer Verfehlung schuldig gemacht? Sie musste Hendrik danach fragen, vielleicht hatte er eine Vermutung, was – Ach nein, er war ja gerade nicht gut auf sie zu sprechen. Seltsam, wie man sich daran gewöhnen konnte, seine Gedanken mit jemandem zu teilen!

Verstohlen warf sie einen Blick in die Nachbarkabine. Hendrik unterhielt sich mit den beiden Reportern. Ob er immer noch wütend auf sie war? So heftig hatte er noch nie auf eine Stichelei reagiert. Die Trennung musste ihm mehr zu schaffen machen, als sie dachte. *Frau Neunmalklug,* pff! Na schön, sie war vielleicht ein bisschen geradeheraus gewesen, aber Josephine war nun mal ein rotes Tuch für sie.

Ach, verflixt, sie hatte die Nase voll davon, hier herumzusitzen! Diana faltete den unfertigen Brief zusammen und verstaute ihn in ihrem Koffer. Dann trat sie auf den Gang, ging nach vorn, die beiden Treppenstufen hinauf, und öffnete die Tür zum Führerstand. »Darf ich hereinkommen?«

Hugo Eckener, der auf der Sitzbank neben der Tür saß und die Testergebnisse der vergangenen Probefahrten studierte, nickte. »Selbstverständlich.«

Fünf weitere Männer hielten sich in dem Raum auf: zwei an den Rudern, einer am Tisch, und an der Brüstung am Fenster lehnten zwei Amerikaner, die sich Notizen machten.

Herr Eckener stellte ihr die Anwesenden vor: »Der Herr am Tisch ist Herr von Schiller, für die Navigation verantwortlich. Am Seitensteuer sehen Sie Herrn Geßler, er hält das Schiff auf Kurs. Der Herr dort am Höhensteuer, das ist Herr Sammt. Seine Aufgabe ist es, Höhe und Trimm beizubehalten. Und hier haben wir Commander Mitchell und Major Kennedy, die den Bau des Zeppelins beaufsichtigt haben und unser Schiff in Amerika übernehmen werden.«

Die Männer nickten ihr freundlich zu.

»Schauen Sie sich ruhig um.« Eckener vertiefte sich wieder in die Testergebnisse.

Diana ging zunächst zum Höhensteuermann auf der Backbordseite und schmunzelte über die Stofffigur, die an einem Duraluminträger baumelte: Hans Huckebein, der Rabe, vermutlich ein Glücksbringer.

Herr Sammt beantwortete bereitwillig ihre Fragen und zeigte ihr die Instrumente über und hinter dem Steuer. »Damit der Zeppelin wie ein Fisch schwimmt, muss die Höhenneigung ständig angepasst werden«, erläuterte er. »Temperatur und Luftfeuchtigkeit ändern sich ununterbrochen, deshalb muss ich die entsprechenden Instrumente im Auge behalten, um die Vertikalbewegungen abzufangen, außerdem den verbrauchten Treibstoff, Höhenbarometer und Luftdruck. Sehen Sie die Schalttafel da oben mit dem Seitenriss des Schiffes? Die Knöpfe darunter beziehen sich auf die jeweiligen Zellen auf der Abbildung. Mit ihnen kann ich gezielt Ballast oder Traggas abgeben.«

»Das alles können Sie gleichzeitig verarbeiten?«

»Ach, wissen Sie, wenn man diese Arbeit lange genug macht, verschmilzt man mit dem Schiff. Dann spürt man, wie es reagiert, und muss kaum noch nachdenken.«

»Man fliegt ein Luftschiff eben nicht wie ein Flugzeug, sondern man segelt es wie ein Segelboot, mit allen Sinnen am Wetter«, warf der Kommandant ein.

»Doktor Eckener ist passionierter Segler«, schmunzelte Herr Sammt.

»Vor allem ist er Schleswig-Holsteiner«, ergänzte Herr von Schiller. »In seinen Adern fließt Wikingerblut.«

Herr Sammt hatte nicht übertrieben. Diana beobachtete ihn und stellte fest, dass er wirklich Böen im Voraus zu riechen schien. Keine zehn Sekunden stand er still, immer wieder warf er das Steuerrad herum, noch ehe der Höhenmesser einen Ausschlag zeigte, und kam dadurch einer Neigung des Schiffes in die eine oder andere Richtung zuvor.

Sie dankte ihm für die Auskünfte und stellte sich neben Herrn Geßler, den Seitensteuermann am Bug. »Sie sind neu in der Mannschaft, nicht wahr?«, fragte sie, weil sie sich an das aufgeschnappte Gespräch in der Zeppelinhalle erinnerte.

»Ersatzweise. Herr Marx ist erkrankt, hat man mir gesagt. Aber keine Angst, ich bringe genug Erfahrung für die Arbeit mit, bin im

Krieg mit so manchem Luftschiff gefahren. Wollen Sie mal einen Blick auf die Instrumente werfen?« Er trat ein Stück zur Seite.

»Ah, ein Kreiselkompass«, entdeckte Diana. »Der ist bestimmt neu.«

»Zum ersten Mal an Bord. Eine Dreikreisel-Kompassanlage, die uns jede kleinste Bewegung des Schiffes verrät, auf ein Zehntelgrad genau. Das ist schon etwas anderes als ein Magnetkompass. Das Gerät zeigt immer die wahre Nordrichtung an, und eine Ablenkung der Nadel durch magnetische Einflüsse im Schiff gibt es auch nicht mehr.« Herr Geßler dehnte seine verspannten Muskeln. »Wenn Sie wollen, dürfen Sie gern mal das Steuer übernehmen.«

»Wirklich?« Ein solches Angebot musste man ihr nicht zweimal machen. Beherzt griff Diana zu.

»Das Handrad bedient Drahtseilzüge über das Kettengetriebe hier, sehen Sie? Damit beeinflussen Sie die beiden Seitensteuer. Und die Kupplung gestattet die wahlweise Betätigung der Ruderflächen, einzeln oder zusammen.«

Aufregend! Mit klopfendem Herzen steuerte Diana das Schiff durch eine Kumuluswolke hindurch und ließ sich anschließend mit Bedauern das Ruder wieder aus der Hand nehmen.

Herr von Schiller, der mit Hilfe von Winkel, Zirkel und Rechenschieber Punkte auf einer Karte bestimmt und miteinander verbunden hatte, erhob sich nun und erklärte ihr die Instrumente auf der rechten Seite des Führerstands: »Diese komischen Räder da oben, das sind die Scheibenkränze des Maschinentelegrafen. Seilzüge führen ins Schiffsinnere zu den Maschinengondeln, so kann ich die Befehle des Kommandanten an die Maschinisten weitergeben, ›Volle Kraft voraus‹ etwa oder ›Maschinen stopp‹. Ein Klingelzeichen macht die Männer darauf aufmerksam, dass ein neuer Befehl hereinkommt, sie antworten uns auf die gleiche Weise. Was Sie darunter sehen, ist die Telefonanlage, mit der wir verschiedene Punkte im Inneren des Schiffes erreichen können.«

Herr Eckener horchte plötzlich auf. »Was ist los?«, fragte er.

Jetzt hörte es auch Diana: Das Motorengeräusch wurde unregelmäßig. Einer der Motoren schien einen Aussetzer zu haben, spuckte, fing sich aber gleich darauf.

»Ist das wieder Nummer zwei?« Eckener warf einen Blick aus dem Fenster nach hinten.

Diana sah Herrn von Schiller fragend an.

»Motor zwei fiel während unserer ersten Probefahrt aus«, erklärte er. »Ein Montagefehler. Der Schaden sollte allerdings behoben sein.«

Herr Eckener lauschte wieder. »Scheint alles in Ordnung zu sein.« Er blickte zum Maschinentelegrafen, aber es ertönte kein Signal. »In einer halben Stunde ist ohnehin Wachablösung, dann schaue ich mal nach dem Rechten«, brummte er.

Eine Leiter in der Nähe des Eingangs weckte Dianas Interesse. »Führt die ins Innere des Zeppelins?«, erkundigte sie sich.

Ehe ihr jemand antworten konnte, öffnete sich die Tür daneben, und ein junger Mann kam heraus.

»Unser Funker, Willy Speck«, erklärte Eckener. »Er steht in ständiger Fühlung mit der Hamburger Seewarte. – Was gibt's?«

»Unwetterwarnungen, Herr Doktor.«

»Zeigen Sie mal her.«

Während Eckener, von Schiller und die Amerikaner die Notiz des Funkers lasen, warf Diana einen Blick in dessen Allerheiligstes. Atmosphärische Störungen, die vorher nicht zu hören gewesen waren, erfüllten den Raum; die Kabine musste schalldicht sein. Ein zweiter Funker saß an den Geräten und stellte sich als Johann Ladwig vor. Er nahm sich die Zeit, Diana die Anlage zu erklären. Dann kehrte Willy Speck zurück, und sie war gezwungen, die Kabine wieder zu verlassen. Die Tür fiel zu und schnitt das Pfeifen und Rauschen ab.

Die Männer am Kartentisch diskutierten den weiteren Kurs. In diesem Augenblick öffnete sich die Luke über der Leiter, und ein Mann kletterte herunter.

»Ludwig Knorr, unser Ballonmeister«, stellte Eckener vor. »Er kontrolliert, ob Gaszellen und Benzinleitungen dicht sind und Ventile und Steuerung korrekt arbeiten.«

»Oben ist alles in Ordnung, Herr Doktor, keine besonderen Vorkommnisse.«

»Was ist mit dem Motor?«

»Herr Siegle schien nicht beunruhigt zu sein.«

»Gut.« Eckener wollte sich wieder der Karte zuwenden, da fiel ihm ein: »Sind Sie nicht zum Küchendienst eingeteilt?«

»Jawohl.«

»Dann ab dafür. In einer halben Stunde ist Wachablösung, und die Herren wollen etwas in den Magen bekommen, ehe sie sich hinlegen.«

Herr Knorr nickte und verließ den Führerstand. Diana, die plötzlich merkte, wie hungrig sie war, bedankte sich beim Kommandanten und folgte dem Ballonmeister durch den Passagierbereich. Die Küche befand sich im Heck der Gondel, gegenüber den Waschräumen. Die Tür stand bereits offen, Herr Knorr hantierte mit Kannen und Tellern. Diana lugte um die Ecke.

Decke und Wände waren mit einem abwaschbaren Stoff bespannt, der Boden besaß einen Linoleumbelag. Nur um den Herd herum hatte man Aluminiumblech angebracht. Die Schränke bestanden aus weiß lackiertem Sperrholz, das Geschirr, das sich auf dem Tisch stapelte, wieder aus Aluminium. Die Belüftung folgte anscheinend demselben Prinzip wie in den Kabinen, nämlich über Öffnungen in der Decke. Diana stibitzte ein paar Kekse und wollte dann wissen, wie der elektrische Herd funktionierte.

»Auf der Backbordseite ist ein Generator mit Windmotorantrieb angebracht, der liefert uns den Strom für die beiden Heizplatten. Jedenfalls solange die Maschinen nicht stoppen, dann reicht der Wind nämlich nicht aus. – Möchten Sie einen Kaffee?«

»Gern.«

»Wird aber noch ein Weilchen dauern.«

Um den Ballonmeister nicht bei seiner Arbeit zu stören, trat Diana in den Gang zurück und wäre beinahe mit einem braun gebrannten Herrn zusammengestoßen.

»Guten Tag«, sagte er, »ich hatte leider bisher noch nicht die Ehre. Gestatten: José Miguel Valdés.«

»Ähm, guten Tag. Diana Lilienthal.«

»Geben Sie es zu: Sie gehen mir aus dem Weg.«

»Wie bitte?«

»Die ganze Zeit über habe ich aus der Ferne schon Ihr spitzbübisches Lächeln bewundert, ohne eine Chance zu bekommen, mich Ihnen vorzustellen.«

»Spitzbübisches Lächeln, soso.«

»Da, jetzt machen Sie es schon wieder.«

Was für ein Charmeur! Aber nicht unsympathisch. »Sie sind der Diplomat aus Brasilien, nicht wahr?«

»Stets zu Diensten.« Señor Valdés verbeugte sich.

Der Geruch eines Parfüms stieg Diana in die Nase. *Fadette*, angeblich das Lieblingsparfüm von Rudolph Valentino. Zufälligerweise hergestellt von seinem Schwiegervater Richard Hudnut. Viele Männer überschütteten sich heutzutage damit in der Hoffnung, dieselbe magnetische Wirkung auf Frauen auszuüben wie ihr Vorbild, schmierten sich pfundweise Brillantine und Pomade ins Haar, rasierten ihre Koteletten spitz auslaufend und übten Tango. Señor Valdés beschränkte seine Anleihen bei Valentino glücklicherweise auf das Parfüm, ein seidenes Oberhemd und polierte Schuhe. Tango beherrschte er vermutlich von Natur aus, jedenfalls bewegte er sich mit einer Geschmeidigkeit, die einen Balletttänzer erblassen ließe.

»Was mir gleich an Ihnen gefallen hat, ist Ihre ansteckende Begeisterung. Die Hälfte der Mitreisenden gibt sich blasiert, als ob sie so etwas jeden Tag erleben würden. Für Sie ist alles an Bord wie ein Wunder. Erfrischend! Ich hätte es sehr bedauert, Sie nicht kennenzulernen.«

Diana merkte, wie sie schon wieder lächelte, aber sie konnte nicht damit aufhören.

»Was tun Sie hier so allein?«

»Ich warte auf Kaffee.«

»Deswegen bin ich auch gekommen. Für einen Becher Kaffee würde ich morden.«

»Einen Augenblick dauert es noch.«

»Macht nichts, ich habe ja angenehme Gesellschaft. Waren Sie schon im Führerstand?«

»Ja. Ich durfte sogar das Ruder übernehmen.«

»Das muss die Minute gewesen sein, in der wir auf dem Kopf geflogen sind.«

Diana lachte. »Gefahren. Es heißt fahren, schon vergessen?«

»Oh je, ein schwerer Lapsus.«

Señor Valdés war wirklich ein geborener Diplomat. Er konnte mit großer Anteilnahme Belanglosigkeiten von sich geben und zeigte dabei ein Lächeln, das alles versprach, ohne das geringste Zugeständnis zu machen, mit einem Satz: Er war auf herzliche Weise unverbindlich. Man fühlte sich sofort wohl in seiner Gegenwart.

»Ich bin so aufgeregt«, sagte Diana. »Dies ist meine erste Reise mit einem Zeppelin. Ihre auch? Nein? Sie Glücklicher.«

»Aus welchem Grund fliegen – pardon! – fahren Sie denn mit?«

»Das ist eine kuriose Geschichte. Ich war mit Hendrik –«

»Ihr Mann?«

»Nein, er …« Ach je, immer diese Schwierigkeit, ihr Verhältnis zu erklären! »Ein … ein Freund. Der Bruder meines Mannes.«

Señor Valdés zeigte keine Reaktion, weder runzelte er die Stirn, noch machte er eine unpassende Bemerkung, sondern sah sie nur weiter interessiert an. Ein Pluspunkt für ihn.

»Wir haben Bekannte besucht, am Bodensee, und plötzlich erhielten wir ein Telegramm, dass meine Schwester Marianne uns nach London einlädt; sie ist nämlich mit einem Engländer verheiratet, müssen Sie wissen. Und dass wir mit dem Zeppelin fahren dürfen. Eigentlich auch Gregor, mein Mann, aber der ist in Berlin und im Augenblick unabkömmlich. Sie können sich vorstellen, wie perplex ich war. Ich meine, jahrelang habe ich auf eine Schiffsreise gespart, dann kam die Inflation, alles Geld war futsch, und nun fahre ich sogar mit dem Zeppelin nach London.«

»Das dürfte aber nicht billig gewesen sein. Ich wundere mich, dass es überhaupt möglich war, eine Passage zu kaufen.«

»War es nicht. Percy, also Mariannes Ehemann, arbeitet für Vickers. Die wollen eine private Luftschifflinie nach Indien und Australien aufbauen und hatten dabei einen ähnlich schweren Stand wie Herr Eckener, zumindest bis zum Regierungswechsel. Dass jetzt, nach über hundert Jahren Herrschaft der Konservativen und Liberalen, zum ersten Mal die Labour-Partei regiert, die der Idee der Luftschifffahrt positiv gegenübersteht, ist für Vickers ein Glücksfall. Jedenfalls, Percy kennt Lord Thomson, den Luftfahrtminister, und hat ihm empfohlen, über eine Zusammenarbeit mit der Luftschiffbau Zeppelin GmbH nachzudenken und von ihrem Wissen zu profitieren. Die Amerikaner glauben schließlich auch, dass sie ohne uns Deutsche international aus der Luftschifffahrt raus sind, nicht wahr, sonst hätten sie kaum dem Reparationsluftschiff zugestimmt. Percy denkt ähnlich. Er hat Herrn Eckener zu Sondierungsgesprächen nach Howden eingeladen, auf diese Weise kann er zugleich das Amerika-Luftschiff besichtigen. Die Zeppelinwerke könnten viel dabei gewinnen, deshalb war Eckener bereit, die zusätzliche Fahrt zu machen. Ich glaube, die Entscheidung fiel holterdiepolter, jedenfalls bekamen wir gestern erst das Telegramm. Dass man uns mitnimmt, ist so etwas wie das Gastgeschenk, nehme ich an. Ein Zeichen guten Willens gegenüber Vickers.«

»Nun ja, die Kabinen sind ohnehin zur Hälfte leer. Ich wurde auch erst kurz vor der Abfahrt unterrichtet. Ich bin aus ähnlichen Gründen an Bord, müssen Sie wissen. Herr Eckener denkt schon geraume Zeit über einen regelmäßigen Luftverkehr nach Südamerika nach.«

Diana seufzte. »Ich kann es immer noch nicht fassen, dass ich mit einem Zeppelin fahre. Ich wünschte, Gregor wäre hier, dann wäre mein Glück perfekt.«

»Sie lieben Ihren Mann sehr, ja?«

»Wir sind frisch verheiratet.«

»Verstehe«, erwiderte Señor Valdés mit einem melancholischen Lächeln. »Den Mann oder die Frau seines Lebens gefunden zu haben, ist ein Geschenk. Halten Sie dieses Geschenk fest, mit beiden Händen.«

Das klang traurig. Rätselhaft. Anscheinend verbarg sich hinter dem gigolohaften Äußeren des Brasilianers mehr, als es den Anschein hatte. Ein interessanter Mann. Diana wollte gern Näheres über ihn erfahren. Sicher ergab sich während der Reise noch die Gelegenheit dazu.

5

Bei Familie von Salburg-Oertzen herrschte Grabesstille. Während überall Karten gespielt oder Musik gehört wurde, saß der Graf stocksteif wie ein Denkmal seiner selbst im Abteil und hielt seinen Spazierstock umklammert, die Gräfin rieb sich die Schläfen, als habe sie Migräne, Klarissa feilte wieder ihre Nägel, und Ferdinand lümmelte sich mit missmutigem Gesicht in die Sitze.

»Lass dich nicht so gehen«, fuhr sein Vater ihn an, »zeig wenigstens ein bisschen Haltung. Haltung ist alles im Leben.«

Diana registrierte all das, während sie zum wiederholten Male zur Küche ging, um nachzusehen, ob das Essen endlich fertig war. Ihr Hunger hatte während der letzten halben Stunde astronomische Dimensionen angenommen. »Bringen Sie mir was mit«, maulte Klarissa hinter ihr her. Kein »bitte«, kein Lächeln, nichts. Eigentlich wollte Diana sich weigern, aber um des lieben Friedens willen änderte sie ihre Meinung.

Diesmal hatte sie Erfolg und kehrte mit zwei Aluminiumtellern ins Abteil zurück. Herr Knorr hatte Kalbsgulasch mit Erbsen und Karotten gemacht, als Nachtisch Mirabellenkompott.

»Ich mag keine Mirabellen«, nörgelte Klarissa.

»Keine Ursache, gern geschehen«, erwiderte Diana und ließ einen der Teller auf den Tisch fallen. Sie musste sich dringend woanders hinsetzen, hier würde ihr der Appetit vergehen. Am liebsten wäre sie zu den beiden netten Reportern ins Nebenabteil gegangen, aber da saß Hendrik, und sie hatte keine Lust auf eine Fortsetzung ihres Streits. Oder wäre das vielleicht eine Möglichkeit, wieder miteinander ins Gespräch zu kommen?

Die drei unterhielten sich über den Mörder des ehemaligen Finanzministers Matthias Erzberger, der in Ungarn verhaftetet worden war, aber wohl nicht an Deutschland ausgeliefert werden würde, und darüber, dass Adolf Hitler, gescheiterter Putschist, nach einem ohnehin milden Urteil und nur sechs Monaten Festungshaft demnächst vorzeitig entlassen wurde.

»Fünf Jahre sollten es eigentlich sein«, ereiferte sich Hendrik.

»Mit Aussicht auf Bewährung«, ergänzte Reinhold Pfeiffer. »Dass er früher wieder auf freien Fuß kommt, war doch von Anfang an klar.«

Allerdings. Der ganze Prozess war eine Farce gewesen, dachte Diana. Er hätte vor dem zuständigen Staatsgerichtshof in Leipzig stattfinden müssen und nicht vor einem bayerischen Volksgericht. Einem Gericht, in dem für Linke andere Regeln galten als für Rechte. Ein Gericht, das die Männer der Räterepublik München zu vielen Jahren Zuchthaus verurteilt, die »Herren Angeklagten« des Hitlerputsches dagegen hofiert hatte.

Herr Pfeiffer schien derselben Ansicht zu sein. »Mir kommt jetzt noch die Galle hoch, wenn ich daran denke, wie der Lump aus seiner Verhandlung eine Bühne für sich gemacht und Propagandareden zum Fenster hinaus gehalten hat, wissen Sie noch? Als er aus dem Gerichtssaal geführt wurde, bekam er stehende Ovationen.«

»Immerhin: Die NSDAP ist verboten –«

»Dafür haben sich zahllose Nachfolgeorganisationen gebildet: Großdeutsche Volksgemeinschaft, Völkischer Block und wie sie alle heißen.«

»Trotzdem: Verboten, zerstritten – Hitler muss dem Verfall seiner NSDAP tatenlos zusehen.«

»Ich halte das für reines Kalkül. Die Querelen beschäftigen seine Statthalter und verhindern, dass ein anderer die Macht in der Partei ergreift. Dann wird es für ihn umso leichter, das Ruder wieder an sich zu reißen, sobald er freikommt.«

Man hätte ihn als unerwünschten Ausländer nach Österreich abschieben können, dachte Diana, aber das hatte das bayerische Innenministerium natürlich abgelehnt. Doch nicht einen Mann, der so deutsch denkt und fühlt! Ein deprimierendes Thema. Zudem sah es nicht nach einer guten Gelegenheit für eine Versöhnung mit Hendrik aus, also begab sie sich lieber wieder zu dem charmanten Diplomaten. Vielleicht gelang es ihr, ein bisschen mehr über ihn zu erfahren.

Unter den Fahrgästen hatte sich ein zwangloser Umgang herausgebildet, Leute kamen und gingen und unterhielten sich miteinander. Herr Haase, der von der Führergondel aus Messungen vorgenommen hatte, war wieder da, machte die Runde und ermahnte jeden, nicht auf die kostbaren Sitze zu kleckern. Herr Eckener gesellte sich mit seinem Teller mal zu diesem, mal zu jenem, um zu plaudern und gute Stimmung zu verbreiten.

Neben Señor Valdés befand sich noch Eduard Diehl im Abteil, ein Legationsrat vom Auswärtigen Amt, soviel Diana wusste. Er sah aus wie ein Mann, den keine Macht der Welt von seinem Platz vertreiben konnte, weder aus einem Sessel noch aus einem politischen Amt. Sie sprachen über den geplanten Verkehrsturm am Potsdamer Platz in Berlin.

Nach einer Weile setzte sich Herr Eckener zu ihnen. Die Unterhaltung wandte sich den Annehmlichkeiten der Reise zu, und Diana meinte: »Mit der Verwirklichung dieses Luftschiffes haben Sie etwas Außerordentliches vollbracht, Herr Eckener. Es war gewiss nicht leicht, die Verantwortlichen zu überzeugen.«

»Nein, das war es nicht, es gab etliche Widerstände. Aber auch Unterstützung. Außenminister Rathenau hat die Verträge befürwortet. Ein weitsichtiger Mann.« Er sah sie an, als sei ihm gerade etwas in den Sinn gekommen. »Sie haben versucht, das Attentat auf ihn zu verhindern, nicht wahr? Es stand in den Zeitungen.«

»Wir kamen zu spät.«

»An jenem Tag haben wir im Auswärtigen Amt auf ihn gewartet, um die Verträge zu unterzeichnen. Durch die Tragödie kam es dann erst zwei Tage später dazu.«

Es wurde still in der Kabine.

»Nun«, fuhr Eckener in betont munterem Ton fort, »jedenfalls ist dieser Zeppelin hier unsere einzige Chance, das neue Verkehrsmittel durch eine überzeugende Leistung populär zu machen. Meiner Ansicht nach liegt eine große Zukunft in der Errichtung eines regelmäßigen Luftschiffverkehrs rund um die Welt. Sie müssen bedenken, selbst ein Schnelldampfer braucht zwölf bis dreizehn Tage von Hamburg nach Rio, ein Zeppelin könnte dieselbe Strecke in vier bis fünf Tagen schaffen.«

Der Legationsrat schnaubte, aber Eckener ließ sich nicht beirren.

»Die Spanier sind an einer schnellen Verbindung mit ihren ehemaligen Kolonien interessiert, dasselbe gilt für die Engländer. Vor einigen Jahren ist ein reicher Baske an mich herangetreten mit dem Vorschlag, eine Linie zwischen Spanien und Argentinien aufzubauen. Auch Brasilien ist im Gespräch«, Eckener nickte Señor Valdés zu, »und keine Strecke der Welt wäre besser für so ein Vorhaben geeignet als der Luftraum durch die Passatwinde und die Kalmenzone am Äquator. Die meteorologischen Verhältnisse sind ideal: kaum Nebel, gleichmäßiger Wind. Leider hat sich dieser Plan aufgrund veränderter politischer Bedingungen und weil die Länder die hohen Ausgaben für den Bau von Luftschiffhallen scheuen zerschlagen. Aber wenn wir mit unserer Fahrt nach Amerika demonstrieren, was der Zeppelin kann, steigen unsere Chancen beträchtlich.«

Der Legationsrat konnte nun doch nicht länger an sich halten. »Jede Mark, die wir in die Luftschiffe stecken, fehlt beim Flugzeugbau, und wenn wir je wieder eine starke Nation werden wollen, brauchen wir Flugzeuge. Luftschiffe haben keinerlei militärischen Wert, das hat der Krieg zur Genüge bewiesen. Zeppeline bieten ein großes Ziel, sind langsam und schwer zu handhaben, die Verluste waren unverhältnismäßig hoch.«

»Ich widerspreche Ihnen, Herr Legationsrat. Wären gleich zu Beginn des Krieges leistungsfähigere Schiffe gebaut worden, bevor unsere damaligen Feinde ihre Abwehr verbessert hatten, wären wir im Vorteil gewesen. Kapitän Strasser hat das klar erkannt, aber niemand wollte auf ihn hören.«

»Wenn, wenn …«

»Auch so haben die Zeppeline viel geleistet, bei der Feindaufklärung etwa, indem sie die Kreuzergeschwader entlasteten. Die Schlacht am Skagerrak wäre ohne die Zeppeline ein Desaster geworden. Und eines dürfen Sie nicht vergessen: Schon die bloße Existenz der Zeppeline stellte eine Bedrohung dar und band durch die Notwendigkeit einer Luftabwehr etliche französische und englische Soldaten, die ansonsten effektiver auf den Kriegsschauplätzen hätten eingesetzt werden können.«

»Und wie viele Luftschiffe haben wir verloren? Vom ersten Tage an? Und nicht etwa nur durch Feindwirkung, sondern durch Unfälle?«

»Weil sie von unerfahrenen Militärstrategen für Aufgaben vorgesehen wurden, für die sie nicht geeignet waren. Aber ich will mich gar nicht mit Ihnen streiten, Herr Legationsrat. Zweifellos sind Luftschiffe in erster Linie ein Instrument des Friedens, deswegen sehe ich Luftschiff und Flugzeug auch nicht als Konkurrenten. Der Zeppelin ist ein zuverlässiges Verkehrsmittel, das allerdings ohne staatliche Unterstützung nicht zu verwirklichen ist.«

»Auch Flugzeuge werden bald so weit sein, dass man mit ihnen Ozeane überfliegen kann.«

»Daran zweifele ich nicht. Doch warum soll man, nur weil eines Tages internationaler Flugverkehr möglich sein wird, einen bereits heute möglichen Luftschiffverkehr ablehnen?« Eckener seufzte. »Ihre Argumente sind mir nichts Neues, Herr Legationsrat. Ich hoffe trotz allem, dass Sie sich auf dieser Probefahrt von den Vorzügen des Luftschiffes überzeugen und Ihre Vorbehalte verlieren werden.«

Diana hatte keine Lust, sich an der Auseinandersetzung zu beteiligen. Aber warum mischte sich Señor Valdés nicht ein? Das Thema musste ihn doch brennend interessieren. Überhaupt: Wenn sie darüber nachdachte, hatte sie ihn noch nie im Führerstand gesehen oder gehört, dass er Fragen zu Technik oder Arbeitsweise des Luftschiffes gestellt hätte. Obwohl er doch angeblich nur an Bord war, um die Möglichkeit eines Linienverkehrs nach Brasilien zu erörtern, zeigte er wenig Neugier auf den Zeppelin.

Alois Kahl tauchte im Gang auf und unterbrach ihre Gedanken. »Nach dem Essen gibt es nichts Schöneres als eine gute Zigarre, nicht wahr, Herr Eckener? Was sagen Sie – machen Sie für zwei Mark eine Ausnahme?«

Der Mann war wirklich penetrant. Diana bewunderte den Kommandanten dafür, dass er weiterhin ruhig blieb. »Sie kennen meine Antwort«, erwiderte er nur.

»Ach, kommen Sie, lassen Sie mal alle Viere gerade sein. Was soll schon passieren?«

»Die Regel gilt für jeden, ohne Ausnahme.«

»Drei Mark? Fünf?«

Glücklicherweise kam in diesem Augenblick Herr Lehmann, der Hugo Eckener abgelöst hatte, in den Fahrgastraum und sagte: »Wir erreichen gleich Erfurt, dort werfen wir einen Postsack ab. Falls also noch jemand etwas verschicken möchte …«

Alle sprangen auf und holten ihre vorbereiteten Karten. Diana eilte in ihre Kabine, kritzelte hastig einen Gruß unter den halb fertigen Brief an Gregor, steckte ihn in einen Umschlag und kehrte in das Abteil von Señor Valdés zurück.

Herr Lehmann ging herum, sammelte die Postsendungen ein und drückte seinen Stempel darauf: *Mit Luftschiff Z.R.III befördert.* Das war die offizielle Bezeichnung der Amerikaner für den LZ 126. Herrn Kahl fiel plötzlich ein, dass man doch auch andere Dinge abstempeln lassen könnte, und so siegelte Herr Lehmann gutmütig Visitenkarten, Taschentücher und sogar einen Filzhut.

Dann stürzten alle an die Fenster. Der Zeppelin überflog soeben die Zitadelle Petersberg und kreiste anschließend über dem Domplatz. Diana verfolgte, wie der Postbeutel, mit einer langen Fahne versehen, nach unten fiel. Hoffentlich leitete jemand die Briefe und Karten weiter.

In ihrer Kabine nörgelte Klarissa von Salburg-Oertzen, ihr sei langweilig.

Ferdinand stellte sich neben Diana und grinste. »Es muss furchtbar sein, die Kabine mit meiner Mutter und meiner Schwester zu teilen. Trösten Sie sich damit, dass es schlimmer hätte kommen können. Zum Beispiel wenn Sie gezwungen wären, eine Kabine mit meinem Vater und mir zu teilen.« Er lachte.

Graf von Salburg-Oertzen hatte ihn gehört. »Du bist eine Schande für die Familie«, sagte er. »Kannst du dich nicht einmal zusammenreißen? Ein bisschen Haltung zeigen? Haltung –«

»– ist alles im Leben, ich weiß.«

Valentin Veidt, der an der Kabine vorüberging, schnaubte. »Ich wünschte, jemand würde diesem dekadenten Pack das Maul stopfen«, sagte er halblaut.

6

Am Abend ging das Pulverfass hoch; Hendrik hatte es kommen sehen.

Es dunkelte bereits, als sie Deutschland verließen und an der Küste Dänemarks entlangfuhren. Eckener bemühte sich, Orte anzusteuern, deren Einwohner den Zeppelin noch nicht zu

Gesicht bekommen hatten, deshalb war die Route über Städte kleiner und mittlerer Größe verlaufen: Göttingen – Magdeburg – Lüneburg. Den Fünf-Uhr-Tee, bestehend aus Kaffee, Butterbrot und gesponserten Keksen, hatten sie kurz vor Bremerhaven eingenommen. Um sieben Uhr abends, nach der dritten Wachablösung, bot Alois Kahl Herrn Flemming, dem neuen Wachhabenden, Geld an, wenn er eine Zigarre rauchen dürfe, und blitzte auch bei ihm ab. Zum Abendessen gab es Tee und Wurstbrote.

Die Reisenden vertrieben sich die Zeit auf angenehme Weise: Sie plauderten, schrieben Karten oder spielten Skat, Kreuzsolo oder Null ouvert. Mister Quinn regte gar eine Partie Poker an, was ihm die Empörung der Gräfin eintrug. Herr Haase saß still auf seinem Sitz und stellte Berechnungen an. Herr Pfeiffer nahm wieder sein Mikiphone in Betrieb, und Señor Valdés forderte Diana zu einem Tänzchen im Gang auf.

Da die Funker so viel Strom verbrauchten, dass es eine Stunde dauerte, bis das Kaffeewasser kochte, war man zum Alkohol übergegangen und in den beiden mittleren Kabinen zusammengekommen: Hendrik, die Reporter, der Graf, sein Sohn und Herr Haase auf der einen Seite, die Damen, Señor Valdés, Herr Diehl und Herr Kahl auf der anderen. Nur für Valentin Veidt war kein Platz, er stand mit finsterem Gesicht im Gang und verschränkte die Arme vor der Brust. Maximilian von Salburg-Oertzen trank französischen Kognak und erging sich lang und breit in Herkunft und Herstellung dieses Getränks. Herr Kahl nahm seinen Wein schlürfend zu sich, woraufhin Graf und Gräfin verächtliche Blicke miteinander wechselten.

Die Birnen der elektrischen Schiffsbeleuchtung flammten auf, die Positionslaternen erhellten vereinzelte Wolken. Zu vorgerückter Stunde und nach erheblichen Mengen genossenen Alkohols fing Orren Quinn an, *Faust* zu zitieren. Ferdinand von Salburg-Oertzen hatte sich mit einer Flasche Branntwein neben ihn gesetzt, um sich etwas über Amerika erzählen zu lassen.

Mister Quinn schimpfte auf die Prohibition in seiner Heimat. »Das alles kommt von die bigotte Puritaner, die verbieten wollen jeden Spaß. Überall auf die Straße und in die Rundfunk sind die verdammten Prediger und machen das Leben sauer für die Menschen. Wussten Sie, dass es gibt in Amerika sogar Predigten auf Platten von die Phonograph?«

»Wirklich?«

»Damit eine Mitglied von die Gemeinde, die nicht gehen kann zu die Predigt, kann hören sie zu Hause. *You know,* bei uns es gibt Staaten, in denen gelehrt wird in die Schule die – wie sagt man? – die Erschaffung von die Menschen nur in Harmonie mit die biblische Schöpfungsgeschichte. Und nun sie haben verboten Alkohol, schon fünf Jahre. Und was ist die Erfolg? Gangster wie Johnny Torrio, die schmuggeln Alkohol und bauen eine *underground network,* eine Untergrundnetz. Und was ändert es? Nichts. Wer will, geht in eine *speakeasy,* eine, äh, Fluster…«

»Flüsterkneipe.«

»Yeah, Flüsterkneipe. *What a sweet word.* Wie eine *lullaby: Hush, little baby, go get a drink?«*

Von der Prohibition kamen sie auf die Situation der Arbeiter und schließlich auf die Forderung der Industrie in Deutschland nach einem Zehn-Stunden-Tag, wobei Diana besonders empörend fand, dass die SPD in dieser Frage gemeinsame Sache mit dem bürgerlichem Block machte und die Forderung unterstützte. Valentin Veidt nutzte das Thema für bissige Bemerkungen gegen den Grafen, der den Sekretär ignorierte und so tat, als bemerke er dessen Sticheleien nicht.

Um das Gespräch in gefahrlosere Regionen zu bringen, erkundigte sich Hendrik bei Ferdinand von Salburg-Oertzen nach dessen Plänen. »Haben Sie vor zu studieren?«

»Nur das Notwendigste«, mischte sich der Graf ein. »Bürgerliche Bildungspedanterie ist mir ein Gräuel.«

»Sie halten Bildung für etwas Schlechtes?«

»Ich bin kein Anhänger der tintenklecksenden Zunft. In den Universitäten werden doch nur Besserwisser herangezogen, die allenfalls zu Parlamentariern taugen. Fünfzig Bücher reichen für einen anständigen Menschen aus. Luther, Friedrich der Große und Bismarck haben alles gesagt, was ein Deutscher zu wissen braucht. Und was ist die stickige Luft einer Gelehrtenstube gegen eine Persönlichkeit, die von Haus aus die richtige Urteilsfähigkeit und Menschenkenntnis mitbringt?«

Valentin Veidt lachte.

»Es kommt darauf an, den Charakter zu schulen, nicht nutzloses Wissen anzuhäufen. Was wir brauchen, sind nicht noch mehr spitzfindige Philologen, sondern Männer der Tat. Nichts für ungut, Herr Professor, aber Gelehrte bleiben doch zumeist ihr Leben lang schwächlich. Glauben Sie etwa, die Probleme unseres Landes werden von Stubenhockern und Krämerseelen gelöst? An der Spitze eines Staates braucht man Männer, die zupacken.«

»Sie können doch nicht ernsthaft der Meinung sein, dass es falsch ist zu lernen.«

»Wer durch Geburt etwas ist, hat es nicht nötig, etwas zu werden. Manche Menschen sind zum Herrschen geboren, manche zum Dienen, so hat es die Natur wohlweislich eingerichtet. Mein Sohn ist von Kindesbeinen an darauf vorbereitet worden, einmal einen Führungsposten zu übernehmen, dazu bringt er von Haus aus die besten Voraussetzungen mit: einen einwandfreien Namen, gesellschaftliche Gewandtheit und Haltung. Haltung kann man nicht lernen, sie ist die Folge einer reinen Abstammung. Eines Tages wird mein Sohn in den diplomatischen Dienst eintreten, da braucht es Charakterfestigkeit und keine Haarspaltereien über verstaubte Theorien.«

Ferdinand schwieg zu alledem, kippte nur einen weiteren Schluck Branntwein nach.

»Ist unsere Regierung nicht der beste Beweis für meine Worte? Die bekommen ja noch nicht mal eine tragfähige Koalition zustande. Ein einziges Hin und Her saft- und kraftloser Verhandlungen. Minderheitsregierungen, Notverordnungen, in einem fort wird das Kabinett umgebildet und gleich wieder aufgelöst. Neuwahlen sind doch jetzt schon abzusehen, dann geht das Ganze von vorn los. Und wer sich nicht alles um eine politische Vertretung bemüht! Die Wendische Volkspartei, die

Wirtschaftspartei des Mittelstands, die Parteilose Volkswirtschaftsgruppe …«

»Yes«, lachte Orren Quinn, »die Partei für die Mieterschutz und Bodenrecht, die Volksbund für die betrogene Sparer – *what a circus!* Bestimmt fünfzig Parteien.«

»Wie soll dabei vernünftige Politik herauskommen?«, ereiferte sich der Graf. »Tumulte und Handgreiflichkeiten bei Reichstagsdebatten sind doch mittlerweile an der Tagesordnung. Abgeordnete, die sich prügeln wie Gossenburschen. Weil diesen Leuten die rechte Haltung fehlt. Pöbelherrschaft nenne ich so etwas. Das sind eben alles Asphaltpolitiker, die ihre Wurzeln verloren haben. In diesem Reichsbabel von Hauptstadt, in dem Geld den einzigen Maßstab abgibt, muss man ja verkümmern. Man kann die Erde, auf der man geboren ist, nun mal nicht mit sich herumtragen, und wer seine Scholle verleugnet, verliert jeden Halt. Deshalb sollte die Führung des Staates denen vorbehalten bleiben, die im Boden verwurzelt sind. Anständigen Menschen mit Entschlusskraft und klarem Blick, nicht heimatlosen Nomaden.«

»Also Leuten wie Ihnen«, höhnte der Sekretär, »ausgewiesenen Experten in Sachen Menschenführung.«

Der Graf überhörte die Bemerkung. »Wir brauchen Persönlichkeiten, die hart gegen sich selbst sind. Denen Gehorsam, Disziplin, Pflichterfüllung über alles geht, die guten alten preußischen Tugenden.«

»Sie haben die Gerechtigkeit vergessen«, rief Valentin Veidt, »und ich meine hier nicht die Gerechtigkeit eines bigotten Patriarchen wie Sie einer sind.«

Ferdinand lachte. »Eins zu null für ihn.«

Der Graf erhob sich von seinem Sitz, rote Flecken im Gesicht. »Gerechtigkeit, allerdings. Ein gerechter Herr kann von seinen Untergebenen Gehorsam verlangen. Und ein Diener, der sich unbotmäßig verhält, muss die Strafe dafür auf sich nehmen.«

Der Sekretär schnaubte. »Ein Gericht kann eine Strafe verhängen, ein Despot, der sich anmaßt, Kläger und Richter in einer Person zu sein, hat keinerlei Recht dazu.«

»Gerichte sind etwas für Winkeladvokaten. Bei mir wird nicht gekungelt und gefeilscht. Auf meinem Grund und Boden sorge ich selbst für Ordnung. Mit Augenmaß, selbstverständlich. Wer Milde verdient, der wird auch mit Milde behandelt. Ich sehe mir genau an, ob der Schuldige einen vertrauenswürdigen Charakter besitzt –«

»Und das erkennen Sie natürlich, auf einen Blick.«

»Einen notorischen Unruhestifter erkenne ich in der Tat, und so jemand wird von mir mit aller Härte bestraft.«

»Haltung, Vater, Haltung!«, lachte Ferdinand.

Alois Kahl erhob sich und legte seinem Sekretär die Hand auf die Schultern. »Nun, nun, chauffieren Sie sich nicht so, das bringt doch nichts.«

Valentin Veidt schüttelte die Hand ab, verstummte jedoch und begnügte sich mit finsteren Blicken.

Maximilian von Salburg-Oertzen musterte seinen Sohn. »Du hast zu viel getrunken.«

»Stimmt. Aber du weißt ja: Im Wein liegt Wahrheit.«

»Wein? Du bist doch längst bei Fusel angekommen.«

»Sei froh. Ich ersäufe jeden Funken rebellischen Verhaltens im Alkohol und tue anschließend rückgratlos, was immer du befiehlst.«

»Du bist und bleibst ein Taugenichts. Ein Trunkenbold, ein Versager.«

»Darauf stoßen wir an. Zum Wohl!« Ferdinand hob sein Glas und leerte es auf einen Zug.

Maximilian von Salburg-Oertzen streckte die Hand aus. Sein Sohn setzte eine trotzige Miene auf, doch nicht lange. Dann senkte er den Blick und reichte ihm die Flasche. Der Graf stellte sie zu seinen Füßen ab und nahm wieder Platz.

Zur allgemeinen Erleichterung schien der Zwischenfall damit beendet. Die Gespräche wandten sich weniger privaten Dingen zu. Man unterhielt sich über den Durchbruch in der Londoner Konferenz, über die Neuregelung der Reparationszahlungen und dass endlich der Abzug der französischen Besatzer aus dem Rhein-Ruhr-Gebiet beschlossene Sache war.

»Innerhalb eines Jahres«, beschwerte sich Legationsrat Diehl. »Die werden das endlos hinziehen. Wir hätten die Franzosen gleich zu Beginn mit Waffengewalt vertreiben müssen.«

»Dazu waren wir militärisch gar nicht in der Lage«, wandte Herr Pfeiffer ein.

»Wir hätten auf die Freikorps zurückgreifen können.«

»In schwierigen Zeiten braucht es tatkräftige Männer, davon rede ich doch die ganze Zeit«, ließ sich der Graf vernehmen. »Männer von edler Abstammung, die ein Land mit starker Hand durch alle Fährnisse hindurchsteuern.«

»Mein Vater würde die Franzosen wahrscheinlich mit dem Stammbaum des Hauses von Salburg-Oertzen beeindrucken«, spottete Ferdinand.

»Nur ein Hundsfott zieht seine eigene Herkunft in den Schmutz.«

Hendrik versuchte, einer erneuten Auseinandersetzung zuvorzukommen. »Was wollen Sie, immerhin sind die Zollgrenzen zwischen dem besetzten Gebiet und dem Rest des Reiches aufgehoben. Die Franzosen sind sogar für einen Beitritt Deutschlands zum Völkerbund.«

»Damit sie uns besser kontrollieren können«, versetzte Herr Diehl. »Die würden unser Land doch am liebsten zerstückeln. Dann hätten sie die Vormachtstellung in Europa und brauchten die offene Auseinandersetzung mit England nicht länger zu scheuen. Und England sieht im Völkerbund bloß ein Mittel, um Frankreich mit Hilfe der anderen Länder politisch gefügig zu machen. Wir sind nichts als eine Schachfigur, die hin- und hergeschoben wird.«

»Ich glaube trotzdem, dass der Beitritt eine gute Sache ist. Ich bin jedenfalls froh, dass die Reichsregierung darum ersucht.«

»Es ist noch gar nicht ausgemacht, was daraus wird. Russland sieht den Eintritt Deutschlands als Verletzung des Rapallo-Vertrages an.«

»Mir bereitet die Entwicklung in Russland ohnehin Sorgen«, warf Señor Valdés ein. »Seit Lenins Tod ist die Situation undurchsichtig. Wer hat die Macht? Die Parteiführer – Stalin, Sinowjew, Kamenew? Oder Trotzki? Rykow?«

»Wer auch immer es ist, ich traue ihm nicht«, sagte Maximilian von Salburg-Oertzen.

»Weil Sie bourgeoiser Abschaum sind«, giftete Valentin Veidt. »In der Sowjetunion beginnt der Siegeszug der Gerechtigkeit, und er wird Leute wie Sie hinwegfegen.«

»Ja, das ist Ihre Vorstellung von Gerechtigkeit: eine Diktatur zu errichten und Abweichler umzubringen. Aufstände blutig niederzuschlagen und freie Staaten wie Georgien oder die Ukraine gewaltsam einzugliedern.«

»Verleumdung!«

»Dass Sie ein erbärmlicher Kommunist sind, weiß ich schon lange. Leute wie Sie treiben Deutschland in den Ruin. Volksverhetzer, die Arbeiter aufwiegeln und Fürsten enteignen.«

»Sie hätten natürlich lieber Zustände wie unter dem Kaiser zurück, wo das Volk geknechtet wird, damit Sie umso besser Profit machen können.«

»Nehmen Sie es nicht persönlich«, sagte Ferdinand mit schwerer Zunge, »mangelndes Mitgefühl ist ein erbbiologischer Defekt in unserer Familie. Fischblut rinnt durch unsere Adern, blau, aber kalt. Vater ist ein Karpfen, Mutter eine Makrele und mein liebes Schwesterchen eine Flunder.«

»Und du? Was bist du?«, empörte sich Klarissa, woraufhin ihre Mutter sie ermahnte, dass es sich für eine Dame nicht zieme, die Stimme zu erheben.

»Lass mich nachdenken. Ich bin ein Stichling.« Ferdinand lachte. »Ja, ein Stichling.«

»Du vergisst dich«, sagte Graf von Salburg-Oertzen mühsam beherrscht.

»Im Gegenteil, ich erinnere mich gerade wieder an mich.«

»Du bist eine Schande für dich und deinen Stand.«

»Schande, oh je, der ultimative Sündenfall.«

»Es gibt Ihren Stand nicht mehr«, rief Valentin Veidt, »und zwar seit 1919. Und ich für meinen Teil bin dankbar dafür. Es lebe die Revolution!«

»Man kann die Aristokratie nicht abschaffen. Adel ist ein innerer Besitz, eine Charakterstärke. Die Sie allerdings niemals begreifen werden.«

»Nein, ich begreife in der Tat so manches nicht. Ich begreife nicht, dass Leute wie Sie, die dieses Land ins Elend gestürzt haben, immer noch das Maul aufreißen. Ich begreife nicht, dass Leute wie Sie es wagen, eine Entschädigung der Hohenzollern zu fordern, die es sich im Ausland gemütlich machen, während das Volk ihre verfehlte Politik ausbaden muss. Aber Sie und Ihresgleichen kennen keine Schamgrenze, nicht wahr? In Russland würde man mit Schmarotzern wie Ihnen kurzen Prozess machen.«

»Die Enteignung der Hohenzollern durch den Straßenpöbel war ein Verbrechen, eine Demütigung für den Kaiser.«

»Reden Sie von diesem eitlen Monarchen, der in den Tagen der Not versagt hat und feige in die Niederlande geflohen ist?«

Der Graf fuhr in die Höhe. »Es kommt Ihnen nicht zu, den Kaiser zu kritisieren, Ihnen am allerwenigsten.« Seine Stimme war drauf und dran überzuschnappen. »Ich verlange, dass Sie Seiner Majestät den Respekt erweisen, der ihm zusteht!« Drohend schwang er seinen Spazierstock.

»Haltung, Vater«, lallte Ferdinand, »Haltung ist alles im Leben.«

Mit einem Schrei entriss Valentin Veidt dem Grafen den Stock, um ihn über seinem Knie zu zerbrechen. Es gelang ihm jedoch nicht, das Holz erwies sich als härter als gedacht. Auch beim zweiten und dritten Mal erreichte er nichts, außer sich selbst zu verletzen. Mit Schaum vor dem Mund schleuderte er den widerborstigen Gegenstand von sich. Der Stock traf Mister Quinn an der Wange, prallte von der Wand ab und riss herunter, was auf dem Tisch stand. Aluminiumteller schepperten gegeneinander, Essensreste verteilten sich auf dem Boden, eine halbvolle Flasche Rotwein zerbrach und ergoss ihren Inhalt über den Teppich.

»Was tun Sie denn?« Herr Haase sprang auf. »Der gute Teppich! Die Sitze! Wollen Sie das Schiff mit aller Macht zerstören?« Schimpfend eilte er davon, auf der Suche nach etwas, mit dem man die Bescherung aufwischen konnte.

»Streuen Sie Salz auf den Teppich, das saugt die Flecken auf«, rief Diana ihm nach, doch ihre Worte erreichten ihn nicht mehr.

Hendrik gab dem Amerikaner, der sich das Blut von der Wange wischte, ein Taschentuch. »Sind Sie in Ordnung?«

»*Yeah,* ich glaube.«

»Es hätte Ihr Auge treffen können.«

Die Tür zum Führerstand öffnete sich, Herr Flemming kam nach hinten, vom Lärm angelockt. »Was ist hier los?«, wollte er wissen, und er wirkte gar nicht freundlich.

Diana übernahm es, den Sachverhalt zu erklären. Weder der Graf noch der Sekretär äußerten sich dazu.

»Sind Sie von allen guten Geistern verlassen?«, herrschte Herr Flemming die Schuldigen an. »In all meinen Jahren an Bord eines Zeppelins habe ich so etwas noch nicht erlebt. Ich erwarte, dass Sie sich den Rest der Reise wie zivilisierte Menschen benehmen.«

Der Graf, der die ganze Zeit kerzengerade dagestanden hatte, deutete eine steife Kopfbewegung an, hob seinen Stock auf und kehrte in seine Kabine zurück.

»Es war nicht meine Absicht –«, setzte Valentin Veidt an, wurde aber sofort von Herrn Flemming unterbrochen.

»Das hilft uns wenig, wenn Sie einen Unfall verursachen. Wie ich sehe, haben Sie sogar jemanden verletzt.«

»Immer mit der Ruhe«, beschwichtigte Alois Kahl, »kein Grund zur Aufregung. Ich bezahle den Schaden.«

»Sie glauben wohl, Sie können alles mit Geld regeln, was?«

»Ein Sachschaden ist entstanden, natürlich kann man den mit Geld regeln. Ich kabele meiner Bank, die werden eine entsprechende Summe auf das Konto Ihrer Firma transpirieren. Und Sie«, er wandte sich an Mister Quinn, »erhalten selbstredend eine Komposition für die erlittenen Schmerzen.«

Der Amerikaner verzog das Gesicht. »*No, thanks,* das ist nicht nötig«, sagte er bemüht höflich.

Hilmar Haase hatte mit Dianas Hilfe Scherben und Essensreste zusammengewischt und den Teppich gereinigt, so gut es eben ging. Nun schaffte er den Abfall fort und murmelte dabei: »Die Menschen haben keinen Respekt mehr vor anderer Leute Arbeit.«

Nachdem Herr Flemming in den Führerstand und Herr Kahl und sein Sekretär in ihr Abteil zurückgekehrt waren, machte sich bedrückte Stimmung breit.

»Es ist wohl am besten, wenn wir uns zur Ruhe begeben«, meinte Señor Valdés. »Morgen sieht alles wieder anders aus.«

Erleichterte Zustimmung begleitete den Vorschlag. Die Passagiere suchten ihre Abteile auf und zogen die Vorhänge zum Gang und vor den Fenstern zu.

Die beiden Reporter klappten die Rückenlehne ihrer Sitzbank hoch, wie es ihnen Herr Lehmann am Vormittag gezeigt hatte, und befestigten sie mit Karabinerhaken an zwei von der Decke herabhängenden Stropps. Auf diese Weise erhielten sie ein Hochbett, in dem es sich Mister Quinn bequem machte, während sein Kollege das untere Bett beanspruchte. Hendrik hängte den Quervorhang ein, der als Trennwand diente, und wünschte den beiden eine Gute Nacht.

»Ich werde die Gemüter mit etwas klassischer Musik beruhigen«, sagte Herr Pfeiffer.

Während Hendrik in seinen Pyjama schlüpfte und sich die Kopfrolle zurechtlegte, hörte er, wie der Reporter sein Mikiphone zusammensetzte. Kurz darauf drangen leise Klänge durch die Gondel, Chopin, *Nocturne op. 9 No. 2.* Ausgerechnet! Sollte er Herrn Pfeiffer bitten, eine andere Platte aufzulegen? Nein, ein paar Minuten würde er es schon aushalten. Er drehte sich auf die Seite und ließ sich von der Melodie davontragen. Josephines Lieblingslied. Hendrik wünschte, sie läge jetzt neben ihm. Dann würde er sie in den Arm nehmen und ihr sagen, dass er ihr

Klavierspiel vermisste. Wie ihr Lachen, ihre gemeinsamen Spaziergänge, ihre Küsse. Ach …

7

Hendrik erwachte, weil er fror. Er hätte doch nicht im Pyjama schlafen sollen, die dünne Kabinenwand schützte nur wenig vor der Kälte draußen. Bibbernd zog er seine Beine an, wickelte sich in die Decke und stopfte die Zipfel unter das Kinn, aber ihm wurde nicht wärmer. Im Dunkeln angelte er nach den Socken neben seinem Bett und streifte sie sich über, um wenigstens die Füße warm zu halten. Es nützte nichts.

Er lauschte. Das Schnarchen von Mister Quinn, das ihn die ersten beiden Stunden wach gehalten hatte, war dankenswerterweise verebbt. Der Trennvorhang stellte leider keinen nennenswerten Lärmschutz dar. Auch vom Gang her waren immer wieder störende Geräusche zu hören gewesen: jemand von der Mannschaft, der sich kalten Zitronentee und Feurich-Kekse aus der Küche holte, tappende Schritte zum Abort, Schnarchen aus der Kabine nebenan. Einmal war er aufgewacht, weil ein Motor abgeschaltet und das allgegenwärtige Brummen plötzlich leiser wurde.

Still in sich hineinfluchend setzte sich Hendrik auf, tastete nach seiner abgelegten Kleidung und zog sie über den Pyjama. Dann kroch er wieder unter die Decke, fror aber eher stärker als vorher.

In seinem Kopf hörte er nach wie vor Chopins *Nocturne*, gespielt von Josephine. Er schloss die Augen. Wenn sie sich der Musik hingab, legte sie alles Künstliche, alles Wachsame ab. Dann verspürte er immer den Wunsch, sie in die Arme zu nehmen und festzuhalten. Dass sie nie gut genug sein würde, um aus ihrer Leidenschaft einen Beruf zu machen, weil sie ihre Neigung erst als Erwachsene entdeckt hatte, war ein beständiger Quell des Schmerzes für sie. Vielleicht sollte sie Hauskonzerte geben, nur für Freunde. Ja, das war eine gute Idee. Er würde es ihr vorschlagen, wenn er das nächste Mal mit ihr sprach. Falls er je wieder mit ihr sprach.

Hendrik schlug die Augen auf. Es nützte alles nichts, die Kälte hinderte ihn daran, wieder einzuschlafen. Leise erhob er sich, setzte seine Brille auf die Nase und trat ans Fenster. Trotz der klaren Nacht konnte man draußen kaum etwas sehen. Neumond. Nur die Scheinwerfer des Schiffes erhellten die Dunkelheit und ließen unten Gischt erahnen. Sie mussten Norwegen bereits hinter sich gelassen haben und sich über dem offenen Meer befinden. Eine Weile versuchte Hendrik vergeblich, Wellen zu erkennen, dann spürte er einen Druck auf der Blase, schlüpfte in seine Filzpantoffeln und tappte auf den leidlich erhellten Gang.

Wie spät es wohl war? Seiner Schätzung nach etwa vier Uhr, vielleicht auch schon später. Die Morgendämmerung jedenfalls war noch fern. Hendrik gähnte. Mit halb geschlossenen Lidern schlurfte er zum hinteren Teil der Gondel, bemüht, so wenige Geräusche wie möglich zu verursachen. Die beiden Aborte lagen am Ende des Ganges, gegenüber dem Stauraum. Hendrik öffnete eine Tür, trat kurz an das ovale Fenster, das ihn an ein Bullauge erinnerte, und versuchte wieder vergeblich, draußen etwas zu erkennen. Er erleichterte sich auf dem Klosett, spülte und tappte zum Herrenwaschraum, um sich die Hände zu waschen. Schlaftrunken trat er ans mittlere Waschbecken, legte seine Brille auf die Glaskonsole, betätigte den Druckknopf an der Wand und wartete, bis die abgemessene Menge Wasser über seine Hände lief. Ehe der Strahl versiegte, spritzte er sich rasch noch etwas ins Gesicht, um wach zu werden. Was er im Spiegel erblickte, war nicht dazu angetan, ihn aufzumuntern. »Du siehst aus wie ein zerknittertes Handtuch«, sagte er und setzte seine Brille wieder auf.

Und entdeckte die Leiche.

Zuerst glaubte er, der Mann neben dem Ecktisch – es war der Graf, nicht wahr? – sei ohnmächtig geworden. Ein Adrenalinschub sorgte dafür, dass Hendrik hellwach wurde, als er neben ihm in die Knie ging, um nach der Halsschlagader zu tasten.

Dabei stieß er auf die rote Furche oberhalb des Kehlkopfes, und seine Hände zuckten zurück. Maximilian von Salburg-Oertzen war erdrosselt worden, kein Zweifel. Der scharf abgegrenzte Bluterguss deutete auf eine Kordel oder etwas Ähnliches hin. Hendrik merkte, wie er zitterte. Er musste sich einen Augenblick auf den Stuhl setzen und stellte fest, dass er hyperventilierte. Hör auf! Beruhige dich! Er presste seine Finger gegen die Schläfen und zwang sich, bewusst zu atmen. Ein – aus. Ein – aus. Gut so.

Was jetzt? Den Kommandanten benachrichtigen, ja. Hendrik stand auf und trat vor die Tür. Draußen war es still. Alle schliefen, ohne zu ahnen, welches Drama sich nur wenige Meter entfernt abgespielt hatte. Bis auf den Mörder.

Hendrik blieb stehen.

Daran hatte er noch gar nicht gedacht. Ein vorsichtiger Blick in die Küche überzeugte ihn davon, dass sich dort niemand versteckte. Auch der Zugangsraum war leer. Hendrik setzte seinen Weg fort und öffnete die Tür zum Kabinenbereich. Er hätte sich in der Küche eine Waffe besorgen sollen, ein Messer oder eine Schere. Aber bestand überhaupt Gefahr? Warum sollte der Mörder ihm auflauern? Er hatte ja nichts Verdächtiges gesehen. Wer immer für die Tat verantwortlich war, würde sich zweifellos unauffällig verhalten.

Hendrik durchquerte den Passagierraum und war sich dabei der Geräusche aus den Kabinen bewusst. Hier leises Atmen, dort Schnarchen. Hinter einem dieser Vorhänge log jemand. Täuschte Schlaf vor, obwohl er in Wahrheit unter Anspannung stand. Aber wer? Hendrik ließ die Nacht Revue passieren. War ihm während der Zeit, in der er wach gelegen hatte, irgendetwas aufgefallen, unbewusst vielleicht? Nein. Zumindest nichts, was ihm weiterhalf. Immer wieder war jemand zum Abort oder zur Küche gegangen; unmöglich zu sagen, wer. Hendrik stieg die Stufen zur Führerkabine hoch und hatte schon die Hand auf der Klinke, als ihm einfiel, dass es auch jemand von der Mannschaft getan haben konnte, nach der Wachablösung, zum Beispiel. Aber solche Überlegungen mussten warten. Er öffnete die Tür.

Im Führerstand war es ruhig. Die Männer, die ihren Dienst versahen, drehten sich um, als er hereinkam.

»Nanu, Professor, können Sie nicht schlafen?«, fragte Herr Lehmann.

»Es … ist etwas geschehen«, erwiderte Hendrik. »Bitte wecken Sie Doktor Eckener. Der Graf ist ermordet worden.«

Herr Lehmann sah ihn an, als versuche er zu entscheiden, ob Hendrik unter dem Eindruck eines schlechten Traumes stand. Dann beschloss er wohl, sich zunächst mit eigenen Augen zu überzeugen, denn er sagte: »Führen Sie mich hin.«

Hendrik stellte fest, dass sein Zittern stärker wurde, als er den Wachhabenden zu den Waschräumen führte. Außerdem hinkte er, eine Folge seiner Schussverletzung aus dem Großen Krieg, die sich immer bemerkbar machte, wenn er unter Anspannung stand.

Ungläubig starrte Herr Lehmann den Toten an. Sein Blick wanderte zu Hendrik, als könne der ihm Antworten geben. Er besann sich, prüfte, ob noch Leben in dem Grafen war, und richtete sich hastig auf. »Sie warten vor der Tür«, sagte er. »Sorgen Sie dafür, dass niemand den Tatort betritt.« Dann eilte er davon.

Vor dem Herrenwaschraum ging Hendrik in die Hocke und vergrub sein Gesicht in den Händen. Hatte es so enden müssen? Hasste der Sekretär den Grafen so sehr, dass er auch vor einem Mord nicht zurückschreckte? Oder war es der Sohn gewesen? Warum jetzt, warum hier, wo nur eine überschaubare Anzahl von Menschen als Täter in Frage kam und der Mörder kaum eine Chance hatte, unentdeckt davonzukommen? Hendrik schüttelte den Kopf. Wäre er doch nur am Bodensee geblieben und auf direktem Wege nach Berlin zurückgekehrt!

Gregor hätte nicht herumgesessen, ging ihm plötzlich durch den Kopf. Gregor hätte sich nach Spuren umgesehen. Hendrik stand auf. Vor der Tür verharrte er, lauschte, als würde der Tod seine Gegenwart durch einen Laut verraten. Dann drückte er die Klinke herunter und betrat den Waschraum.

Betrachte den Toten nicht als Menschen, sondern als Fall. Als Problem. Hendriks flatternder Atem beruhigte sich. Er meinte förmlich, Gregors Stimme zu hören: *Mach die Augen auf! Was siehst du?* Einen Waschraum, sauber. Zwei ovale Fenster. Drei Waschbecken, Glaskonsolen, Spiegel. Einen Ecktisch aus Buchenholz mit Spiegel und Stuhl. Einen Abfallbehälter. Die Leiche befand sich hinter der Tür, deshalb hatte er sie zunächst nicht bemerkt, als er hereingekommen war. Der Graf lag auf seiner linken Seite, der rechte Arm war ausgestreckt, die Finger gekrümmt. Er trug einen wollenen Hausmantel, einen Seidenpyjama und zwei Paar Strümpfe übereinander. Sein linker Pantoffel war ihm vom Fuß gerutscht und fand sich unter dem rechten Waschbecken.

Sieh genauer hin! Gibt es Spuren von einem Kampf? Neben der rechten Hand des Ermordeten ging Hendrik in die Knie, betrachtete die Fingernägel. Ob sich der Graf gewehrt hatte, war mit bloßem Auge nicht zu erkennen. Kein abgebrochener Fingernagel, keine Faser- oder gar Hautreste unter den Nägeln. Auch an der anderen Hand nicht. Am Boden waren schwarze Schlieren zu sehen, vermutlich Abrieb von Schuhsohlen. Allem Anschein nach hatte jemand dem Grafen von hinten eine Schnur um den Hals geworfen und zugezogen, seine Füße hatten wohl im Todeskampf Halt gesucht und dabei die Spuren hinterlassen.

Hendrik kroch um die Leiche herum, ohne sie zu berühren. Was konnte noch von Bedeutung sein? Die Tatwaffe, eine Schnur. Wahrscheinlich hatte der Mörder sie mitgenommen. Auf dem Boden lag nichts, auf dem Ecktisch auch nicht, und der Abfalleimer quoll über von Putzlappen. Der Täter wäre auch schön dumm gewesen, die Tatwaffe herumliegen zu lassen. Hendrik richtete sich wieder auf und ging nach draußen, erleichtert.

Schritte näherten sich, Herr Lehmann kam mit Hugo Eckener zurück, dessen wirr abstehende Haare und hastig übergeworfene Kleidung verrieten, dass er unsanft aus dem Schlaf geholt worden war. Gemeinsam betraten sie den Tatort. Auch der Kommandant untersuchte den Grafen nach Lebenszeichen und fragte dann: »Was ist passiert?«

»Ich weiß nicht. Ich bin zum Abort gegangen und anschließend in den Waschraum. Zuerst habe ich ihn nicht mal gesehen, weil ich noch halb im Schlaf war.«

Eckener stand ruhig da, aber man konnte sehen, dass es in seinem Hirn arbeitete. »Wir müssen umkehren«, sagte er. »Es wirft all unsere Pläne über den Haufen, aber die Polizei muss die Angelegenheit untersuchen, so schnell wie möglich.«

Und zwar ohne, dass sich vorher jemand in London davonmachen kann, ergänzte Hendrik in Gedanken. Arme Diana. Nun würde sie ihre Schwester wieder nicht in die Arme schließen können.

»Zwischen Island und Norwegen braut sich was zusammen«, gab Herr Lehmann zu bedenken. »Es wäre besser, wenn wir uns nicht gerade jetzt übers offene Meer wagen.«

»Dann fahren wir im Schutz der schottischen Küste, bis das Wetter besser wird.« Eckener rieb sich das Kinn. »Wir werden die Polizei erst kurz vor Ankunft verständigen, um jedes Aufsehen zu vermeiden. Kein Funkspruch, verstanden?«

»Was ist mit London und Howden? Dort erwartet man uns.«

»Aber erst gegen Abend. Wir sagen so spät wie möglich ab. Wenn wir Deutschland erreichen.«

Herr Lehmann nickte. »Was machen wir mit ihm?«, fragte er und deutete auf die Leiche.

»Er bleibt, wo er ist. Wer sich waschen will, benutzt von nun an den Damenwaschraum.«

»Ist das nicht ein bisschen pietätlos?«

»Wollen Sie ihn zu jemandem in die Kabine legen?« Eckener schüttelte den Kopf. Dann straffte er sich. »Ich muss die Gräfin wecken«, sagte er. Dass ihm seine Pflicht keine Freude bereitete, war ihm anzumerken. Hendrik folgte ihm mit dem Blick, bis sich die Tür hinter ihm schloss.

Kurz darauf kehrte der Kommandant mit Magdalena von Salburg-Oertzen zurück.

»Ich muss sagen, dass ich Ihr Benehmen befremdlich finde«, sagte sie. »Ich bin in keiner Weise schicklich gekleidet. Was heißt überhaupt Notfall? Was soll das für ein Notfall sein, der ausschließlich mich betrifft?«

Eckener versperrte ihr den Weg zum Waschraum. »Gräfin … gnädige Frau … es tut mir leid, ich weiß nicht, wie ich Ihnen das schonend beibringen soll, aber Ihr Mann ist … er liegt dort drinnen. Tot.«

»Was reden Sie für einen Unsinn?«

»Es ist leider wahr. Und anscheinend wurde er … man hat ihn ermordet.«

Die Gräfin sah von ihm zu Herrn Lehmann, dann ging sie resolut zur Tür des Waschraumes. Unwillkürlich wollte Herr Eckener sie am Betreten hindern, aber sie warf ihm nur einen kühlen Blick zu, woraufhin er den Weg freigab. Die Gräfin öffnete die Tür und trat ein, gefolgt von den anderen. Als sie ihren Mann entdeckte, blieb sie stehen. Lange.

Hendrik fielen all die Bemerkungen seines Bruders wieder ein, wie wichtig es war, dass an einem Tatort nichts verändert wurde. »Bitte, fassen Sie nichts an«, sagte er daher. »Die Polizei wird …« Er verstummte, als auch ihn ein Blick aus ihren Augen traf.

Magdalena von Salburg-Oertzen kniete neben ihrem toten Gemahl nieder, ohne ihn zu berühren. Sie hatte sich eisern in der Gewalt.

Weil sie etwas mit dem Mord zu tun hat?, fragte sich Hendrik unwillkürlich.

»Bringen Sie meinen Mann in meine Kabine«, sagte sie beherrscht.

»Ich fürchte, das geht nicht«, erwiderte Eckener unglücklich. »Wie Professor Lilienthal ganz richtig bemerkte: Alles muss bleiben, wie es ist. Für die Polizei.«

»Wir haben noch nie etwas mit der Polizei zu tun gehabt.«

»Aber Sie wollen doch sicher, dass derjenige, der das getan hat, gefasst wird, nicht wahr? Wir sorgen dafür, dass Ihr Mann ungestört ist. Niemand betritt den Waschraum.«

»Ich bleibe bei ihm«, erwiderte die Gräfin, und ihr Tonfall ließ keinen Widerspruch zu.

Unglücklich sah Eckener Herrn Lehmann an, gab dann aber nach. »Wie Sie wollen.«

Die Tür öffnete sich, Diana lugte herein. »Was ist denn das für eine Aufregung?« Sie reckte den Kopf, weil die herumstehenden Menschen ihr die Sicht versperrten.

»Bitte gehen Sie wieder zu Bett«, erwiderte Eckener.

Er konnte ja nicht ahnen, dass dies der falsche Weg war, um Diana zu einem vernünftigen Handeln zu veranlassen. Erwartungsgemäß kam sie näher und entdeckte die Leiche. Sie guckt wie Gregor, dachte Hendrik. Der gleiche intensive Blick, als wolle sie mit den Augen Informationen aus den Poren des Toten saugen.

Hinter ihr tauchten die beiden Reporter auf, und ehe jemand die Tür schließen konnte, drängten weitere Fahrgäste nach. Die Unruhe hatte auch den Letzten geweckt. Einige hatten sich nur eine Decke um den Körper geschlungen und Wollstrümpfe übergezogen, andere trugen einen Pelzmantel oder eine Pudelmütze. Die beiden Führungsoffiziere bemühten sich, die Situation unter Kontrolle zu bringen und die Leute zu beruhigen. Die Gräfin bemerkte ihre Tochter in der Tür und hinderte sie daran, den Waschraum zu betreten. Unbeholfen stand sie vor ihr und flüsterte ihr etwas zu, woraufhin Klarissa die Arme umeinander schlang, als ob sie fröstele. Wo war Ferdinand?

Valentin Veidt trat näher und warf einen nicht zu deutenden Blick auf den Toten. Ob er ihn bedauerte, ob er fand, dass ihm recht geschehen sei, ob er über eine vollbrachte Tat triumphierte – Hendrik wusste es nicht zu sagen.

Zuletzt erschien auch Ferdinand auf der Bildfläche und blieb vor seinem Vater stehen. Wild blickte er sich um – gehetzt? Verzweifelt?

Die Fahrgäste musterten einander misstrauisch.

»Ich möchte Sie bitten, künftig den Damenwaschraum zu benutzen und die Totenwache der Gräfin zu respektieren«, sagte Eckener und drängte alle hinaus.

»Aber der Damenwaschraum hat nur ein Waschbecken«, wandte Herr Kahl ein.

»Dann werden Sie sich gegebenenfalls anstellen müssen.«

Vor der Tür ging Hendrik in die Knie, betrachtete Boden, Wände, Türen. War der Mörder schon im Waschraum gewesen, als der Graf kam? Oder hatte er ihn verfolgt? Waren die beiden gar verabredet gewesen? Nein, ein so förmlicher Mann wie der Graf wäre niemals im Pyjama zu einem Treffen erschienen. *Was siehst du?* Die Tür zum Passagierraum, die Tür zum Waschraum. Beide gingen nach rechts auf. Angenommen, der Mörder hatte sich bereits im Waschraum befunden, dann wäre er möglicherweise im ersten Moment hinter der aufschwingenden Tür unsichtbar gewesen. Half ihm das weiter? Hendrik bemerkte, wie Diana ihn beobachtete, und richtete sich hastig auf.

Derweil hatten die beiden Reporter miteinander geflüstert und traten jetzt vor. »Herr Kommandant, wir möchten Ihnen einen Vorschlag machen«, meinte Herr Pfeiffer.

»*Yeah,* eine wichtige Vorschlag.«

»Wie Sie sicher wissen, haben Herr und Frau Lilienthal Erfahrung mit der Aufklärung von Verbrechen. Wir schlagen vor, dass sie sich unverzüglich an die Untersuchung des Mordes machen.«

Eckener schüttelte den Kopf. »Das ist Sache der Polizei.«

»Wir alle hier würden sie nach Kräften unterstützen und jede Frage beantworten.«

Hendrik hatte den Verdacht, dass die Reporter auf eine sensationelle Reportage spekulierten. Er konnte die Schlagzeile regelrecht vor sich sehen: *Mord im Zeppelin, Exklusivbericht von der Jagd nach dem Mörder.* Nein, danke.

Doch bevor er noch etwas erwidern konnte, hatte Diana bereits das Wort ergriffen. »Mein Mann, der Kriminalkommissar, hat immer betont, dass die ersten Stunden einer Untersuchung entscheidend sind, bevor der Mörder Zeit hat, Spuren zu verwischen, sich mit jemandem abzusprechen oder ein Alibi zu fälschen. Deshalb, so schwer es mir fällt, würde ich dem Ersuchen von Herrn Pfeiffer zustimmen.«

Jemand, der Diana nicht kannte, mochte ihr das zögerliche Verhalten vielleicht abnehmen, aber nicht Hendrik. *Mein Mann, der Kriminalkommissar,* ha! Dies war kein Spiel, zum Teufel noch mal, und sie waren keine Kriminalisten. Wie sollte das überhaupt vor sich gehen, wo sie beide doch zurzeit einen Bogen umeinander machten? Keine gute Voraussetzung für eine Morduntersuchung. Dennoch, in einem hatte sie recht: Jede Verzögerung spielte dem Mörder in die Hände, das hatte Gregor in der Tat oft genug betont. War es also ihre Pflicht zu tun, was in ihren Kräften stand?

Eckener kratzte sich am Kopf. »Das ist reichlich unorthodox«, meinte er. »Aber, na ja, ich sehe nicht, dass dadurch irgendein Schaden angerichtet wird. Also, wenn Sie alle einverstanden sind …«

Eilig versicherten die Umstehenden, dass dies der Fall sei.

»Was sagen Sie, Herr Lilienthal?«

Hendrik zuckte die Achseln. Viel falsch machen konnten sie ja eigentlich nicht.

Oder?

8

Das war nicht fair, das war einfach nicht fair! Diana kämpfte mit ihren Tränen, während Hugo Eckener den Fahrgästen erläuterte, dass der Zeppelin nach Deutschland zurückkehren würde. Sie hatte sich so auf Marianne gefreut und sich bereits Arm in Arm mit ihr im Kensington Park und auf der Tower Bridge gesehen, im Greenwich Observatorium und bei Harrods, nicht um etwas zu kaufen natürlich, nur um zu bummeln; sie wollte Percy kennenlernen und eine *bottle party* besuchen und bei der Wachablösung am Buckingham Palace zuschauen und …

Ruhig Blut, Diana, das letzte Wort ist noch nicht gesprochen. Eckener war gezwungen, an der englischen Küste entlangzufahren, vielleicht ergab sich eine Möglichkeit, irgendwo auszusteigen. Und wenn es ihnen gelang, den Mörder des Grafen zu entlarven, ließ sich der Kommandant möglicherweise sogar dazu überreden, wie geplant in London zu landen. Also, Ärmel hochgekrempelt und los!

Hendrik sah aus, als sei ihm ein ganzer Flohzirkus über die Leber gelaufen. Na schön, sie hatte ihn überrumpelt, aber es ging doch schließlich um eine gute Sache. Sie konnten der Polizei eine Menge Arbeit abnehmen und womöglich wertvolle Hinweise liefern, sobald sie landeten. Trotzdem sollte sie seine Geduld wohl besser nicht weiter strapazieren. »Ich schlage vor, die Damenkabine für die Verhöre zu nutzen«, sagte sie und richtete ihre Worte an Herrn Eckener, um Hendrik dabei nicht ansehen zu müssen. »Die Gräfin hält ja Totenwache bei ihrem Mann, und ihre Tochter könnte solange ihrem Bruder Gesellschaft leisten, sie wird sicher nicht allein sein wollen.«

Eckener zuckte die Achseln. »Wie Sie meinen.«

Eine Sekunde lang zögerte Diana, dann ging sie voraus in das Abteil, nahm den Trennvorhang ab und zog den Fenstervorhang auf. Draußen war es immer noch dunkel. »Wir müssen die Betten wieder in Sitze verwandeln«, sagte sie zum Fenster.

»Mhm.« Hendrik nickte dem Türrahmen zu.

Er löste den Karabinerhaken auf seiner Seite, Diana auf der anderen. Gemeinsam versetzten sie die Kabine wieder in den Tageszustand und mieden dabei jeden Blickkontakt. Den Vorhang zum Gang ließen sie geschlossen, um für ein Minimum an Privatsphäre zu sorgen. Dahinter herrschte ein ständiges Kommen und Gehen, nach der Entdeckung des Mordes konnte niemand mehr schlafen.

Während sich Hendrik in seiner Kabine präsentabel herrichtete, kleidete sich auch Diana um. Sie wünschte, Gregor wäre hier. Er hätte gewusst, wonach man fragen musste. Mach dich nicht kleiner, als du bist, du hast ihm oft genug zugehört, du wirst schon die richtigen Worte finden. Du darfst nur keine Unsicherheit zeigen. Tu einfach, als würdest du so etwas jeden Tag machen.

Diana trat vor den Vorhang. Hendrik stand bereits im Gang, in seinen Mantel gemummelt. »Wir sollten mit der Familie des

Toten anfangen«, schlug sie Herrn Lehmann vor, der gerade vorüberging.

»Hm?«

»Das ist wohl am besten«, erklärte ihm Hendrik.

»Ähm …«

»Ich hole seinen Sohn und seine Tochter.«

»Dann bitte ich die Gräfin zu kommen.«

Sie ließen den verdutzten Wachhabenden stehen und gingen nach hinten, um die Hinterbliebenen in ihre Kabine zu bitten. Vor dem Herrenwaschraum hielt Diana inne. Wäre es nicht besser, jeden Mitreisenden einzeln zu verhören? Nein, Zeit war knapp. In wenigen Stunden würden sie Deutschland erreichen, bis dahin mussten sie so viel wie möglich in Erfahrung gebracht haben. Erst recht, wenn sie den Fall vorher abschließen wollte, um Eckener einen Umweg über London schmackhaft zu machen. Und schließlich waren Gregors Verhörmethoden ähnlich unkonventionell, er fand es oft aufschlussreich zu beobachten, wie ein Ehepartner reagierte, wenn der andere eine Frage beantwortete. Behalte das im Kopf, Diana: Achte immer auch auf die, die gerade nicht im Fokus stehen. Sie gab sich einen Ruck, klopfte und öffnete die Tür zum Waschraum.

Magdalena von Salburg-Oertzen saß auf dem Stuhl am Ecktisch, die Hände im Schoß gefaltet, und blickte auf den Kopf ihres Mannes. Sie wirkte gefasst.

Fischblut, dachte Diana. Vielleicht lag im Zynismus ihres Sohnes mehr Wahrheit verborgen, als Außenstehenden bewusst war. »Ich bitte um Entschuldigung«, sagte sie, »wir würden Ihnen und Ihren Kindern gern einige Fragen stellen.«

Die Gräfin nickte abwesend.

»Würde es Ihnen etwas ausmachen, mich in unsere Kabine zu begleiten?«

Die Gräfin erhob sich und ging wie eine Schlafwandlerin hinter Diana her.

Ferdinand und Klarissa erwarteten sie schon, mit ihnen Hendrik. Einen Augenblick herrschte Verwirrung wegen der Enge, dann nahm die Familie des Grafen geschlossen auf einer Seite der Kabine Platz.

Wer sollte den Anfang machen? Diana warf Hendrik einen verstohlenen Blick zu, aber der regte sich nicht. Das war wohl seine Revanche: Du hast uns das Ganze eingebrockt, nun sieh zu, was du daraus machst. Na schön, wie du willst, Hendrik! Sie wandte sich an den Sohn des Grafen. »Zunächst einmal würde ich … würden wir gern herausfinden, wann Ihr Vater die Kabine verlassen hat.«

»Ich weiß es nicht«, erwiderte Ferdinand leise, »ich habe geschlafen wie ein … ich meine, ich habe fest geschlafen. Der Alkohol …«

Die Lippen der Gräfin wurden schmaler.

»Demnach haben Sie vermutlich auch nichts Verdächtiges gehört?« Verflixt, das war ungeschickt formuliert, sie legte ihm die Antwort ja geradezu in den Mund.

Ferdinand schüttelte den Kopf. »Es tut mir leid«, flüsterte er.

Diana wandte sich an die Frauen. »Was ist mit Ihnen? Ist Ihnen während der Nacht etwas Ungewöhnliches aufgefallen?«

Beide verneinten.

»Ich hatte den Eindruck, dass Ihre Familie sowohl mit Herrn Kahl als auch mit dessen Sekretär bekannt ist. Stimmt das?«

»Herr Kahl hat im letzten Jahr einen Teil unserer Ländereien gekauft.«

Die Miene der Gräfin verriet nichts, aber Diana glaubte doch, Missbilligung herauszuhören. Im letzten Jahr, das bedeutete vermutlich, dass Maximilian von Salburg-Oertzen unter dem Druck der Inflation in finanzielle Schwierigkeiten geraten war. Dass die Ländereien nicht freiwillig verkauft wurden. Sie wären nicht die ersten Adligen, die außer ihrem Namen kaum noch etwas besaßen. »War es ein gutes Geschäft?«, hakte sie nach.

»Herr Kahl beherrscht die Spielregeln des Geldes.«

»Sie mögen ihn nicht?«

»Man kann sich nicht immer aussuchen, mit wem man verkehrt. Ich nehme an, wenn man in seiner Welt erfolgreich sein will, muss man so sein.«

»Wie – so?«

»Es fehlt ihm an Takt.«

»Ungehobelt ist er«, entfuhr es Klarissa, »ein Rüpel. Ein Raffke.«

»Du vergisst dich«, wies die Gräfin ihre Tochter zurecht. Und dann, zu Diana: »Aber es ist wahr: Er hat kein Benehmen, keinen Stil. Ein vulgärer Mensch. Das Geld hat ihn verdorben.«

Diana ärgerte sich. »In Ihren Kreisen ist man wohl über Geld erhaben.«

»In ›meinen Kreisen‹ spricht man nicht darüber. Geldverdienen ist etwas Ordinäres, ein anständiger Mensch *hat* Geld.« Verspätet fügte sie hinzu: »Und wenn nicht, dann trägt man sein Schicksal eben mit Würde. Ohne zu klagen.«

»Gab es Differenzen mit Herrn Kahl wegen des Verkaufs? Streit?«

»Wir pflegen uns nicht mit solchen Leuten gemein zu machen. Das Geschäft wurde abgeschlossen, anschließend kehrte jeder in die Welt zurück, in die er gehört.«

Diana trommelte mit den Fingern auf ihrem Knie. Die Gräfin war ein harter Brocken.

»Was ist mit Herrn Veidt, seinem Sekretär?«, erkundigte sich Hendrik. »Er schien einen regelrechten Hass auf Ihren Mann zu haben.«

»Darüber möchte ich nicht sprechen.«

»Gräfin, Ihr Mann ist ermordet worden. Wenn Sie wollen, dass der Täter gefasst wird, sollten Sie uns besser nichts verheimlichen.«

»Ich verheimliche nichts. Ich werde allerdings auch nicht zulassen, dass der Ruf unserer Familie Schaden nimmt.«

»Hör doch auf damit, Mutter, es geht hier um Wichtigeres.« Ferdinand fuhr sich mit der Hand über den Mund, nicht zum ersten Mal. Eine unbewusste Geste, um den Alkohol der vergangenen Nacht fortzuwischen? Oder die harten Worte gegen seinen Vater? »Herr Veidt war früher bei uns als Diener angestellt«, erklärte er. »Es hat einen unschönen Zwischenfall gegeben, und er wurde entlassen.«

»Zwischenfall?«

»Den hat er sich selbst zuzuschreiben«, stellte die Gräfin klar. »Er hat Drohungen gegen uns ausgestoßen. Es gab eine Auseinandersetzung, bei der mein Mann … handgreiflich wurde. Zweifellos ein Mangel an Selbstbeherrschung, aber der Diener hat ihn provoziert.«

»Handgreiflich? Wie dürfen wir das verstehen?«

»So, wie ich es sage. Mein Mann war kein Tyrann, falls Sie darauf aus sind. Er hatte immer ein gutes Verhältnis zum einfachen Volk, ein Vertrauensverhältnis. Im Wirtshaus hat er sich oft zu seinen Untergebenen gesetzt und sich ihre Sorgen angehört. Unsere Kinder durften jederzeit mit den Kindern der Bauern spielen. Aber Herr Veidt hat vergessen, wo er hingehört.«

Hendrik nickte. »Kennen Sie sonst noch jemanden von den Mitreisenden?«

Diana amüsierte sich darüber, dass er nicht nachhakte, sondern das Thema wechselte. Eine von Gregors Verhörtechniken. Ob ihm bewusst war, dass er seinen Bruder imitierte?

»Flüchtig. Herrn Diehl, den Legationsrat, haben wir bei dem einen oder anderen Empfang getroffen, auch Señor Valdés. Und natürlich kennen wir Herrn Eckener.«

Diana wandte sich an Ferdinand von Salburg-Oertzen. »Ich will Ihnen nicht zu nahe treten, aber Ihr Verhältnis zu Ihrem Vater schien mir getrübt.«

»Nun ja, wir –«

»Meinungsverschiedenheiten gibt es in jeder Familie«, unterbrach ihn seine Mutter, »das hat nichts zu bedeuten.«

»Es waren mehr als Meinungsverschiedenheiten«, widersprach Ferdinand, hielt dabei aber seinen Blick auf den Boden gerichtet.

»Du hast ihn beschimpft«, sagte Klarissa. Ihre Lippen zitterten. »Jetzt ist er tot, und du hast ihn beschimpft.«

»Ich … ich wollte nur …«

»Du hast dich unziemlich verhalten«, hielt ihm seine Mutter vor. »Erweis dich wenigstens jetzt deines Namens würdig.«

Na prima, damit hatte sie ihrem Sohn praktisch den Mund verschlossen. Diana trommelte wieder mit den Fingern auf ihrem Knie. Begriff die Gräfin denn nicht, dass sie hier versuchten, einen Mord aufzuklären? Oder – begriff sie es im Gegenteil nur zu gut?

»Wenn das alles war, möchte ich wieder meinem Mann die letzte Ehre erweisen«, sagte Magdalena von Salburg-Oertzen und erhob sich.

»Wer könnte es Ihrer Meinung nach getan haben?«, fragte Hendrik.

»Ich weiß es nicht.« Das kam ungewöhnlich schnell.

»Nach den gestrigen Vorfällen und allem, was ich eben von Ihnen gehört habe, hatte wohl Ihr ehemaliger Diener das stärkste Motiv.«

»Vielleicht.« Die Gräfin zuckte die Achseln und wandte sich zum Gehen. Am Vorhang blieb sie noch einmal stehen und blickte ihren Sohn an. »Ich hoffe, du weißt, was du deinem toten Vater schuldig bist«, sagte sie.

9

Allmählich wurde es hell, und die Passagiere konnten verfolgen, wie unter ihnen die Wellen tanzten. Hin und wieder brach sogar die Sonne zwischen den Wolken durch, doch den Unwetterwarnungen zufolge kam eine Tiefdruckfront auf sie zu.

Herr Knorr hatte die Küche geöffnet und zum Frühstück gerufen. Es gab Brot aus der konzerneigenen Bäckerei mit Butter und Apfelgelee, Wurst oder Käse, dazu Kakao. Da alle mit Essen und Trinken beschäftigt waren, legten Hendrik und Diana eine Zwangspause ein und nahmen ebenfalls etwas zu sich. Die beiden Reporter gesellten sich zu ihnen.

»Haben Sie schon Fortschritte gemacht?«, wollte Herr Pfeiffer wissen.

»Das lässt sich noch nicht sagen, wir haben ja gerade erst begonnen«, erwiderte Hendrik. »Im Übrigen wäre es auch nicht richtig, darüber zu reden.«

Der Reporter nickte und dachte vermutlich, dass sich auf diesem engen Raum ohnehin nicht viel geheim halten ließ. »Aber sicher haben Sie einen Verdacht.«

»Im Augenblick ist noch alles offen.«

»Ich glaube, der Sekretär ist es gewesen. Er hat den Grafen gehasst.«

»Es dürfte ihm allerdings auch klar gewesen sein, dass sich der Verdacht sofort gegen ihn richten würde, wenn dem Grafen etwas zustieße.«

»Der Mann hat sich nicht unter Kontrolle.«

»Ich glaube, die Täter muss gewesen sein Herr Haase«, mischte sich Orren Quinn ein.

»Der Konstrukteur? Wie kommen Sie denn ausgerechnet auf ihn?«

»Weil er wirkt so harmlos. Die Harmlosen sind die Schlimmsten.«

»Auch eine Theorie.«

»Sie müssen noch fragen uns, eine Verhör machen, *you know.*«

»Ich glaube, das ist überflüssig.«

»Why?«

»Sie standen in keiner Beziehung zu dem Toten. Weshalb hätten Sie ihn umbringen sollen?«

»Für eine Schlagzeile?«, schlug Herr Pfeiffer vor.

»Keiner von Ihnen hat während der Nacht die Kabine verlassen. Ich würde zwar nicht unbedingt meine Hand dafür ins Feuer legen, weil auch ich irgendwann eingeschlafen bin, aber …« Hendrik schüttelte den Kopf. »Meine einzige Frage an Sie ist die, ob Sie vielleicht gehört haben, wie der Graf seine Kabine verlassen hat. Nein? Schade. Sind Ihnen denn sonst während der Nacht ungewöhnliche Dinge aufgefallen?«

»Wir haben fest geschlafen.«

»Tja, dann …«

»*How disappointing.*«

Hendrik schmunzelte. »Sie könnten uns etwas über den Grafen und seine Familie erzählen, Sie verfügen doch sicher über interessante Informationen.«

»Hm, ja«, erwiderte Herr Pfeiffer. »Früher gehörten den Salburg-Oertzens ausgedehnte Ländereien, aber das ist lange her. Die Inflation hat ihnen den Rest gegeben. Sie stecken in finanziellen Schwierigkeiten und mussten sich vom größten Teil dessen, was noch an Grundbesitz übrig war, trennen. Alois Kahl hat alles für einen Spottpreis erworben. Ein echter Inflationsgewinnler.«

»Das erklärt manches.«

»Was gibt es sonst noch zu sagen? Der Graf engagiert sich in der Deutschen Adelsgenossenschaft und propagiert dort den Zusammenhalt der ›Elite‹, ob arm oder reich. Seine Frau widmet sich mildtätigen Aufgaben, viel mehr ist über sie nicht in Erfahrung zu bringen. Sie hält sich gern im Hintergrund.«

»Haben Sie eine Ahnung, wie alt die Kinder sind?«

»Ferdinand ist vierundzwanzig und Klarissa, warten Sie mal, neunzehn, glaube ich.«

»Sie wissen gut Bescheid.«

»Denken Sie etwa, ich reise zwei Tage in einem Zeppelin, ohne mich über meine Mitreisenden zu informieren? Auch über Sie weiß ich einiges.«

»Aha.«

»Professor für Philosophie an der Universität Berlin, eine Verwarnung wegen vaterlandsfeindlicher Äußerungen –«

»Zwei.«

»So. Tss, tss.«

»Aber wenn Sie so gut Bescheid wissen, dann können Sie uns sicher auch ein paar Details über Herrn Veidt verraten, den Sekretär von Herrn Kahl.«

»Da muss ich leider passen.«

»Er war früher mal Diener des Grafen.«

»Tatsächlich? Das ist mir neu. Interessant, sehr interessant.«

Ja, Valentin Veidt hatte ohne jeden Zweifel ein Motiv für den Mord und auch das aufbrausende Temperament dazu. Es fiel Hendrik schwer, ihn sich als Diener vorzustellen, er hatte so gar nichts Unterwürfiges an sich. Das musste den Grafen empfindlich gestört haben. *Manche Menschen sind zum Herrschen geboren, manche zum Dienen.* Oder, in den Worten der Gräfin: *Herr Veidt hat vergessen, wo er hingehört.* Es war höchste Zeit, etwas über diese »Handgreiflichkeiten« herauszufinden, die offenbar unter den Teppich gekehrt werden sollten.

Das Verhalten der Gräfin war aufschlussreich gewesen. Valentin Veidt hasste den Grafen und hatte gestern Abend bewiesen, dass er auch vor Gewalt nicht zurückschreckte. Was wäre also naheliegender, als in ihm den Mörder ihres Mannes zu vermuten? Doch selbst, als Hendrik diesen Gedanken aufgeworfen hatte, schien sie nicht von seiner Schuld überzeugt. Warum? Verdächtigte sie jemand anderen? Ihren Sohn vielleicht? Waren ihre Ausweichmanöver ein Versuch, Ferdinand zu schützen? Aber hätte sie dann nicht erst recht den Verdacht gegen ihren ehemaligen Diener schüren müssen?

Und wie passten die Informationen von Herrn Pfeiffer in all das hinein? Verarmter Adel, von einem Inflationsgewinnler über den Tisch gezogen … Herr Kahl hatte allen Grund, zufrieden zu sein und somit wohl kein Motiv. Oder doch? Vielleicht wollte ihm der Graf die Demütigung heimzahlen und eines seiner Geschäfte vereiteln, denkbar wäre es. Er musste mit Diana darüber reden, dringend. Angesichts ihrer miesen Laune verspürte er allerdings wenig Lust dazu. Und überhaupt: Immer musste sie sich vordrängeln. Während er noch dabei gewesen war, seine Gedanken zu ordnen und über die beste Strategie nachzudenken, hatte sie bei der Befragung der Familie des Grafen sofort das Gespräch an sich gerissen. Typisch!

»Ist Ihnen aufgefallen, dass die Gräfin Herrn Veidt nicht für den Mörder hält?«, fragte Diana die Reporter.

»Die Gräfin? Wieso –«

»Ja, sie verbirgt etwas, das ist klar«, erwiderte Hendrik.

»Über die ›Handgreiflichkeiten‹ ist sie auch hinweggehuscht. Was meinen Sie, Herr Pfeiffer, weshalb hat Hendrik nicht nachgehakt? Ist es ihm entgangen, oder will er ihre Ausflüchte anhand der Aussagen anderer Fahrgäste verifizieren, wie das sein Bruder immer macht?«

»Also …«

»Manche Menschen geben unter Druck nach, doch auf die Gräfin trifft das definitiv nicht zu«, erklärte Hendrik dem Reporter. »Bei jemandem wie ihr ist es keine schlechte Idee, sie erstmal in Sicherheit zu wiegen, in aller Stille Fakten zusammenzutragen und sie damit zu konfrontieren, wenn sie es am wenigsten erwartet. Aber was halten Sie von der Bemerkung der Gräfin: ›Du weißt, was du deinem toten Vater schuldig bist?‹ Haben Sie nicht auch den Eindruck, dass das mehr war als bloß eine Warnung an ihren Sohn, uns nicht zu viel zu erzählen?«

»Nun …«

»Klar«, sagte Diana«, »das war natürlich eine Anspielung auf diese mysteriöse Sache, die der Graf von seinem Sohn verlangt hat und die Ferdinand gern verweigern würde, glauben Sie nicht, Mister Quinn?«

Die Reporter sahen verblüfft von einem zum anderen. »Was ist das – eine avantgardistische Verhörmethode?«, fragte Herr Pfeiffer.

Hendriks und Dianas Blicke trafen sich – dann brachen sie in Gelächter aus. Eilig hielten sie sich die Hand vor den Mund, als ihnen klar wurde, wie unpassend ihre Reaktion war, nur wenige Meter von einem Ermordeten entfernt, aber das Grinsen blieb auf ihren Gesichtern. Montaigne hat recht, dachte Hendrik: *Das Besondere unseres Menschseins besteht darin, dass wir zugleich des Lachens fähige und lächerliche Wesen sind.*

»Das war das Ende einer Schmollphase«, beantwortete Diana die Frage des Reporters.

»Wir haben uns reichlich kindisch benommen, was?«, meinte Hendrik.

Sie legte eine Hand auf seinen Arm. »Es tut mir leid«, sagte sie. »Das war gemein von mir, was ich über Josephine gesagt habe. Ich weiß, wie viel sie dir bedeutet.« Sie umarmte ihn spontan. »Es tut mir wirklich leid.«

Die beiden Reporter sahen sie immer noch verständnislos an.

»Wir hatten eine Meinungsverschiedenheit«, erklärte Hendrik.

»Ah«, meinte Mister Quinn.

»Verflixt, jetzt habe ich aber Hunger. Ich könnte einen Bären verdrücken«, sagte Diana. »Bin gleich zurück.« Sie eilte in die Küche.

Hendrik sah ihr schmunzelnd nach.

Herr Pfeiffer räusperte sich. »Sind Sie sicher, dass Sie uns nicht doch ein bisschen verhören wollen?«

Hendrik holte seinen Skizzenblock hervor, um herumzuskribbeln. Es half ihm, einen freien Kopf zu bekommen. »Nun, Sie können mir ja etwas über sich erzählen, während ich auf Diana warte. Manchmal fallen einem dabei Dinge ein, die man vergessen hat.«

»Gute Idee. Was wollen Sie wissen?«

»Haben Sie immer schon für die *Vossische Zeitung* gearbeitet?«

»Angefangen habe ich bei Scherl. Die politische Ausrichtung dort war mir nicht angenehm, doch richtig schlimm wurde es erst, als Alfred Hugenberg den Verlag aufgekauft hat. Das war vor acht Jahren. Seither wimmelt es in den Artikeln von *Novemberverbrechern* und *jüdischen Verschwörungen* und *Dolchstößen*, die der siegreichen Armee in den Rücken gestoßen worden seien, insbesondere beim Kollegen Friedrich Hussong.«

Hendrik hörte aufmerksam zu, während er seinen Bleistift über den Block huschen ließ. Er hatte mit einer Karikatur der beiden Reporter begonnen, doch immer wieder kehrten seine Gedanken zur Gräfin und ihren Kindern zurück. Ferdinands sarkastische Beschreibung seiner Familie kam ihm in den Sinn. Mit sicherem Strich entwarf er ein Abbild des Grafen als Karpfen. Die starren Augen und das offene Maul erinnerten ihn allzu sehr an die Leiche, deshalb wandte er sich rasch dem Rest der Familie zu, skizzierte Magdalena von Salburg-Oertzen als Makrele, Klarissa als Flunder und Ferdinand als Stichling. Fischblut. Es war etwas dran. Alle drei hatten ihre Gefühle unter Kontrolle, besonders die Gräfin. Hendrik vermutete, dass ihnen der Tod des Grafen nahe-ging, aber zu sehen war es nicht. Er betrachtete seine Zeichnungen. Sie offenbarten mehr, als er wissen wollte. Irgendwie fühlte er sich wie ein Voyeur, der dabei ertappt wird, wie er durch ein Schlüsselloch späht.

»Überhaupt war mir der ganze Umgangston verhasst«, fuhr Herr Pfeiffer fort. »All die verkrachten Existenzen, ehemalige Offiziere, die Wert darauf legten, mit Hauptmann oder Major angeredet zu werden ... Jedenfalls, während der Inflation hat Hugenberg aufgekauft, was nicht niet- und nagelfest war, und sich nach und nach eine Propagandamaschine ohnegleichen geschaffen. Nicht mehr lange, und er diktiert die öffentliche Meinung.«

»Ist das nicht ein bisschen übertrieben? Schön, er besitzt ein paar Zeitungen, aber gegen die liberalen Blätter von Ullstein und Mosse kommt er doch nicht an.«

»Verstehen Sie etwas vom Setzen?«

»Nein.«

»Bleisatz ist eine aufwändige Sache. Man braucht teure Maschinen, es ist personalintensiv und kostet Zeit. Die kleinen Verlage in der Provinz haben weder die Möglichkeit noch das Kapital, um so zu arbeiten. Hugenberg bietet ihnen Pappmatern an, also fertigen Text auf Papierauszügen, die diese Kleinverleger abonnieren können. Davon müssen sie dann nur noch einen preiswerten Bleisatzguss herstellen, indem sie die ›Löcher‹ in den Pappen mit Blei ausgießen. Auf diese Weise erhalten sie eine neue Druckform und sparen Zeit und Redakteure. Können Sie sich vorstellen, was für eine Macht Sie in den Händen halten, wenn Sie einen Großteil der lokalen Zeitungen dieses Landes mit Texten füttern, deren Inhalt Sie bestimmen?«

Hendrik wurde nachdenklich.

»Und das ist noch nicht alles. Hugenberg gehört die Telegraphen-Union, mit der er dem Wolff'schen Telegraphenbüro Konkurrenz macht. Und eine Gesellschaft zur Vermittlung von

Zeitungs- und Zeitschriftenwerbung. Und eine Aktiengesellschaft, die Kredite an Zeitungen vergibt. Was glauben Sie, was für einen Einfluss sich der Mann mit seinem Zusammenschluss aus Verlag, Nachrichtendienst und Werbeagentur sichert? Ja, ich bin besorgt, sehr sogar.«

»Sie haben also gekündigt?«

»Schon vor ein paar Jahren, ehe es mit Deutschland vollends bergab ging. Auf dem Höhepunkt der Inflation hätte ich bestimmt nicht den Mut dazu gehabt. Zum Glück bin ich bei *Tante Voss* untergekommen. Langfristig will ich aber zum Rundfunk, da liegt die Zukunft.«

»Meinen Sie?«

»Auf jeden Fall. Als vor knapp einem Jahr der Sendebetrieb in Berlin aufgenommen wurde, gab es noch keinen einzigen zahlenden Rundfunkteilnehmer, heute sind es bereits über hunderttausend.«

»Und die Rundfunk ist nicht die *limit*«, mischte sich Mister Quinn ein. »Vor ein paar Monaten sie haben gekabelt Fotos von Cleveland nach New York per Telegrafie. Und es sind in Bewegung Versuche in Amerika und Deutschland, neben die Klang auch zu übertragen lebende Bilder durch die Rundfunk. Warten Sie nur! In ein paar Jahren es gibt eine elektronische Fernsehen.«

»Mein Freund hier hat ein Faible für technische Entwicklungen«, meinte Herr Pfeiffer. »Und für moselfränkische Weine und Debbekooche.«

»Ah, Debbekooche! Sie müssen wissen, ich habe gelebt eine Weile in Koblenz, nach die Große Krieg. Ich bin gekommen mit die *army* dorthin und geblieben, auch als die Franzosen sind gekommen.«

»Außerdem hat Orren eine Schwäche für Rennwetten. Wenn er in Berlin ist, besucht er immer die Straußenrennen in Ruhleben. Er lässt sein ganzes Geld dort.«

»Wie du lässt deine Geld bei die Schallplatten.«

»Sie beide scheinen sich gut zu kennen«, stellte Hendrik fest.

»Schon ein paar Jahre. Orren ist ein guter Kamerad, trinkfest und immer für einen Scherz zu haben.«

»Und *my friend* Reinhold mag dieselbe Musik wie ich. Er hat Schallplatten von Jazz aus Amerika.«

»Wie sehen Ihre Zukunftspläne aus?«, erkundigte sich Hendrik.

»Ich möchte noch bleiben eine Weile in Deutschland. Vielleicht ich gehe zurück nach Koblenz. *You know,* ich liebe die deutsche *gemuetlichkeit*. Die Mosel, die Rhein, die Loreley – *wunderbar.*« Mit Emphase trug er das Gedicht von Brentano vor, bis er zum Schluss kam: »Und immer hat's geklungen / vom hohen Felsenstein: / Lureley. / Lureley. / Lureley.« Die letzten Worte sprach er leiser, ein Echo nachahmend. Plötzlich unterbrach er sich. »Ich habe gehört eine Flüstern in die Nacht, jetzt ich erinnere mich.«

»Ein Flüstern?«

»*Yeah.* Ich bin aufgewacht von die Schnarchen – *I'm sorry,* vermutlich das war ich –, und jemand hat geflüstert.«

»Konnten Sie etwas verstehen?«

Mister Quinn zuckte die Achseln. »Ich war *not quite* wach. Meine Kopf hat noch geträumt. Aber die Flüstern war keine Traum, ich bin sicher.«

»Können Sie sagen, ob es von vorn oder von hinten im Gang kam?«

»Nein. Ich lag auf die Seite, *you know,* auf eine Ohr. *Sorry.*«

»Wann war das?«

»Gegen Morgen, nicht lange, bevor mich weckt die Aufregung in die Gang. Vielleicht auch früher, ich bin nicht sicher, Sie wissen ja, in die Nacht Traum und Wirklichkeit verschwimmen zusammen.«

»Tja, dann –«

»Warten Sie. Da war doch etwas, in die Flüstern … eine Wort … Jetzt ich weiß wieder: Jemand hat gesagt: ›Zeppelin‹.«

»Zeppelin?«

»*Yeah,* ich bin sicher.«

Zeppelin. Das konnte alles oder nichts bedeuten. Vielleicht hatte der Mörder den Grafen getroffen und so etwas gesagt wie:

»Der Zeppelin ist hellhörig, gehen wir nach hinten.« Ebenso gut mochte es einfach nur jemand von der Besatzung gewesen sein, der auf dem Weg zum Abort beiläufig bemerkt hatte: »Der Zeppelin fährt heute ziemlich unruhig.« Trotzdem konnte es sich Hendrik nicht leisten, den Hinweis zu ignorieren, denn bis jetzt hatten sie nicht viel in der Hand. Zeppelin. Wer schlich nachts durch die Gänge und flüsterte etwas über den Zeppelin?

10

Mhm, Schokolade! Diana ließ eine Tafel in ihrer Jackentasche verschwinden, während sie sich den Rest einer Scheibe Käsebrot in den Mund stopfte, was Herr Ladwig, der im Augenblick den Küchendienst versah, mit einem Zwinkern quittierte. Das Zerwürfnis mit Hendrik war ihr doch stärker auf den Magen geschlagen, als sie angenommen hatte. Vielleicht noch einen Apfel für den Weg. Ein paar Kekse konnten auch nicht schaden.

Die beiden Reporter waren fort, als Diana ins Abteil zurückkehrte. »Ich bin froh, dass zwischen uns alles wieder gut ist«, sagte sie zu Hendrik. »Ich hasse es, mit dir zu streiten.«

»Wir streiten doch dauernd.«

»Du weißt schon, was ich meine. Richtig streiten. Dass du wütend auf mich bist. Es tut mir ehrlich leid, dass es zwischen dir und Josephine aus ist. Ich weiß selbst nicht, warum ich immer so gemeine Bemerkungen mache. Vielleicht … habe ich einfach Angst, dass du mir eines Tages ihretwegen die Freundschaft aufkündigst.«

»So ein Unsinn. An wem sollte ich dann meinen Verstand schärfen? Über wessen Kleidergeschmack sollte ich lästern?«

»Genug davon«, lächelte Diana, »es wird Zeit, dass wir unsere Beobachtungen miteinander vergleichen.«

Sie tauschten ihre Erfahrungen aus und rätselten über die Bedeutung des geflüsterten Wortes, das Mister Quinn in der Nacht gehört haben wollte, gelangten jedoch zu keinem Ergebnis.

»Wir müssen uns unbedingt Herrn Kahl und seinen Sekretär vornehmen«, meinte Diana.

»Die sind noch mit Essen beschäftigt. Gehen wir solange zu den drei Herren nach hinten.«

Eduard Diehl las in der *Deutschen Allgemeinen Zeitung*, Hilmar Haase hatte seinen Hamster auf dem Arm, fütterte ihn mit Brotstückchen und flüsterte ihm Koseworte ins Ohr, Señor Valdés spendete Klarissa von Salburg-Oertzen und ihrem Bruder im Nachbarabteil Trost. Diana bat den Diplomaten herüber. Er kam ihrer Aufforderung nach und nahm neben dem Legationsrat Platz. Sie konnte wieder sein Parfüm riechen.

»Vielen Dank, dass Sie sich bereitgefunden haben, unsere Fragen zu beantworten«, begann Hendrik. »Uns interessiert zunächst, wer wann in der Nacht aufgestanden ist und den Waschraum aufgesucht hat, damit wir den Zeitpunkt des Todes eingrenzen können.«

»Ich war einmal auf, so gegen Mitternacht«, erklärte Señor Valdés.

»Null Uhr siebzehn«, präzisierte Herr Haase. Und dann, entschuldigend: »Ich habe einen leichten Schlaf.«

»Also, meinetwegen null Uhr siebzehn.«

»Als Sie den Waschraum betraten, war alles in Ordnung?«

»Gewiss. Sonst hätte ich doch Alarm geschlagen.«

»Wie lange waren Sie fort?«

»Höchstens fünf Minuten.«

Herr Haase nickte zur Bestätigung.

»Und Sie?«, erkundigte sich Diana bei Eduard Diehl.

»Ich habe geschlafen wie ein Murmeltier.«

»Sie waren auch auf«, protestierte der Konstrukteur. »Um zwei Uhr dreiundvierzig.«

»Letzte Nacht?« Der Legationsrat runzelte die Stirn. »Ich will dem nicht widersprechen. Es kommt oft vor, dass ich im Halbschlaf zum Abort tappe und mich am anderen Morgen kaum erinnere. Doch, ja, wo Sie es sagen, scheint mir auch, als wäre ich aufgestanden. Richtig, ich war sogar eine Weile orientierungslos, wegen der ungewohnten Umgebung. Bin, glaube ich, zuerst in die falsche Richtung gegangen.«

»Wissen Sie noch, wie lange Sie fort waren?«

»Ein paar Minuten.«

»Haben Sie etwas Verdächtiges bemerkt?«

»Leider nein. Es war alles ruhig.«

Der Konstrukteur hatte ungeduldig darauf gewartet, endlich an die Reihe zu kommen. »Ich war zweimal draußen, zuerst um null Uhr siebenundzwanzig, kurz nachdem Señor Valdés zurückkam«, sprudelte es aus ihm heraus. »Ich benutzte Abort und Waschraum und fand alles, wie es sein sollte. Nun ja, fast alles. Jemand hatte den Tisch verschoben und dabei eine Schramme auf dem Boden hinterlassen. Um null Uhr achtunddreißig lag ich wieder im Bett. Dann bin ich zwei Stunden später noch mal aufgestanden, aber da habe ich nicht den Abort aufgesucht, sondern … na ja, Graf Zeppelin war unruhig, die Höhenluft bringt seinen Kreislauf durcheinander, wissen Sie. Ich fürchtete, er würde jemanden mit seinem Herumgerenne wecken, deshalb habe ich ihn aus dem Käfig genommen, um ihn zu beruhigen. Dabei ist er mir entschlüpft, und ich musste ihn wieder einfangen. Hat bestimmt zwanzig Minuten gedauert, ich konnte doch nicht einfach fremde Kabinen betreten. Erst mit einer Handvoll Nüssen ist es mir gelungen, ihn zurückzulocken.«

»*Sie* haben geflüstert«, begriff Diana. »Sie haben Ihren Hamster beim Namen gerufen, nicht wahr?«

»Zwei oder drei Mal. Habe ich Sie gestört? Tut mir leid.«

Nun, das erklärte zumindest Mister Quinns nächtliches Erlebnis. Und machte sie um ein Indiz ärmer. »Ist Ihnen etwas Ungewöhnliches aufgefallen? Bei Ihrem leichten Schlaf können Sie uns vielleicht etwas über die nächtlichen Aktivitäten der anderen Mitreisenden verraten. Möglicherweise haben Sie sogar den Grafen gehört.«

»Ich weiß nicht, es war insgesamt eine unruhige Nacht. Ein paar Male stapfte jemand aus dem Führerstand auf dem Weg zum Abort vorbei oder holte sich Tee aus der Küche. Einmal wurde ein Motor gestoppt, ich glaube, Nummer zwei, kurz danach ging ein Passagier aus einer der vorderen Kabinen zu den Waschräumen.«

»Wie konnten Sie unterscheiden, woher die Leute kamen?«

»Das Türklappen hat es mir verraten. Außerdem ist der Klang der Schritte anders. Die Besatzung trägt Schuhwerk, Passagiere, die das Bett verlassen, haben gewöhnlich Socken oder Pantoffeln an. Ihre Schritte klingen weicher.«

»Und der Graf?«

»Der Graf … nein, tut mir leid. Er muss sehr leise gewesen sein.«

»Kannten Sie Familie von Salburg-Oertzen?«, erkundigte sich Hendrik.

»Ich bin ihnen an Bord zum ersten Mal begegnet. Ich weiß zwar, dass sie mit Herrn Colsman von der Konzernleitung befreundet sind, aber persönlich hatte ich nie mit ihnen zu tun.«

Hendrik wandte sich an den Legationsrat. »Sagen Sie, bei den anderen Herrschaften ist es mir klar, aber aus welchem Grund sind Sie eigentlich hier an Bord, wenn ich fragen darf?«

»Ich bin in diplomatischer Mission unterwegs. Vorletzte Woche nahm ich am Kolonialkongress in Berlin teil, dort herrschte Einigkeit darüber, dass Deutschland ein Anrecht auf einen Platz an der Sonne hat. Ein Volk muss wachsen und gedeihen, wenn es nicht verkümmern will. Wir sind eingeschnürt von feindlichen Nationen, auf Dauer wird uns hier der heimische Boden zu eng, es ist daher eine Frage des Überlebens, dass wir unsere Kolonien wiederbekommen. Ich bin beauftragt worden, England zur Herausgabe seines Anteils an Kamerun und Togo zu bewegen. Mehr darf ich nicht verraten.«

Diana hatte eine sarkastische Erwiderung auf der Zunge, aber Hendrik schien nicht gewillt, sich auf das Glatteis weltanschaulicher Diskussionen zu begeben, denn er nickte nur und kam ihr mit der Frage zuvor: »Ist Ihnen in der Nacht irgendetwas seltsam vorgekommen? Oder können Sie uns über die Aktivitäten auf dem Gang Auskunft geben?«

»Nein, wie gesagt: Ich habe einen gesunden Schlaf. Aber wenn ich Sie wäre, würde ich mal diesem Sekretär auf die Finger schauen. Ein Radikaler, der einiges auf dem Kerbholz hat, da wette ich.«

»Kannten Sie die Familie des Grafen?«

»Vom Sehen. Wahrscheinlich haben wir bei irgendeinem Empfang mal ein paar Worte gewechselt. Doch, ich erinnere mich, wir sprachen über Deutsch-Südwestafrika. Damals war ich noch im Reichskolonialamt tätig.«

»Und nach dessen Auflösung kamen Sie ins Auswärtige Amt?«

»Nicht sofort. Erst wurde ich ins Reichsministerium für Wiederaufbau versetzt, in die Kolonial-Zentralverwaltung. Ein Jahr später ging ich dann ins Auswärtige Amt.«

»Worüber genau sprachen Sie mit Graf von Salburg-Oertzen?«

»Über Reformen in den Kolonien. Ein Thema, das Fingerspitzengefühl erfordert, schließlich sind darüber bereits Regierungen gestürzt. Denken Sie nur an die Hottentottenwahlen 1907, nach der Auflösung des Reichstags wegen des Krieges mit den Herero. Gott sei's geklagt, es sind eine Menge Fehler gemacht worden, allerdings muss man auch sehen, dass es nicht einfach ist, in diesen Kolonien die Disziplin aufrechtzuerhalten. Die Eingeborenen sind von Natur aus faul, man muss sie zur Arbeit erziehen, das geht nicht immer mit Samthandschuhen.«

»Fehler nennen Sie das?«, brauste Diana auf. »Es hat Massenmorde gegeben, regelrechte Vernichtungsfeldzüge. Die brutalen Methoden in den afrikanischen Kolonien sind doch bekannt, Prügelexzesse mit der Nilpferdpeitsche waren an der Tagesordnung.«

»Eine unnötige Grausamkeit, ganz meine Meinung. Ich habe immer die Ansicht vertreten, dass Schläge mit dem Tauende menschlicher sind, weil sie die Haut schonen. Und wenn man die Züchtigung auf Hinterbacken und Oberschenkel beschränkt, gibt es auch keine Todesfälle durch Verletzungen innerer Organe.«

Hendrik schnappte nach Luft.

»Man muss allerdings auch sehen, dass es kein Zuckerschlecken ist, unter blutrünstigen Wilden zu leben«, fuhr der Legationsrat fort. »Der Aufstand der Herero hat tausendvierhundert Deutschen das Leben gekostet und darüber hinaus den Steuerzahler fast sechshundert Millionen Mark. Der Graf war in diesen Dingen naiv. Er ging von den Verhältnissen auf seinen Gütern aus, wo er mit Milde und Nachsicht gute Erfahrungen gemacht hat. Für ihn waren die Naturvölker Kinder, die wir aus ihrem primitiven Urzustand befreien, indem wir ihnen die Segnungen der Kultur bringen. Verstehen Sie mich nicht falsch, auch ich bin davon überzeugt, dass es der Auftrag des weißen Mannes ist, Neger und Chinesen zu nützlichen Menschen zu erziehen. Aber man darf die angeborene Undankbarkeit der minderen Rassen nicht außer Acht lassen. Dass es beim Umgang mit verstockten Wilden gelegentlich zu Fehlurteilen kommt, lässt sich nicht vermeiden. Wo gehobelt wird, fallen Späne.«

»Das ist Ihre ganze Entschuldigung für die Verbrechen, die wir in anderen Ländern begangen haben, für Sklaverei und Unterdrückung?«, rief Diana. »Wo gehobelt wird, fallen Späne?«

»Ich stehe auf dem Standpunkt: Lieber ein bisschen zu streng und dafür Zucht und Ordnung als ein lasches Verhalten wie das der Engländer, und dann tanzt einem so ein Gandhi auf der Nasenspitze herum.«

»Lasch? In Amritsar haben die englischen Soldaten ohne Warnung auf eine unbewaffnete Zivilbevölkerung geschossen und dabei ein Massaker angerichtet.«

»Das ist lange her. Jetzt haben sie diesen Aufrührer Gandhi aus dem Gefängnis entlassen, oder? Ich nenne das lasch.«

»Genug damit, ich möchte mir das nicht länger anhören«, schnappte Hendrik.

Beleidigt zuckte der Legationsrat die Achseln. »Wenn Sie ein offenes Wort nicht vertragen …«

Das Schweigen, das darauf folgte, hatte die Konsistenz von Senfgas.

Erst nach einer ganzen Weile raffte sich Diana dazu auf, mit der Befragung der beiden anderen Fahrgäste fortzufahren: »Señor Valdés, haben Sie in der Nacht etwas bemerkt, was uns weiterhelfen könnte?«

»Leider nein, tut mir leid.«

»Das Flüstern von Herrn Haase? Schritte? Türklappen?«

»Wenn ich einmal schlafe, dann schlafe ich.« Er dachte nach. »Komischerweise …«

»Ja?«

»Komischerweise habe ich den veränderten Geräuschpegel wahrgenommen, als ein Motor abgestellt wurde.«

»Mir ist aufgefallen, dass Sie sich kaum für den Zeppelin und die Abläufe an Bord interessieren, obwohl Sie doch einen Liniendienst nach Brasilien aufbauen wollen.«

»Das lässt sich leicht erklären: Ich durfte mir das Schiff schon in der Halle ansehen. Und die Abläufe an Bord sind mir vertraut.«

Eine reichlich dünne Begründung, fand Diana.

»Im Übrigen hatte ich geplant, mich heute im Führerstand aufzuhalten, bis dann der schreckliche Mord dazwischenkam.«

»Reden wir von Familie von Salburg-Oertzen. Sie kennen sie, nicht wahr?«

»Wer behauptet das?«

»Nun, Sie haben sich gelegentlich auf Empfängen getroffen, soviel ich weiß.«

»Ach so. Ja, das ist vorgekommen. Aber wir haben kaum ein Wort miteinander gesprochen. So gut wie nie. Praktisch gar nicht.«

»Nicht mal Konversation gemacht?«

»Ich sagte doch: Ich habe keinerlei Kontakt zum Hause Salburg-Oertzen.«

Warum reagierte der Brasilianer auf einmal so gereizt? Und warum insistierte er darauf, die Familie des Grafen nicht zu kennen? Gab es doch eine Verbindung zwischen ihm und dem Toten? Irgendetwas verbarg Señor Valdés, daran hatte Diana keinen Zweifel. Aber was?

11

Das Erste, was Hendrik tat, als er in die Damenkabine zurückkehrte, die nun ihr Hauptquartier darstellte, war, einen großen Schluck Tee zu trinken, um den unangenehmen Nachgeschmack loszuwerden, den die Äußerungen des Legationsrats in ihm hinterlassen hatten. Er wechselte einen Blick mit Diana und musste nichts sagen, sie verstanden sich auch so. Zwecklos, sich aufzuregen. Weitermachen. Zeit, Herrn Kahl und seinem Sekretär auf den Zahn zu fühlen.

Hendrik stand eben im Begriff, die beiden zu holen, als der Vorhang beiseite geschoben wurde und Ferdinand von Salburg-Oertzen seinen Kopf durch die Öffnung steckte.

»Ich würde gern mit Ihnen reden«, sagte er.

Hendrik setzte sich wieder. »Kommen Sie herein.«

Unsicher nahm der Sohn des Grafen Platz. »Ich habe nachgedacht und bin zu dem Schluss gekommen, dass … also, ich glaube, Sie sollten ein paar Dinge wissen. Über uns. Über das, was vorgefallen ist. Meine Mutter ist der Meinung, unsere Familie geht Außenstehende nichts an, aber schließlich ist mein Vater ermordet worden und … Meine Mutter ist eine stolze Frau.«

»Dafür haben wir Verständnis.«

»Also, ich bin hier, um Ihnen Rede und Antwort zu stehen.«

»Danke.« Hendrik rieb sich das Kinn. Es gab Fragen, die ihnen auf den Nägeln brannten, aber vielleicht war es geschickter, sich erst einmal nach ein, zwei harmlosen Dingen zu erkundigen, zum Aufwärmen gewissermaßen. »Bei unserem Gespräch gestern Abend hat Ihr Vater Ihren Lebensweg praktisch vorgezeichnet. Entspricht dieser Weg auch Ihren Wünschen? Wollen Sie Diplomat werden?«

»Keine Ahnung. Mein Leben lang hat mir jemand gesagt, was ich tun oder lassen soll. Ich finde es schwer, herauszufinden, was ich selbst will. Jetzt, wo mein Vater tot ist … Ich müsste etwas unternehmen, nicht wahr? Die Führung der Familie liegt nun in meinen Händen. Aber ich bin wie gelähmt. Alle erwarten etwas von mir, und ich …«

»Wenn Sie erlauben, würde ich gern ein Thema anschneiden, das Ihnen vermutlich nahegeht. Ich kam gestern nicht umhin mitanzuhören, dass Sie und Ihr Vater sich über irgendetwas uneins waren, etwas, das Sie nicht tun wollten. Worum ging es da?«

»Ach, das.« Ferdinand betrachtete seine Hände. »Mein Vater wünscht, dass ich Odile von Lehndorff-Alvensleben heirate.«

»Und Sie mögen sie nicht«, half Diana, als er schwieg.

»Es ist noch nicht mal so, dass ich sie nicht mag. Sie ist mir einfach egal. Wir haben nichts gemein. Außerdem …« Er sah aus dem Fenster. »Außerdem liebe ich eine andere. Eine, die nicht standesgemäß ist, wie meine Eltern mir klargemacht haben.« Leise fügte er hinzu: »Ich habe sie seit drei Monaten nicht mehr gesehen.«

»Aber Sie sind volljährig«, sagte Hendrik. »Ihre Eltern können Ihnen keine Vorschriften machen. Natürlich könnten sie Sie enterben, doch soviel ich verstanden habe, gibt es da ohnehin nicht viel zu erben, oder?«

»Es gibt stärkere Fesseln als Geld. Wir sind nicht gerade eine Vorzeigefamilie, aber es ist die einzige, die ich habe. All das Gerede von den Ahnen … so albern, und doch, es ist etwas Wahres dran. Die Kreise, in die ich hineingeboren wurde, sind wie ein Netz, das einen auffängt, wenn man in Schwierigkeiten gerät. Umgekehrt bedeutet das: Wer gegen die Erwartungen verstößt, ist erledigt. Der wird gemieden, als hätte er Aussatz. Und wer bin ich ohne meinesgleichen? Wo gehöre ich dann hin? Ich kann über die Menschen meines Standes spotten, das tolerieren sie bis zu einem gewissen Grad, aber verlassen? Verlassen kann ich sie nicht.«

»Wenn es Sie doch unglücklich macht …«

»Ich habe nur die Wahl zwischen zwei Übeln. Und ich fürchte, mit einem Leben als Ausgestoßener werde ich nicht fertig. Ich bin ein schwacher Mensch, das weiß ich nur zu gut. Mein Vater hat nichts mehr verachtet als Schwäche.«

»Niemand hat das Recht, Ihnen deswegen Vorwürfe zu machen. Außer vielleicht die Frau, die Sie lieben.«

»Ich hätte zu ihr halten müssen, egal, was geschieht. Stattdessen habe ich den Kopf eingezogen und die Hände in den Schoß gelegt.« Er sah auf. »Es ist nicht so, dass ich keinen Mut hätte, glauben Sie mir. Einmal bin ich einem tollwütigen Hund entgegengetreten, der auf unserem Gut ein Kind angegriffen hat. Aber meinem Vater die Stirn zu bieten, das ist etwas anderes.«

»So tragisch sein Tod auch ist – dadurch sind Sie jetzt frei von ihm«, warf Diana ein.

»Warum fühle ich mich dann gefangener als je zuvor?«

»Erzählen Sie uns etwas über Ihre Schwester«, meinte Hendrik. »Hatte sie ein gutes Verhältnis zu ihrem Vater?«

»So weit man das zu jemandem wie ihm haben kann. Wir sind von Gouvernanten aufgezogen und später auf ein Internat geschickt worden, allzu viel Nähe dürfen Sie bei uns nicht erwarten. Aber Klarissa leidet unter seinem Tod, das weiß ich, auch wenn sie es nicht zeigt.«

»Sie beide kommen nicht gut miteinander aus, oder irre ich mich da?«

»Ach, eigentlich schon. Das sind bloß die üblichen Geschwisterrivalitäten. Klarissa ist in letzter Zeit ziemlich unleidlich. Das Einzige, was sie je interessiert hat, sind Pferde, und als wir unsere verkaufen mussten …«

»Wie haben Sie die Übernahme Ihrer Landgüter durch Herrn Kahl empfunden?«, wollte Hendrik wissen.

»Er besitzt weder Takt noch Geschmack. Ein typischer Emporkömmling, würde mein Vater sagen, und in diesem Punkt bin ich ausnahmsweise seiner Meinung. Herr Kahl ist ein Spekulant, den die Inflation nach oben gespült hat. Er hat unsere Notlage ausgenutzt und gute Geschäfte dabei gemacht, ohne uns ein bisschen Würde zu lassen. Ich bin weiß Gott niemand, der wie meine Mutter über jeden Verstoß gegen die Etikette die Nase rümpft, aber die rüpelhafte Art, mit der dieser Herr uns wie Bittsteller behandelt hat, ging auch mir gegen den Strich.«

»Was war das für eine Geschichte zwischen Ihrem Vater und Herrn Veidt?«, fragte Diana.

»Nun, ich …« Ferdinand kaute auf seiner Unterlippe. »Irgendwie kommt es mir falsch vor, meiner Mutter in den Rücken zu fallen.«

»Es macht nicht viel Sinn zu schweigen, oder?«, meinte Hendrik. »Herr Veidt wird uns zweifellos seine Interpretation des Vorfalls erzählen.«

»Vermutlich.« Der Sohn des Grafen versank ins Grübeln. »Ich war nicht dabei«, sagte er langsam. »Alles, was ich berichten kann, habe ich aus zweiter Hand. Wissen Sie, mein Vater hielt sich viel darauf zugute, dass er seine Untergebenen hart, aber gerecht behandelt. Nicht immer ist ihm das geglückt. Andererseits muss man sagen, dass Herr Veidt kein unproblematischer Diener war. Während der Revolution ist er mit den Spartakisten in Berührung gekommen.«

Ferdinand schwieg. Erst auf Hendriks aufmunternden Blick hin fuhr er fort: »Ich weiß nicht, was über die Jahre hinweg alles zwischen ihnen vorgefallen ist. Jedenfalls hat Herr Veidt wohl Forderungen gestellt, die anderen Diener aufgewiegelt und Drohungen gegen meinen Vater ausgestoßen. So jedenfalls wurde es mir erzählt. Mein Vater hat ihm daraufhin die Reitpeitsche durchs Gesicht gezogen –«

»Die Peitsche?«, rief Diana aus.

»Ja. Und dann hat er ihn rauswerfen lassen. – Sieht aus, als würde alles auf Herrn Veidt deuten, nicht wahr?«

»Meinen Sie?«

»Ich weiß es nicht. Ich weiß es einfach nicht. Aber ich glaube, es hat Herrn Kahl Freude bereitet, den unbotmäßigen Diener als Sekretär bei sich einzustellen und meinem Vater damit unter die Nase zu reiben, wer das Sagen hat.«

Was für eine Zeitbombe die wechselseitigen Abhängigkeiten dieser drei Männer gewesen sein mussten! »Danke, dass Sie es uns erzählt haben«, beendete Hendrik die Befragung. Er war mehr als gespannt auf Valentin Veidts Version der Geschichte.

12

Alois Kahl hatte schlechte Laune. »Das schlägt dem Fass die Krone ins Gesicht«, beschwerte er sich. »Ich kann meine Telegramme nicht loswerden, dauernd sind die Funker mit Wettermeldungen beschäftigt.«

»Der Sturm zwischen Norwegen und Schottland kommt rasch näher«, beschwichtigte sein Sekretär.

»Erst war es das Wetter, dann die Funkpeilungen, jetzt wieder das Wetter. Und sobald wir uns einer Radiostation nähern, blockieren hereinkommende Glückwunschtelegramme die Leitung. Diese Reise ist eine Zumutung.«

Diana konnte sich lebhaft vorstellen, welch wichtige Inhalte der Spekulant telegrafieren wollte. *Bin an Bord des Zeppelins, trinke gerade mein zweites Glas Wein.* Oder: *Wir überqueren soeben die Shetlandinseln, ich bohre mir in der Nase.* Pfui, was für garstige Fantasien sie doch hatte! »Wir würden uns gern mit Ihnen unterhalten«, sagte sie. »Dürfen wir uns setzen?«

»Was gibt Ihnen eigentlich das Recht, Fragen zu stellen?«, schnauzte Valentin Veidt. »Warum sind Sie nicht verdächtig?«

»Weil wir den Toten nicht kennen«, erwiderte Hendrik. »Was für ein Motiv hätten wir haben sollen?«

Alois Kahl tätschelte beruhigend den Arm des Sekretärs und machte eine einladende Handbewegung.

Als alle saßen, wollte Diana zunächst wissen, ob einer der Herren in der Nacht die Kabine verlassen hatte, und erhielt die Auskunft, dass sowohl Herr Kahl als auch Herr Veidt auf dem Abort gewesen waren, Zeitpunkt unbekannt.

Sie fragte nach den persönlichen Verhältnissen der beiden, und Herr Kahl prahlte mit seiner Bekanntschaft mit Hugo

Stinnes, mit dem er noch Anfang des Jahres, kurz vor dessen Tod, eine Unterredung gehabt hätte. »Ein Wirtschaftsgenie, der wahre Inflationskönig«, sagte er und erzählte einen Witz von Petrus, der den Industriellen an der Himmelstür erwartete und seine Engel warnte: »Stinnes kommt – jetzt heißt's aufpassen, sonst gehört ihm in vierzehn Tagen der ganze Betrieb.« Er lachte dröhnend.

»Wie sind Sie eigentlich zu Ihrem Geld gekommen?«, erkundigte sich Diana in der Annahme, dass sich einer wie Herr Kahl nicht an dieser Frage stoßen würde.

Und richtig, er blühte regelrecht auf. »Durch entschlossenes Handeln. Alle schimpfen auf die Inflation, aber wenn man seinen Verstand gebraucht und seine drei Sinne beisammen hat, bieten einem schwierige Zeiten ungeahntes Prozentzial. Angefangen habe ich mit Tauschgeschäften und kleinen Schmuggeleien, später habe ich Informationen befreundeter Bankangestellter zu Geld gemacht, in Kaffeehäusern oder auf der Straße. Meine eigene Nebenbörse aufgebaut, gewissermaßen. Die frühe Katze fängt den Wurm, stimmt's? Eine Zeitlang war ich das deutsche Feigenblatt für manch ausländischen Spekulanten, aber ich wollte nicht bloß Provisionen kassieren, sondern selbst das dicke Geld machen. Ich lass' mich doch nicht übers Ohr ziehen, ich nicht. Also hab' ich mir was gepumpt und angefangen, in großem Stil zu handeln: mit Kohlen, Schrott, Butter, Tabak, Damenstrümpfen, Kaviar … Und mit Grundstücken. Viele haben sich von den hohen Summen blenden lassen, weil sie nicht rechnen konnten. Weil sie nicht kapiert haben, dass die Millionen nichts wert sind. Das waren eben alles römische Dörfer für die.«

»Und woher hatten Sie das Geld?«

»Verbindungen. In der Provinz ist der gute Ruf alles. Man muss groß auftreten, dann kriegt man auch großzügig Kredite.«

»Bedauern Sie, dass die Inflation gestoppt wurde?«, hakte Hendrik ein.

»Es waren aufregende Zeiten, aber es ist schon gut, dass die Rezension vorbei ist. Ich habe meinen Schnitt gemacht, ein bisschen Stabilität wäre zur Abwechslung nicht schlecht. Stabile

Verhältnisse bieten wieder neue Möglichkeiten. Jetzt kommt's drauf an, geschickt zu investieren. Deswegen bin ich an Bord. Der Aufbau einer Luftschifflinie wäre der letzte Pfiff.«

»Ob die neue Währung wirklich stabil ist, muss sich erst noch erweisen.«

»Das ist sie, das garantiere ich Ihnen. Die Rentenmark war für den Übergang und bloß durch Grundschuld gedeckt, aber die Reichsmark, das ist was anderes. Für die Reichsmark sind wir wieder zur Deckung durch Goldwährung zurückgekehrt, eine sichere Sache. Das machen außer uns nur die Schweden und die Amerikaner.« Er kaute auf seiner kalten Zigarre. »Der Abschied von der Rentenmark fällt mir nicht schwer, muss ich sagen. Hässliche Scheine. Ich nehme zwar an, dass die noch lange im Umlauf sein werden, weil niemand unliebsame Erinnerungen wecken und schon wieder eine Währung einziehen will, aber, na ja, tanzen wir halt auf zwei Mahlzeiten, haben wir eben zwei Währungen nebeneinander.«

Zeit, das Thema zu wechseln. »Wie sind Sie mit Graf von Salburg-Oertzen bekannt geworden?«, erkundigte sich Diana.

»Ich hatte gehört, dass sein Gut hoch verschuldet war.« Herr Kahl grinste. »In der Not hat er versucht, eine Geflügelzucht aufzubauen, aber das ging in die Hose. Jedenfalls stand er kurz vor einer Zwangsversteigerung und musste nach jedem Grashalm greifen. Und ich, nicht dumm, hab' den Augenblick genutzt und dabei ein gutes Geschäft gemacht. Hat ihm natürlich nicht gefallen, aber was sollte er tun? Lieber den Spatz in der Hand als die Katze auf dem Dach, nicht wahr?«

»Sie haben Herrn Veidt eingestellt, der zuvor bei Graf von Salburg-Oertzen in Stellung gewesen ist. Gab es dafür einen besonderen Grund?«

»Mir ging die lasierte Art des Grafen auf die Nerven. Ich meine, der Mann war bankrott und benahm sich immer noch, als würde ihm eine Schraube aus der Krone fallen, wenn er sich mit einem wie mir abgibt. Tat immer so, als hätt' ich keine Bildung. Dabei habe ich zu Hause zehn Meter Goethe und acht Meter

Schiller stehen. Ich wollte ihm eins auswischen, ich hab' sowieso einen Sekretär gesucht, und Valentin macht seine Sache gut, trotz seiner Westentaschenrevolutionen. Na ja, jeder braucht ein Steckenpferd, was?« Er lachte wieder.

Valentin Veidt schien das gar nicht komisch zu finden. Sein finsterer Gesichtsausdruck steigerte Alois Kahls Vergnügen nur.

Diana wandte sich dem Sekretär zu. »Weshalb wurden Sie von Graf von Salburg-Oertzen entlassen?«

Mit Hendrik hatte sie verabredet, den Mann notfalls durch aufreizende Bemerkungen zum Reden zu bringen, doch das war gar nicht nötig. Sobald er das richtige Stichwort bekam, brauste er auf: »Er war ein Ausbeuter, ein Sklaventreiber. All das Gerede vom gerechten Herrn – Recht und Gesetz gab es bei ihm nicht. Sein Wort war das Gesetz. Er hat mich mit der Reitpeitsche ins Gesicht geschlagen, als wäre ich ein Tier!«

»Es heißt, Sie hätten Drohungen gegen ihn ausgestoßen.«

»Das ist eine Lüge. Ich habe ihm bloß die Forderungen des Personals nach Lohnerhöhung übergeben. Aber so was passt den hohen Herrschaften natürlich nicht, wenn Unsereins nicht unterwürfig daherkommt. Vor ein paar Jahren haben die Landarbeiter auf seinem Gut gestreikt, und was hat er getan? Die Ernte verrotten lassen, bis der Widerstand gebrochen war. Oh ja, später hat er eine Lohnerhöhung bewilligt, eine, die er für angemessen hielt. Aber als Akt der Gnade, nicht als etwas, das denen, die sich für ihn den Buckel krumm schuften, zusteht. Jetzt hat der Kerl seinen gerechten Lohn bekommen.« Er schien zu begreifen, dass seine Bemerkung keinen vorteilhaften Eindruck hinterließ. »Es geschieht ihm recht, wollte ich sagen.«

»Ihre Worte lassen sich allerdings auch anders auslegen«, meinte Hendrik.

»Wollen Sie mir was anhängen? Wie praktisch, wenn der Unruhestifter ein Mörder ist, was? Dann kann er aus dem Verkehr gezogen werden.«

»Wir beschuldigen niemanden, wir versuchen nur herauszufinden, was sich wirklich zugetragen hat.«

»Das kann ich Ihnen sagen: Ein verbrecherischer Kapitalist hat seine Strafe erhalten. Und wer immer es getan hat, mein Dank ist ihm sicher.«

»Den Worten der Gräfin zufolge war ihr Mann ein toleranter und volksverbundener Mensch«, stichelte Diana. »Er hat sich die Sorgen seiner Diener angehört, die Kinder durften mit den Kindern der Bauern spielen.«

»Klar, ›Herrschaft einüben‹ nennt sich das Spiel. Der Bengel immer auf seinem Pony vorneweg, in Husarenuniform, mit Säbel und großen Reden wie der Alte, die Bauernkinder zu Fuß hinterher. Und gemacht wird, was das Grafensöhnchen befiehlt. Sein Vater hat sich einen Scheißdreck um die Nöte der Arbeiter auf dem Gut gekümmert. Was ihm gefallen hat, war die Pose des Herrn, der über Wohl und Wehe entscheidet. Dass seine Sklaven zu ihm gekrochen kommen und um Hilfe betteln.«

»Bestimmt war es die Gräfin«, mischte sich Alois Kahl ein. »Lassen Sie sich von der keinen Essig ums Maul schmieren, die ist eiskalt wie 'ne Hundeschnauze. Ich wette, die wollte ihren Mann loswerden. Und ich würde mal dem Sohn auf den Zahn fühlen, der ist auch nicht astrein.«

Hendrik stellte noch ein paar harmlose Fragen, aber Diana wartete ungeduldig darauf, zum Ende zu kommen. Sie mussten unbedingt noch mal mit der Gräfin sprechen und die Geschichte mit der Peitsche klären. Wahrscheinlich würde sie wieder die vornehme Dame spielen und sich verschließen. Man müsste sie herausfordern. Vielleicht ... ja, vielleicht sollte man sie und Herrn Veidt miteinander konfrontieren.

13

Seltsam. Hendrik blieb stehen, sah sich im Waschraum um und analysierte die Situation, um herauszufinden, was ihn irritierte. Magdalena von Salburg-Oertzen hatte sich bei ihrem Eintritt erhoben. Ihre Frisur fing an, sich aufzulösen, ihre Wangen waren gerötet, sie mied jeglichen Blickkontakt, aber das konnte doch wohl nicht der Grund für sein Unbehagen sein. Im Gegenteil, dass die Selbstbeherrschung der Gräfin nach zwei Stunden allein mit dem Leichnam ihres Mannes endlich Risse bekam, machte sie um vieles sympathischer.

Diana schien dieselbe Irritation zu empfinden, sie kräuselte die Nase, musterte die Witwe von oben bis unten und erweckte dabei den Eindruck, als wisse sie im Gegensatz zu ihm, wonach sie suchen müsse. Hendrik beschloss, sich zurückzuhalten und ihr die Befragung zu überlassen.

»Es tut uns leid, dass wir Sie noch einmal stören müssen«, begann sie langsam, während ihre Augen weiter den Raum durchkämmten. »Herr Veidt hat uns seine Version des Vorfalls erzählt, der zu seiner Entlassung geführt hat. Möchten Sie nicht doch Ihr Schweigen aufgeben und gegebenenfalls etwas richtigstellen?«

»Ach so.« Die Anspannung der Gräfin ließ nach.

Seltsam. Hendrik hätte erwartet, dass sie eher wachsamer werden würde.

»Anscheinend hat Ihr Mann ihm einen Peitschenhieb versetzt, wegen einer Forderung der Dienerschaft nach Lohnerhöhung. Ihr Sohn behauptet, Herr Veidt habe zuvor Drohungen ausgestoßen, aber er bestreitet das. Möchten Sie sich dazu äußern?«

»Was erwarten Sie von einem wie ihm? Er lügt.«

Das war alles? Keine Richtigstellung, nicht mal ein Anflug von Zorn? Hendrik runzelte die Stirn. Irgendetwas entging ihm. Aber was?

»Wie hat es sich denn wirklich zugetragen?«

»Er hat gesagt, wir sollten uns besser vorsehen, dass die Revolution nicht auch uns begräbt. Und noch ein paar Dinge mehr, die ich hier nicht wiederholen werde.«

»Aha.« Diana ging um die Leiche herum, bis sie neben Magdalena von Salburg-Oertzen zu stehen kam, dabei riss sie ihre Augen auf, weitete ihre Nasenlöcher und neigte den Kopf, als versuche sie, etwas Unhörbares zu hören und die Gräfin mit allen Sinnen in sich aufzunehmen. »Wissen Sie eigentlich, wie die Franzosen den Frauenmörder Henri Landru geschnappt haben?«, fragte sie.

Bitte? Irritiert sah Hendrik auf. Dass Diana bisweilen zu Gedankensprüngen neigte, wusste er ja, aber das war selbst für ihre Verhältnisse übertrieben. Worauf wollte sie hinaus?

Auch die Gräfin schien verwirrt. »Nein«, erwiderte sie.

»Durch ein Eau de Cologne. *Mouchoir de Monsieur* heißt es, und es hat ihn an den Galgen gebracht, weil die Schwester einer Ermordeten das Parfüm wiedererkannte.« Diana wanderte zum Spiegel, beschäftigte sich mit einem Fleck auf ihrer Wange, richtete ihre Frisur.

Hendrik und die Gräfin folgten ihr wie hypnotisiert mit dem Blick.

Diana drehte sich um. »Dafür, dass Sie Señor Valdés, Ihrer Aussage zufolge, kaum kennen, hat er sich reichlich lange bei Ihnen aufgehalten.« Sie hob ihre Nase und schnupperte. *»Fadette.«*

Hendrik tat es ihr nach, und, ja, jetzt roch er es auch.

»Ich verbitte mir Ihre impertinenten Bemerkungen. Er … er hat mir sein Beileid ausgesprochen und –«

»Der Geruch hängt im ganzen Raum.« Diana trat hinter die Gräfin. »Sogar in Ihrem Haar.«

Mit einem Ächzen sank Magdalena von Salburg-Oertzen auf den Stuhl und vergrub das Gesicht in ihren Händen.

»Meinen Sie nicht, dass es an der Zeit wäre, ein paar Dinge zu erklären?«

Die Gräfin reagierte nicht.

»Nun, ich denke, wir können uns die Erklärung auch anderswo besorgen.« Diana drehte sich um und verließ den Waschraum.

Hendrik folgte ihr, voll Bewunderung für ihre Nase.

Sie fanden den Diplomaten bei Ferdinand und Klarissa von Salburg-Oertzen. »Dürften wir Sie einen Augenblick allein sprechen?«, bat Diana.

»Ich habe Ihnen doch schon alles gesagt, was ich weiß. Sehen Sie denn nicht, dass Ihre Fragen die Familie aufregen?«

Reichlich ungehalten für einen Diplomaten. Was war im Waschraum vorgefallen, das ihn so aufbrachte?

»Wenn Sie mich unbedingt weiter behelligen müssen, dann tun Sie das gleich hier.«

»Wie Sie wünschen. Eigentlich habe ich nur eine einzige Frage: Haben Sie Graf von Salburg-Oertzen ermordet?«

»Wie bitte?« Señor Valdés lachte ungläubig. »Sind Sie verrückt?«

»Herr Eckener hatte uns gebeten, die Totenwache der Gräfin zu respektieren. Was hat Sie dazu gebracht, seine Bitte in den Wind zu schlagen und den Herrenwaschraum zu betreten?«

»Wie kommen Sie darauf?«

Diana sah ihn an, wortlos. Ihr Blick verunsicherte ihn, sicher fragte er sich, was die Gräfin ihnen erzählt hatte.

»Ich ... ich wollte nur nach ihr sehen. Ob es ihr gut geht.«

»Ich glaube, Ihr Erscheinen hatte einen anderen Grund. Ich glaube, Sie haben eine Affäre mit der Gräfin.«

Ferdinand von Salburg-Oertzen sprang auf, Klarissa stieß einen Schrei aus, Fahrgäste aus den anderen Kabinen, die etwas von dem Gespräch mitbekommen hatten, drängten herbei.

»Wie können Sie es wagen!«, tobte Señor Valdés.

»Sie leugnen also, eine intime Beziehung mit ihr eingegangen zu sein?«

»Man kann nicht leugnen, was nicht der Wahrheit entspricht. Das sind Hirngespinste. Verleumdungen. Wie können Sie eine Frau, die gerade einen schweren Verlust erlitten hat, derart beleidigen?«

Unbemerkt war Magdalena von Salburg-Oertzen hinzugekommen. Blicke flogen hin und her.

»Haben Sie Graf von Salburg-Oertzen ermordet?«, fragte Diana den Diplomaten noch einmal.

»Natürlich nicht.«

Diana drehte sich zur Gräfin um. »Wie sicher sind Sie sich der Unschuld von Señor Valdés? Wir haben Sie mehrmals zu Herrn Veidt befragt, der doch allen Grund hatte, Ihren Mann zu hassen, dennoch schienen Sie nicht davon überzeugt, dass er der Mörder ist. Weil Sie jemand anderen in Verdacht haben?«

Die Gräfin sah Señor Valdés an und schwieg.

Der Diplomat fuhr sich durch die Haare. »Du kannst doch nicht ernsthaft glauben …«

»Du?«

»Ich meine, ich wollte sagen …«

Das Schweigen, das jetzt den Fahrgastraum erfüllte, lastete auf den Anwesenden wie ein Leichentuch.

Ferdinand von Salburg-Oertzen machte einen Schritt auf den Diplomaten zu. »Mein Herr, ich fordere Sie zum Duell. Pistolen auf hundert Schritt oder Degen, die Wahl überlasse ich Ihnen.«

Klarissa lachte hysterisch.

»Das ist doch verrückt!«, rief Señor Valdés. »Ich habe Ihren Vater nicht umgebracht, das schwöre ich, bei allem, was mir heilig ist.«

»Sie haben die Ehre meiner Familie verletzt, eine solche Schmach kann nur mit Blut reingewaschen werden.«

»Ferdinand …«, setzte die Gräfin an, doch ein kalter Blick brachte sie zum Verstummen.

»Denn, wie meine Mutter mir beigebracht hat: Ein Edelmann muss bereit sein, für seinen guten Namen alles zu opfern.«

Hendrik versuchte, ihn zu beruhigen. »Die ganze Zeit über haben Sie die Wertvorstellungen Ihres Standes verspottet, und jetzt wollen Sie sich deswegen sogar duellieren?«

»Da außer mir niemand mehr da ist, um die Ehre meiner Familie wiederherzustellen, habe ich keine andere Wahl. Ich habe meinen Vater oft enttäuscht, ich werde ihm nicht auch noch jetzt, da er tot ist, ins Gesicht spucken.« Er drehte sich zu dem Diplomaten um. »Also: Pistole oder Degen?«

»Ich werde mich nicht mit Ihnen duellieren. Das ist antiquiert.«

»Dann sind Sie also zu allem Überfluss auch noch ein Feigling. Ein Ehebrecher, vielleicht ein Mörder und ein Feigling.«

Señor Valdés machte einen Schritt nach vorn und hob die Faust, Ferdinand packte ihn bei der Gurgel, und im Nu rangen die beiden miteinander. Koffer polterten, Stimmen riefen durcheinander. Hendrik, Herr Diehl und die beiden Reporter versuchten, die Kämpfenden auseinanderzureißen, und bekamen selbst Schläge ab. Nur unter Aufbietung aller Kräfte gelang es ihnen, die Kontrahenten zu trennen.

»Was ist hier los?«, übertönte die Stimme von Hugo Eckener den Tumult.

Alle drehten sich zu ihm um.

Diana übernahm es, den Kommandanten ins Bild zu setzen, der aus seinem Unmut kein Hehl machte: »Ich dulde auf diesem Schiff keine Handgreiflichkeiten. Was Sie tun, wenn wir wieder festen Boden unter den Füßen haben, ist Ihre Sache, aber sollte so etwas noch einmal hier an Bord vorkommen, lasse ich die Betreffenden festsetzen. Habe ich mich klar ausgedrückt?«

Betretenes Nicken.

»Eigentlich wollte ich Ihnen nur mitteilen, dass die Tiefdruckzone uns den Weg abschneidet. Ich kann dieses Schiff, von dessen sicherer Übergabe das Bestehen unserer Firma und das Ansehen Deutschlands in der Welt abhängt, keinem unnötigen Risiko aussetzen, daher sind wir gezwungen, auf unbestimmte Zeit an der Küste Schottlands entlangzufahren. Wenn das Unwetter anhält, bleibt uns möglicherweise nichts anderes übrig, als doch in England zu landen.«

Legationsrat Diehl protestierte. »Wir müssen auf dem schnellsten Wege zurück nach Deutschland, um die Angelegenheit der Polizei zu übergeben.«

»Nicht bei dem, was da auf uns zukommt. Ich habe hier die Verantwortung, und ich werde weder die Sicherheit des Schiffes noch das Leben der mir anvertrauten Menschen riskieren. Darüber hinaus wäre ich Ihnen allen sehr verbunden, wenn Sie eine Situation, die die volle Aufmerksamkeit der Besatzung verlangt, nicht noch zusätzlich erschweren würden.« Er sah jeden Einzelnen an, ehe er sich umdrehte und in den Führerstand zurückkehrte.

Señor Valdés trat auf die Gräfin zu. »Was habe ich getan, dass du so leicht bereit bist, in mir einen Mörder zu sehen?«, flüsterte er. »Welchen Anlass habe ich dir gegeben, mir zu misstrauen?«

Magdalena von Salburg-Oertzen wandte sich von ihm ab.

Das Kinn des Brasilianers zitterte. Dann stürmte er an ihr vorbei in seine Kabine und schloss mit einem Ruck den Vorhang hinter sich.

Die Gräfin ging zu ihrem Sohn. »Ferdinand …«, bat sie. Hendrik hätte nicht gedacht, dass ihre Stimme so dünn klingen konnte. »Ich habe das alles nicht gewollt. Bitte, versuch doch zu verstehen, wie es für mich war. Immer die Form wahren, repräsentieren, von morgens bis abends … ich kam mir vor wie unter Glas. Ich bin erstickt daran. In meinen Adern fließt eben nicht bloß Fischblut. Ich habe es einfach nicht mehr ausgehalten. Alles, was ich wollte, war ein bisschen Wärme. Ein bisschen Glück.«

»Glück ist ein überschätztes Ideal«, zitierte Ferdinand. *»Sich von primitiven Leidenschaften beherrschen zu lassen, zeugt von einer niedrigen Gesinnung.«* Ohne seine Mutter eines weiteren Blickes zu würdigen, verließ er die Kabine.

Die Gräfin schwankte, hielt sich am Fensterrahmen fest.

Und hinter ihr verfinsterte sich der Himmel.

2

Mittwoch, 1. Oktober 1924,
8:34 Uhr – 13:41 Uhr (MEZ)

Ungefähr zwanzig Jahrgänge junger und jüngster Deutscher waren daran gewöhnt worden, ihren ganzen Lebensinhalt, allen Stoff für tiefere Emotionen, für Liebe und Hass, Jubel und Trauer, aber auch alle Sensationen und jeden Nervenkitzel sozusagen gratis aus der öffentlichen Sphäre geliefert zu bekommen – sei es auch zugleich mit Armut, Hunger, Tod, Wirrsal und Gefahr. Nun, da diese Belieferung plötzlich ausblieb, standen sie ziemlich hilflos da, verarmt, beraubt, enttäuscht und gelangweilt. Wie man aus eigenem lebt, wie man ein kleines privates Leben groß, schön und lohnend machen kann, wie man es genießt und wo es interessant wird, das hatten sie nie gelernt.

SEBASTIAN HAFFNER: *Geschichte eines Deutschen*

14

Nahezu lautlos glitt der Zeppelin durch graue Schleier, selbst der tiefe Orgelton der Motoren war zu einem Flüstern herabgesunken. Diana blickte nach draußen. Dem drohenden Unwetter schienen sie gerade noch entkommen zu sein, nur um jetzt in diese Waschküche zu geraten. Verwunderlich war der Klimawechsel freilich nicht. Die Meeresoberfläche hatte sich während der Nacht stark abgekühlt, und die feuchte Warmluft darüber sorgte nun für Nebel. Anfangs hatte Eckener darüber hinwegfahren wollen, aber die Schwaden stiegen höher und höher, und bei neunhundert Metern begann der Zeppelin bereits Gas abzublasen und dadurch schwerer zu werden, außerdem heizte die Sonne die

Luftschicht oberhalb des Nebels auf, und warme Luft war nun mal weniger tragfähig als kalte.

Ob in London auch Nebel herrschte? Diana versuchte, sich die Stadt vorzustellen, aber da sie nur Postkartenansichten davon kannte, gab sie es bald auf. Na ja, sie fuhr ja nicht hinüber, um Urlaub zu machen, sondern um ihre Schwester wiederzusehen. Die Chancen standen nicht schlecht, dass Eckener sie irgendwo in England von Bord ließ, oder? Wenn der Sturm ihnen wirklich den Weg nach Deutschland abschnitt …

Was für ein Mensch mochte Percy, der Mann ihrer Schwester, wohl sein? Percy Sinclair. Ein richtiger Engländer, hatte Marianne in einem ihrer Briefe geschrieben, so einer, den nicht mal eine Revolution vom Fünf-Uhr-Tee abhalten konnte. Einen trockenen Humor und eine unbegreifliche Leidenschaft für Golf besäße er auch. Kennengelernt hatte sie ihn auf einer Dampferfahrt nach Alexandria. Es musste Liebe auf den ersten Blick gewesen sein, denn nur einen Monat später heirateten die beiden, an dem Tag, an dem die *Titanic* sank. Ihre Eltern mochten Percy. Sie waren auf der Hochzeit in London gewesen, während Diana in Baden-Baden mit Bronchitis das Bett hüten musste, worüber sie sich heute noch ärgerte. Zwölf Jahre waren die beiden nun schon verheiratet, man stelle sich das vor!

Ob Gregor und sie sich in zwölf Jahren auch noch verstehen würden? Diana fand es nach wie vor unglaublich, dass es jetzt jemanden in ihrem Leben gab, der all ihre Fehler kannte und sie trotzdem liebte. Der sogar ohne zu zögern ihren Bruder bei sich aufgenommen hatte und sich nie beklagte, obwohl es ihr Zusammenleben belastete, dass sich jemand Drittes in der Wohnung aufhielt, der allzu oft Intimität verhinderte und seine Frustrationen an ihnen ausließ. Sie selbst brachte Michaels Wutausbrüchen Verständnis entgegen, sie musste sich nur vorstellen, was es für sie bedeuten würde, niemals spontan nach draußen laufen zu können, sondern immer erst jemanden um Hilfe bitten zu müssen.

Es war richtig gewesen, ihren Stolz zu überwinden und ihren Onkel um Geld zu bitten, um Michael eine ordentliche

Arbeitshand mit Werkzeug zu kaufen, mit Haken, Greifer und Ösen. Dennoch schnitt es ihr jedes Mal ins Herz, ihrem kleinen Bruder, der schon als Fünfjähriger auf jeden Baum geklettert war, dabei zusehen zu müssen, wie er sich mühsam im Rollstuhl fortbewegte oder mit seiner gesunden Hand die Ersatzfinger in der richtigen Stellung arretierte, nur um eine Tasse anzuheben. Nein, sie würde sich nie beklagen, wenn Michael sich mal daneben benahm. Aber Gregor hatte keinen Grund, dies alles geduldig mitzutragen, und doch tat er es. Wenn sie nach Berlin zurückkehrte, würde sie ihm sagen, wie sehr sie ihn liebte, das konnte sie gar nicht oft genug tun.

Vom Gang her drangen Stimmen an ihr Ohr, der Sohn des Grafen stellte anscheinend seine Mutter zur Rede. »Wie lange geht das schon so mit euch?«, verlangte er zu wissen.

»Ferdinand …«

»Wie lange?«

»Du hast kein Recht zu diesen inquisitorischen Fragen.«

»Ach nein? Aber du hast das Recht, mich zur Heirat mit einer Frau zu zwingen, die ich nicht liebe, ja?«

»Das ist etwas anderes.«

»Natürlich. Ich kann es ja wie du machen und mir eine heimliche Geliebte halten.«

Die Affäre zwischen der Gräfin und dem brasilianischen Diplomaten beschäftigte auch Diana. Wie weit die beiden wohl gegangen waren? Die Gräfin hatte von Leidenschaft gesprochen. Und Señor Valdés? *Den Mann oder die Frau seines Lebens gefunden zu haben, ist ein Geschenk. Halten Sie dieses Geschenk fest, mit beiden Händen.* Zweifellos hatte er mit dieser Bemerkung sich selbst gemeint. Machte ihn das nicht zum Hauptverdächtigen? War es nicht allzu wahrscheinlich, dass er die Frau seines Lebens nicht länger teilen mochte? Andererseits schien ihn der Verdacht der Gräfin tief getroffen zu haben. *Welchen Anlass habe ich dir gegeben, mir zu misstrauen?* Diana wollte dem Brasilianer gern glauben, sie hoffte, dass er an der Ermordung des Grafen unschuldig war, aber sie musste objektiv bleiben. Er hatte ein starkes Motiv.

Und die anderen Verdächtigen? Ferdinand von Salburg-Oertzen kam ihr nicht wie ein Mörder vor, und die Gräfin, nun, Diana hätte darauf geschworen, dass sie die Kabine während der Nacht nicht verlassen hatte. Valentin Veidt schien immer noch der wahrscheinlichste Kandidat. Und gerade das störte sie.

Die feuchte Kühle drang bis in die Abteile und legte sich auf Kleidung und Polster. Diana beschloss, die Funkerkabine aufzusuchen. Vielleicht war es inzwischen möglich, Telegramme zu kabeln, Gregor und Michael würden sich über eine Nachricht aus dem Zeppelin freuen. Sie stand auf und betrat den Gang.

An Bord war es unnatürlich still. Alle sitzen in ihren Kabinen und lecken sich die Wunden, dachte sie.

Im Kommandoraum herrschte die übliche Geschäftigkeit. Herr Eckener und Herr von Schiller standen am Tisch, sammelten eingegangene Wettermeldungen und entwarfen Wetterkarten, um die meteorologisch günstigste Fahrtroute auszuarbeiten. Herr Ladwig brachte Tee und belegte Brote und verschwand durch die Luke nach oben, um sich eine Weile aufs Ohr zu legen. Ein Telegramm aufzugeben war wegen des regen Funkverkehrs über die drohende Unwetterfront leider unmöglich.

»Wo sind wir?«, erkundigte sich Diana bei Herrn Eckener.

»Darüber können wir nur Vermutungen anstellen. Solange wir im Nebel schwimmen oder eine geschlossene Wolkendecke unter uns haben, sind genaue Ortsbestimmungen unmöglich. Nicht mal die Fahrtrichtung wissen wir mit Sicherheit.«

»Ja?« Diana war überrascht.

»Was wir hier tun, Frau Lilienthal, ist Pionierarbeit. Die Methoden der Luftschiffnavigation über dem Meer sind bislang nur theoretisch entwickelt, deswegen sind diese Testfahrten für uns so wichtig. Wenn wir später auf dem Weg nach Amerika nur einen Grad vom Kurs abweichen, verschlägt es uns weitab vom Ziel irgendwo auf den Ozean. Ein Dampfer hat es einfacher, seinen Standort zu bestimmen, für jeden befahrenen Punkt des Meeres wurde in jahrhundertelanger Arbeit festgestellt, welche Strömung dort herrscht. Der Wind spielt nur eine untergeordnete

Rolle. Der Luftraum hingegen ist unerforscht. Hier kommt dem Wind und den atmosphärischen Strömungen entscheidender Einfluss zu. Wir müssen uns mit Radiopeilungen und Tricks behelfen.«

»Tricks?«

»Seitliche Winde können das Schiff erheblich vom Kurs abbringen. Um diese Abtrift zu bestimmen, lassen wir gelegentlich Peilbomben mit Azetylen und Phosphor fallen. Sobald sie ins Wasser eintauchen, entzünden sie sich unter starker Rauchentwicklung, und wenn wir die Bomben anpeilen, können wir feststellen, in welchem Winkel sie abtreiben. Aber in dieser Suppe ist das natürlich unmöglich.« Er musterte sie nachdenklich. »Sind Sie auch der Meinung, dass es falsch von mir ist, dem Unwetter auszuweichen?«

»Natürlich nicht. Herr Diehl ist der Einzige, dem das nicht passt. Jedem anderen ist klar, dass Sicherheit Vorrang hat.«

»In der Tat. Die Seewarten melden eine Tiefdruckrinne von Island bis Dänemark, die zügig nach Süden wandert, mit Winden bis zu hundertfünfzig Stundenkilometern.« Eckener beugte sich wieder über die Karte, blickte jedoch noch einmal auf. »Ich habe meine Lektion gelernt, wissen Sie?«, sagte er. »Vor vielen Jahren habe ich die *Deutschland II* bei böigem Wind aus dem Hangar geholt, um die Zuschauer und die Passagiere nicht zu enttäuschen. Es war die erste Fahrt unter meinem Kommando.«

»Was ist passiert?«

»Der Wind hat das Schiff erfasst und auf das Hallendach geworfen. Mit gebrochenem Rückgrat lag es da, und wir konnten von Glück reden, dass nichts Schlimmeres geschehen war. Die acht Menschen an Bord wurden mit einer Feuerwehrleiter gerettet. Es war eine Charakterschwäche von mir, den Start anzuordnen. Damals habe ich mir geschworen, mich nie mehr verleiten zu lassen, etwas wider besseres Wissen zu tun.«

»Niemand macht Ihnen einen Vorwurf«, sagte Diana.

Plötzlich erzitterte das Schiff und begann zu schlingern.

»Was ist los?«, rief Eckener.

»Ich bin nicht sicher«, erwiderte Udo Geßler am Seitensteuer. »Der Zepp bockt wie ein Rodeopferd.« Er wirkte angespannt. Gestern, als er ihr das Ruder überlassen hatte, war er aufgeräumt und zuvorkommend gewesen, heute schien er unter Druck zu stehen. Aber vielleicht hatte er einfach nur zu wenig Schlaf bekommen.

»Maschinen auf halbe Kraft!«

Durch Umlegen eines Hebels am Maschinentelegrafen wurde der Befehl an die Motorgondeln weitergegeben. Ein Klingelzeichen ertönte.

Wieder ein Stoß, das Luftschiff ächzte.

Herr von Schiller hob einen vom Tisch gefallenen Zirkel auf. »Wir sind in einen Sturm geraten«, vermutete er. »Vielleicht hat uns das Tief eingeholt.«

»Das erklärt nicht die Schlingerbewegungen«, erwiderte Eckener. »Ich gehe jede Wette ein, dass wir Land unter uns haben. Das sind Wirbel, die durcheinandertoben. Über Felsen, über Gebirgen, einer Steilküste vielleicht.«

»Aber zuletzt hatten wir Wind aus Nord mit siebzig Stundenkilometern. Demnach müssten wir ungefähr hier sein, fünfzig Seemeilen von der schottischen Küste entfernt.« Herr von Schiller deutete auf einen Punkt der Karte.

Die Männer blickten aus dem Fenster nach unten, ohne etwas zu sehen, und auch Diana drückte sich die Nase platt. Drei Minuten … fünf … zehn …

Unvermittelt riss der Nebel auf, ein verirrter Sonnenstrahl durchdrang die Wolkendecke und ließ schemenhafte Umrisse erahnen.

»Was ist das? Felsgestein?«

»Tiefer liegende Nebelschwaden«, vermutete Major Kennedy.

»Gischt«, tippte Diana.

Nein – jetzt konnten alle Geröll ausmachen, Gras, einen Hügel, ehe Nebelfetzen alles wieder ihren Blicken entzogen. Ein weiterer Windstoß trieb den Dunstschleier auseinander. Klippen kamen in Sicht, eine Steilküste. Wasser, dann wieder Land. Inseln, vielleicht.

»Wir müssen beträchtlich vom Kurs abgekommen sein«, sagte Eckener. Er befahl, das Schiff genau in den Wind zu legen, bis unten am Boden keine Abtrift mehr zu erkennen war. »Der Sturm weht aus Ost«, stellte er fest.

Die Männer berechneten die Windgeschwindigkeit und kamen unter Berücksichtigung ihrer Eigengeschwindigkeit, der letzten bekannten Position und der verstrichenen Zeit zu dem Schluss, dass sie wohl an die hundert Kilometer abgetrieben worden waren.

»Möglicherweise die Orkneyinseln«, schlug Herr von Schiller vor.

Der Nebel verflüchtigte sich allmählich, die Sicht wurde besser. Eine Felsnadel tauchte unter ihnen auf, rötliches Gestein, stark erodiert.

Eckener befahl einen neuen Kurs.

Unter ihnen flogen Hügel und Klippen vorbei, vereinzelte Schafe. Dann waren sie wieder über offenem Meer.

Der Wind blies immer noch kräftig, aber die Wirbel verschwanden. Zugleich löste sich auch der Nebel auf. Dafür konnte man jetzt beobachten, wie sich der Himmel im Nordosten zuzog.

Diana machte sich so ihre Gedanken. Wenn der Sturm wirklich mit hundertfünfzig Stundenkilometern blies und der Zeppelin höchstens hundertachtundzwanzig schaffte, konnten sie dem Unwetter nicht entkommen, nicht einmal, wenn sie direkt nach Westen fahren würden, und auf ihrer südlichen Route schon gar nicht. Die Reise mit dem Zeppelin sei eine sichere Sache, hatte Eckener erklärt, und sie vertraute ihm. Aber ein Sturm war immer unberechenbar, das Ausmaß der Belastung ließ sich nicht vorhersagen. Diana hatte ein ungutes Gefühl. Möglicherweise war das, was sie gerade erlebt hatten, nur ein kleiner Vorgeschmack auf das, was sie noch erwartete.

15

Elf Uhr: Wachwechsel. Die abgelösten Männer zogen sich zum Schlafen ins Innere des Schiffes zurück, mit Ausnahme von Commander Scott Mitchell. Hugo Eckener blieb noch eine Weile in der Führerkabine, um mit seinem Fernglas den Himmel abzusuchen. Das Schiff hatte mächtig gegen den Wind ankämpfen müssen, um von den Orkneyinseln fortzukommen, aber jetzt befanden sie sich wieder auf Südkurs.

Max Pruß, der Herrn Sammt am Höhensteuer ablöste, stellte fest, dass sie während der Fahrt eine Menge Benzin verbraucht hatten. »Das Schiff ist zu leicht«, sagte er, »es lässt sich nur mit Mühe unten halten.«

»Dann gehen wir auf Prallhöhe, um Gas abzublasen«, befahl Herr Lehmann, der jetzt die Befehlsgewalt innehatte.

Der Zeppelin stieg auf über sechzehnhundert Meter. Währenddessen sah der Wachhabende aus dem Fenster und suchte den Horizont ab, studierte dessen Farbe, die Veränderung der Wolken und des Windes auf der Wasseroberfläche, spürte den Luftströmungen nach, kurz: las die Wetterzeichen wie die Sätze eines Buches. Nachdem genug Gas abgeblasen worden war, sanken sie wieder auf fünfhundert Meter. Der Motorenlärm veränderte sich, irgendwo stotterte und spuckte es.

»Motor zwei macht wieder Probleme«, erkannte Herr Lehmann nach einem Blick aus dem Fenster.

»Den haben die Motorenwarte doch erst letzte Nacht kontrolliert«, brummte Eckener.

Das Stottern hörte auf.

»Ah, jetzt läuft er wieder.«

»Wenn wir zurück sind, lassen wir ihn gründlich überholen.«

Anton Wittemann, der zweite Navigator an Bord, vermerkte eine entsprechende Notiz im Bordbuch.

»Das Schiff ist nicht richtig getrimmt«, meldete sich Herr Pruß zu Wort, »ich kann es spüren. Wir werden buglastig. Irgendwas stimmt nicht.«

Herr Lehmann warf einen Blick auf die Anzeigetafeln, ging zum Wandfernsprecher und legte einen Linienwählerhebel in die Abfragestellung. Während irgendwo im Inneren des Schiffes eine Hupe ertönte, hielt er die Hörmuscheln des Hörers an seine Ohren und wartete, bis sich am anderen Ende jemand meldete. »Anscheinend werden wir buglastig«, sagte er in den Schalltrichter. »Wo liegt das Problem?« Er lauschte. »Sind Sie sicher?« Er presste die Gummipolster so fest gegen seine Ohren, dass er damit Knackgeräusche auslöste. »Ich komme sofort.« Irritiert legte er Wahlschalter und Seitenhörer in die Ruhestellung, um unnötigen Stromverbrauch zu vermeiden, und drehte sich um. »Drei Gaszellen sind aufgeschlitzt«, sagte er. »Wie mit einem Messer.«

»Bleiben Sie hier, ich gehe selbst«, erwiderte Herr Eckener und stieg auch schon die Leiter empor, öffnete die Luke und verschwand nach oben ins Innere des Zeppelins.

Diana war versucht, ihm nachzuklettern, unterließ es aber wohlweislich. Das würde den Kommandanten nur an ihre Anwesenheit erinnern und vermutlich dazu führen, dass er sie fortschickte. »Ist das gefährlich?«, fragte sie stattdessen Herrn Lehmann. »Stürzen wir ab?«

»Dazu fällt der Druck zu langsam. Die Zerstörung kann nicht groß sein. Und Herr Knorr ist ein fähiger Ballonmeister.« Er beobachtete wieder die Anzeigen und gab den Befehl, kein Ballastwasser abzulassen, sondern lieber durch Anheben des Bugs den aerodynamischen Auftrieb zu nutzen. Dann ließ er sich von Herrn Speck, der im Augenblick allein in seiner Funkbude saß, die aktuelle Wetterprognose geben.

Mit einem Messer aufgeschlitzt! Diana schüttelte den Kopf. Das konnte doch nur Sabotage bedeuten, oder? Und wenn das der Fall war, ließ es die Ermordung des Grafen in einem völlig neuen Licht erscheinen. Dass sich ein Mörder und ein Saboteur zugleich an Bord dieses Luftschiffes befinden sollten, war denn doch zu viel des Zufalls. Nein, sie musste davon ausgehen, dass beide Vorfälle miteinander verknüpft waren. Aber das ergab keinen Sinn! Von den Fahrgästen hatte niemand Zugang zum Inneren des Zeppelins und somit auch keine Möglichkeit, die Gaszellen zu sabotieren. Das konnten nur die Besatzungsmitglieder oder die amerikanischen Offiziere. Doch warum sollte jemand von ihnen einen Passagier ermorden? Es sei denn … es sei denn, der Graf hatte irgendetwas mitbekommen, was er nicht hören oder sehen sollte. Etwas, das mit der Sabotage in Zusammenhang stand und dazu führte, dass er als unliebsamer Zeuge beseitigt wurde. Je mehr sie darüber nachdachte, desto plausibler schien ihr diese Schlussfolgerung. Auf jeden Fall war es unumgänglich, ihre bisherigen Theorien zu überdenken und auch die Mannschaft zu verhören. Hendrik musste davon erfahren. Aber nicht jetzt, jetzt war ihr Platz im Führerraum, wo sie sich kein Wort entgehen lassen durfte.

Die Klappe öffnete sich, doch es war nicht Hugo Eckener, der zurückkehrte, sondern bloß Herr Geßler, der vorhin von Walter Scherz am Seitensteuer abgelöst worden war und sich vor dem Schlafengehen vermutlich noch einen Becher Tee oder eine Scheibe Brot aus der Küche holen wollte.

»Wie sieht's oben aus?«, wollte Herr Lehmann wissen.

»Herr Knorr ist schon bei der Arbeit. Die anderen verteilen die Lasten neu, um den einseitigen Druckabfall auszugleichen.«

Diana war der Ansicht, dass er selbst auch besser mitgeholfen hätte, statt hier müßig herumzustehen. Sie würde jedenfalls liebend gern nach oben klettern und mit anpacken.

Bald darauf kam auch Herr Eckener zurück. Er schloss die Luke und stieg die Leiter herunter. »Die Risse sind absichtlich verursacht worden«, sagte er in die erwartungsvollen Gesichter. »Herr Knorr ist aber zuversichtlich, was das Flicken angeht.« Sein Blick blieb an Udo Geßler hängen. »Uns allen ist klar, was das bedeutet, nicht wahr? Und da ich für meine Mannschaft die Hand ins Feuer lege und auch die Herren von der amerikanischen

Bauaufsicht seit langem kenne, nehmen Sie es mir bitte nicht übel, Herr Geßler, wüsste ich gern, wo Sie sich seit der Wachablösung aufgehalten haben.«

»Natürlich.« Udo Geßler suchte etwas in den Taschen seiner Uniformjacke. »Ich habe vollstes Verständnis für Ihre Frage. Ein neues Gesicht, und gleich geschieht ein Unglück – das muss einen ja misstrauisch machen. Würde mir genauso gehen.« Er packte verschiedene Gegenstände aus und legte sie auf den Tisch: einen Kamm, einen Apfel, eine angebissene Scheibe Brot, eine Handgranate. »Ah, da ist sie ja.«

Sie musste sich irren! Diana fielen fast die Augen aus dem Kopf, aber es bestand kein Zweifel: Es war eine Handgranate, die Udo Geßler jetzt gemächlich in die eine Hand nahm, während er den Zeigefinger der anderen in den Ring des Vorsteckersplints steckte, der den Sicherungsbügel hielt.

Die Anwesenden waren wie erstarrt.

»Es ist ärgerlich, dass ich meine Deckung vorzeitig aufgeben muss«, sagte Herr Geßler, »aber die Umstände zwingen mich dazu. Jeder bleibt auf seinem Posten, keiner macht eine unbedachte Bewegung. Wenn ich dieses Ding hier zünde, bleibt vom Schiff nicht mal genug übrig, um per Briefpost nach Amerika geschickt zu werden.«

»Sind Sie verrückt geworden?«, rief Eckener.

»Bleiben Sie ruhig. Wenn Sie tun, was ich Ihnen sage, geschieht niemandem etwas.«

»Was wollen Sie?«

»Verhindern, dass dieses Wunderwerk deutscher Ingenieurkunst dem Feind in die Hände fällt.«

»Wie bitte?«

Geßler setzte sich auf den Tisch, den Finger immer noch im Sicherungsring der Granate. Sein rechtes Augenlid zuckte. »Was Sie hier tun, ist Hochverrat. Dieses Luftschiff stellt eine technische Meisterleistung dar, wie sie nur Deutsche vollbringen können, und Sie wollen es dem Feind überlassen. Sie sind kein Patriot. Sie haben keinen Funken Ehrgefühl.«

»Das ist doch absurd!« Eckener rang nach Worten. »Was kann es Patriotischeres geben, als zu beweisen, zu welchen Leistungen wir Deutschen fähig sind? Begreifen Sie nicht, welch einmalige Chance wir damit in den Händen halten? Mit einem Schlag kommen wir unseren Reparationsverpflichtungen gegenüber Amerika nach und zeigen zugleich aller Welt, was wir können. Sehen Sie denn nicht, wie viel Sympathie uns schon jetzt, nach ein paar Probefahrten, entgegenschlägt? Wie viel größer wird diese Sympathie erst ausfallen, wenn wir vollbringen, was wir uns vorgenommen haben.«

Millimeterweise hatte er sich während seiner Worte an Udo Geßler herangeschoben. Der lächelte. »Wenn ich diesen Ring ziehe, dauert es vier Sekunden, bis die Granate hochgeht. Glauben Sie, Sie schaffen es in der Zeit, mich zu überwältigen, das Fenster zu öffnen und das Ding loszuwerden?«

Eckener wich zurück. »Wenn das Schiff hochgeht, gehen Sie mit hoch.«

»Das habe ich einkalkuliert. Sie denken bloß daran, wie Sie Ihre Firma retten können und wie Ihnen alle Welt zujubelt, dafür sind Sie sogar bereit, sich den Amerikanern anzudienen. Mir geht es um etwas Größeres, und dafür bin ich bereit, mein Leben zu opfern.«

Er meinte es ernst, das war jedem Anwesenden klar.

Geßler betrachtete den Kommandanten. »Vielleicht tue ich Ihnen ja Unrecht. Möglicherweise glauben Sie selbst an das, was Sie sagen. Aber das ändert nichts. Lieber vernichte ich dieses Schiff, als zuzulassen, dass es dem Feind in die Hände fällt.«

»Der Krieg ist zu Ende, und das schon seit sechs Jahren, falls Ihnen das entgangen sein sollte«, mischte sich Diana ein.

Udo Geßler drehte sich zu ihr herum, und im selben Moment wusste sie, dass es ein Fehler gewesen war, den Entführer auf sich aufmerksam zu machen. Sie blickte in einen Abgrund. Da war kein Platz für Mitgefühl. Nicht mal für Zweifel. Dieser Mann hatte eine Mission, und er würde sie ausführen, was immer es auch kostete. Sein rechtes Augenlid zuckte wie ein Seismograf; Diana konnte nicht anders, als es anzustarren.

Geßler nahm seine Hand vom Sicherungsring der Granate, zielte mit dem Zeigefinger auf Diana und imitierte das Geräusch eines Schusses. »Die Deutschen sind die Herren der Lüfte«, sagte er, »und ich werde dafür sorgen, dass es dabei bleibt. Sollen sich die Engländer und die Amerikaner auf dem Meer austoben und die Franzosen auf dem Land, aber der Luftraum gehört uns.«

Überraschend warf er die Handgranate in die Höhe und fing sie wieder auf. Er lachte, als alle zusammenfuhren, und wandte sich an Eckener. »Eigentlich hatte ich gehofft, meine kleine Sabotageaktion in der Nacht durchführen und als Unfall tarnen zu können, aber mir fehlte die Gelegenheit, weil Sie mich für die erste Nachtwache eingeteilt hatten.«

»Sie würden die Gaszellen zerstören und das Leben der Menschen hier an Bord opfern für Ihre Idee?«

»Seien Sie doch nicht so melodramatisch. Ich wollte Sie lediglich motivieren, die Reise abzubrechen und nach Deutschland zurückzukehren. Als Sie dann wegen des Grafen von selbst den Befehl dazu gaben, war mein Eingreifen nicht mal mehr nötig. Aber jetzt zaudern Sie wieder, da bleibt mir nichts anderes übrig, als zu handeln. Leider haben Sie meine kleine Sabotage viel zu schnell spitzgekriegt. Ich kann nicht zulassen, dass Sie meine Pläne durchkreuzen.«

»*Sie* haben den Grafen umgebracht«, brach es aus Diana heraus.

»Nun ja, er hat mich bei meinen Vorbereitungen überrascht, und ich konnte mir kein Geschrei leisten. Er hätte besser geschlafen, wie alle anderen.« Geßler drehte sich wieder zum Kommandanten um. »Aufgrund der Umstände bin ich leider gezwungen zu improvisieren, dafür bitte ich um Nachsicht. Na, wenn ich's genau bedenke, sind Sie selbst schuld daran. Wäre Ihre Halle nicht so gut bewacht, hätte ich das Schiff schon vor Beginn der

Reise sprengen können, dann müssten Sie jetzt keine Unannehmlichkeiten ausstehen.«

»Was haben Sie mit Herrn Marx gemacht?«

»Nur für eine Magenverstimmung gesorgt, damit er nicht mitfahren konnte. Ich war sicher, Sie würden mich als Ersatz akzeptieren, bei meinen Referenzen.«

»Glauben Sie im Ernst, dass Sie ungeschoren davonkommen?«

»Warum nicht? Wir landen irgendwo auf einer Wiese in der Nähe von Österreich, Sie steigen aus, ich jage den Zeppelin in die Luft und verschwinde über die Grenze.« Geßler erhob sich. »So, genug geplaudert. Sie steuern jetzt auf direktem Wege Deutschland an.«

»Sie wissen doch, weshalb ich den Befehl gab, an der schottischen Küste entlangzufahren. Über der Nordsee tobt ein ausgewachsener Sturm, an dem kommen wir nicht vorbei.«

»Sehen Sie, das unterscheidet uns voneinander: Sie machen sich Sorgen um Ihr Schiff, ich nicht. Dieser Zeppelin wird sein Ziel so oder so nicht erreichen. Ob die Ihnen anvertrauten Menschen überleben, liegt bei Ihnen. Also, los!«

Eckener schüttelte den Kopf. »Ich weigere mich.«

Udo Geßler sah die Anwesenden an, einen nach dem anderen, wie ein Fuchs, der sich überlegt, welches Huhn er aus dem Stall holt. Dann zog er plötzlich eine Pistole aus seiner Jackentasche, und noch ehe jemand reagieren konnte, schoss er Scott Mitchell ins Bein.

Mit einem Schrei stürzte der Amerikaner zu Boden und stöhnte.

»Das war Ihre Schuld, Eckener«, gähnte der Entführer. »Wollen Sie noch mehr Schuld auf sich laden?« Seine Pistole beschrieb einen Kreis, zielte mal auf die Steuermänner, mal auf den Navigator, mal auf Diana.

Hugo Eckener schluckte. »Kurs Deutschland«, befahl er.

16

War das ein Schuss? Hendrik hob den Kopf und lauschte. Das konnte doch nicht sein, oder? »Haben Sie das auch gehört?«, fragte er.

»Das kommt wieder von die Motor«, behauptete Mister Quinn.

Hendrik war da nicht so sicher. Er hatte den Eindruck, dass der Knall nicht von draußen an sein Ohr gedrungen war, sondern aus der Führerkabine. So oder so würde Herr Eckener die Antwort wissen. Er begab sich zum Kommandoraum und öffnete die Tür.

Zuerst sah er die Besatzung und Diana, erstarrt. Dann Scott Mitchell, der sich stöhnend am Boden wälzte. Blut breitete sich unter seinem Bein aus. Und schließlich Udo Geßler mit einer Pistole und – das konnte doch wohl keine Handgranate sein?

Die Pistole schwenkte zu ihm herüber. »Raus!«

Hastig zog sich Hendrik zurück. Was war da los? Was wollte der Mann? Er legte sein Ohr an die Tür, konnte aber nichts hören.

»Was ist?«, fragte Valentin Veidt.

»Gehen Sie zurück.« Jetzt bloß keine Panik verursachen, nichts, was die Situation da drinnen eskalieren ließ. Hendrik machte einen Schritt auf ihn zu und bedeutete ihm umzukehren. Diana schwebte in Lebensgefahr. Was konnte er tun, um ihr zu helfen?

»Gibt es ein Problem?«, wollte Alois Kahl wissen.

Sollte er verraten, was er gesehen hatte? Und wenn die Passagiere dann etwas Törichtes anstellten? Oder sich mit eigenen Augen überzeugen wollten? Musste das den Mann mit der Handgranate nicht nervös machen? »Alles in Ordnung«, sagte Hendrik mit erzwungenem Lächeln.

»Was erzählen Sie da? Sie benehmen sich reichlich seltsam. Was verheimlichen Sie uns?« Valentin Veidt wollte an ihm vorbei.

Hendrik versperrte ihm den Weg. Er war noch nie ein guter Lügner gewesen. »Bleiben Sie, um Himmels Willen. Da drin ist jemand mit einer Pistole und einer Handgranate.«

»Spinnen Sie?« Der Sekretär riss sich los, um nachzusehen, was an der Sache dran war.

Hendrik packte ihn und musste sich beherrschen, um dem Mann keinen Kinnhaken zu verpassen. Nur das Wissen, dass er den Kürzeren ziehen würde, hielt ihn zurück. »Bleiben Sie hier, verdammt! Sie bringen die Menschen da drin in Gefahr.«

Sein Tonfall schien Herrn Veidt vom Ernst der Lage zu überzeugen, denn er blieb stehen.

»Was ist denn los?« Immer mehr Fahrgäste traten, von der Auseinandersetzung herbeigelockt, auf den Gang.

»Er behauptet, da drin ist einer mit 'ner Handgranate.«

»Bleiben Sie bitte ruhig«, sagte Hendrik. »Wir dürfen die Menschen in der Führerkabine nicht durch eine unbedachte Handlung gefährden.«

»Eine Handgranate? Sind Sie sicher?«

»So ein Unsinn.«

Die Tür wurde aufgestoßen, die Fahrgäste zuckten zusammen.

Eine Pistole erschien, dahinter Udo Geßler. »Du da«, sagte er zu Hendrik, »komm her und hilf tragen.«

Auf zittrigen Beinen kam Hendrik dem Befehl nach. Seine Augen suchten Diana. Gott sei Dank, ihr war nichts geschehen!

Mit der Pistole deutete Geßler auf den Amerikaner am Boden.

Hendrik kniete neben dem Verletzten nieder. »Wir müssen die Blutung stoppen.«

Geßler hörte nicht zu, er war bereits bei der Funkbude und riss die Tür auf. Herr Speck, der in seiner schalldichten Kabine nichts von dem Drama mitbekommen hatte und konzentriert den Geräuschen in seinem Kopfhörer lauschte, schreckte hoch. Ehe jemand reagieren konnte, hatte Geßler zwei, drei Schüsse auf die Funkanlage abgegeben. Es knallte und zischte, dann verstummten die atmosphärischen Störungen. Vor Schreck kippte der Funker mit seinem Stuhl hintenüber, dabei wurde ihm der Kopfhörer heruntergerissen.

Aus dem Passagierbereich ertönten Schreckensschreie. Die Stimme von Herrn Haase war herauszuhören: »Das Schiff! Das teure Schiff!«

Eckener, der direkt neben Hendrik stand, nutzte die Ablenkung und zischte seinen Männern zu: »Fahren Sie Zickzackkurs, machen Sie, was Sie wollen, aber zögern Sie das Ende der Fahrt hinaus.«

Mit einem raschen Blick überzeugte sich Geßler davon, dass ihm niemand während der letzten Sekunden zu nahe gekommen war, und befahl dem Funker: »Raus!«

Hastig rappelte sich der Mann auf.

»Schafft den da nach hinten.« Er deutete auf Scott Mitchell.

Hendrik und Herr Speck verständigten sich per Blickkontakt, dann fasste jeder an einer Seite an. Gemeinsam hoben sie den Verletzten auf, der trotz zusammengebissener Zähne ein Stöhnen nicht unterdrücken konnte.

»Sie Narr«, hörten sie Eckener sagen, »ohne Funk wissen wir nicht, von wo der Sturm auf uns zukommt!«

»Spielt keine Rolle, wir fahren ohnehin auf geradem Kurs zurück.«

»Das kann uns alle das Leben kosten.«

»Sie sind ein tüchtiger Kommandant, stellen Sie Ihr Licht nicht unter den Scheffel. Das schaffen Sie schon. Sollten Sie allerdings Tricks versuchen, um Zeit zu gewinnen, technische Probleme vortäuschen oder dergleichen, werden Sie feststellen, dass ich sehr ungehalten werden kann. In spätestens zwölf Stunden will ich die deutsche Küste sehen, sonst ziele ich nicht länger nur auf Beine.«

»Wir müssen gegen den Sturm fahren, und Motor zwei ist nicht in Ordnung, das wissen Sie.«

»Zwölf Stunden sind großzügig kalkuliert. Das Schiff schafft hundertachtundzwanzig Kilometer in der Stunde, und bis Deutschland sind es schätzungsweise, na, siebenhundertfünfzig.

Selbst bei Gegenwind und Motorproblemen gibt Ihnen das genug Spielraum. Zwölf Stunden, keine Minute länger, andernfalls sprenge ich das Schiff in die Luft. Und jetzt halten Sie den Mund.«

Geßler dachte nach. »Kommen Sie mit«, befahl er dann dem Kommandanten, »aber achten Sie auf Ihre Hände. Keine Heldentaten, sonst jage ich alles hoch. Und Sie«, das ging an Herrn Lehmann, »sind hier überflüssig. Scheren Sie sich nach oben. Der Rest macht währenddessen keine Dummheiten, sonst werden es andere büßen.« Er hielt Eckener die Pistole an die Schläfe und steckte die Handgranate in seine Jackentasche.

Hendrik und der Funker brachten Commander Mitchell in die hintere Kabine auf Backbordseite, die nach dem Tod des Grafen nur noch von dessen Sohn belegt war. Ferdinand räumte hastig Gepäck beiseite, dann betteten sie den Verletzten so sanft wie möglich auf die nun freie Liege.

»So viel Blut! So viel Zerstörung!« Herr Haase rang die Hände.

»Hat jemand ärztliche Kenntnisse?«, fragte Hendrik.

Niemand reagierte.

Fluchend beugte er sich über den Amerikaner und riss den Stoff des Hosenbeins auf. Die Wunde sah nicht gut aus. Zwar hielt sich der Blutverlust in Grenzen, es schien keine Arterie verletzt, aber der Oberschenkelknochen war knapp oberhalb des Kniegelenks gesplittert. Es gab eine Austrittsöffnung, die Kugel steckte also wohl nicht mehr im Bein. Im Krieg hast du Schlimmeres mitgemacht, sagte sich Hendrik und trug dem Sohn des Grafen auf: »Holen Sie Wasser!« Während Ferdinand davoneilte, legte er eine Nackenrolle unter den Kopf des Amerikaners. »Geht es?«

Scott Mitchell nickte, aber sein Gesicht war grau. »Ich habe kaum Schmerzen.«

Der Schock, vermutete Hendrik und ging daran, die Blutung zu stoppen. »Gibt es an Bord Verbandszeug?«

»Im Stauraum.« Herr Speck rannte zum Heck des Schiffes.

Eckener beruhigte derweil die Passagiere. Mit seiner gelassenen Haltung erweckte er den Eindruck, die Lage im Griff zu haben, obwohl dem offenkundig nicht so war. Dennoch genügte seine sonore Stimme, um den Fahrgästen Vertrauen einzuflößen.

Was zur Folge hatte, dass Klarissa von Salburg-Oertzen den Entführer anfuhr: »Ich verlange, dass Sie uns mit dem nötigen Respekt behandeln. Ihr Verhalten ist unentschuldbar.«

Geßler drehte sich zu ihr um. Langsam. Dann versetzte er ihr ohne Vorwarnung eine Ohrfeige, die sie gegen die Kabinenwand taumeln ließ. »Wenn du noch ein Wort sagst, schneide ich dir die Zunge raus.«

Die Fahrgäste hielten die Luft an. Der Legationsrat zog sich hastig in seine Kabine zurück. Der Konstrukteur holte Graf Zeppelin aus dem Käfig und flüsterte beruhigend auf ihn ein, als sei es der Hamster und nicht er selbst, der Zuspruch benötigte. Hendrik beobachtete, wie Herr Speck mit Verbandszeug zurückkam, Eckener ansah und eine kaum wahrnehmbare Kopfbewegung zum Funkraum machte. Eckener zögerte, nickte dann aber unmerklich.

»Damit ihr kapiert, was los ist: Wir kehren auf direktem Wege nach Deutschland zurück«, verkündete Udo Geßler. »Wenn ihr euch ruhig verhaltet, geschieht euch nichts. Sobald wir gelandet sind, zerstöre ich das Schiff, danach lasse ich euch gehen.«

»Mein Gott, der Zeppelin! Der Zeppelin!«, rief Herr Haase.

»Wie viel wollen Sie?«, fragte Herr Kahl.

»Was?«

»Geld. Wie viel? Ich bezahle. Ich kann es mir leisten. Stecken Sie die Granate ein, und ich schreibe Ihnen einen Scheck aus.«

»Du willst mich kaufen?«

»Ach, kommen Sie, jeder hat seinen Preis.«

Geßler machte einen Schritt nach vorn und rammte dem Spekulanten den Lauf der Pistole zwischen die Schneidezähne. »Ein Raffke wie du vielleicht. Du würdest deine eigene Mutter verkaufen. Aber ich bin ein deutscher Patriot.« Er riss die Waffe ebenso plötzlich wieder heraus und richtete sie auf den Sekretär. »Und du? Willst du auch was sagen, Kommunistenhund?«

Valentin Veidt spannte seine Muskeln an.

»Tu es«, sagte Geßler leise. »Gib mir einen Grund, dich abzuknallen.«

»Lassen Sie uns bitte alle ruhig bleiben«, meinte Señor Valdés. »Es gibt keinen Grund, Gewalt anzuwenden. Sie haben hier das Sagen, das respektieren wir, niemand wird sich Ihnen widersetzen. Wir sollten vernünftig miteinander reden. Verhandeln. Ich bin sicher, wenn wir kooperieren, finden wir eine Lösung, mit der allen gedient ist.«

»Diplomaten«, zischte Geßler verächtlich. »Leute wie du haben den Schandvertrag von Versailles unterzeichnet.« Und dann schlug er den Brasilianer unvermittelt mit dem Griff seiner Waffe auf den Mund.

Señor Valdés stürzte rücklings in eine Kabine, hielt sich am Vorhang fest und riss ihn mit zu Boden.

»Passen Sie doch auf«, fuhr Herr Haase den Entführer an, »Sie machen ja alles kaputt!« Es war ihm so herausgerutscht, und er bereute es sofort.

»Du gehst mir schon seit Beginn der Fahrt auf die Nerven«, erwiderte Geßler und richtete die Pistole auf den Kopf des Konstrukteurs. Mit der anderen Hand entriss er dem bleichen Mann den Hamster.

»Graf Zeppelin! Geben Sie mir Graf Zeppelin zurück!«

Geßler sah ihn an, höhnisch grinsend, und drückte zu. Ängstliches Fiepen war zu hören.

»Bitte, tun Sie ihm nichts.« Der Konstrukteur war dem Schluchzen nahe.

Herr Speck nutzte die Ablenkung, drückte Hendrik das Verbandszeug in die Hand und schob sich langsam in die Führerkabine, zweifellos um zu versuchen, den Funkverkehr wiederherzustellen.

Das Fiepen des Hamsters steigerte sich, wurde panisch. Es knackte, als bräche ein Knochen.

»Bitte. Bitte.«

Mit aller Wucht schleuderte Geßler das Tier gegen die Kabinenwand. Ein Klatschen; leblos rutschte der zerschmetterte Körper zu Boden.

Ein Schrei entstieg der Kehle des Konstrukteurs, dann sank er neben dem toten Hamster zu Boden, hob ihn auf und wimmerte seinen Namen.

»Das war unnötig«, sagte Hendrik.

»Ganz und gar nicht. Ich denke, jetzt kapiert ihr, wie es läuft. In eurem Interesse hoffe ich, dass mir niemand mehr in die Quere kommt.« Geßler stellte sich so, dass er sämtliche Anwesenden im Blick hatte, holte die Handgranate aus seiner Jackentasche und steckte dafür die Pistole ein. Dabei summte er die ersten Takte von Beethovens *Fünfter.* »Und jetzt alle in die Kabinen. Wen ich bei einer Dummheit erwische, der erhält eine Kugel.« Er lächelte. »Entspannt euch. Ihr habt doch ein Grammophon. Hört Musik, dann sieht die Welt gleich anders aus.«

17

Sie versammelten sich in den beiden am weitesten vom Führerstand entfernten Abteilen. Hendrik bemerkte, dass sich die Gräfin, ihr Sohn und Señor Valdés in verschiedenen Ecken niederließen. Da eine Bank für Mister Mitchell reserviert war, blieb einigen von ihnen nichts anderes übrig als zu stehen. Immer wieder überzeugte sich jemand durch einen Blick, dass die Tür zum Kommandoraum geschlossen und Udo Geßler somit außer Hörweite war.

»Der ist vollauf damit beschäftigt, Eckener und seine Mannschaft unter Bewachung zu halten«, beruhigte Señor Valdés.

Herr Pfeiffer schüttelte den Kopf. »Das hat er doch gar nicht nötig. Mit seiner Handgranate kann er das Schiff von überallher in die Luft jagen, und das weiß der Kommandant. Er wird nichts unternehmen, was uns oder das Schiff gefährdet.«

»Das sollten wir auch nicht«, meinte Herr Diehl. Er hatte sich ein Glas Wein eingeschenkt und schien die Bedrohung aussitzen zu wollen.

»Natürlich müssen wir etwas tun«, blaffte Valentin Veidt. »Wir müssen ihn überwältigen.«

»Sie haben doch gehört, was der Mann gesagt hat: Er will nur das Schiff zerstören, den Passagieren wird kein Haar gekrümmt. Ich riskiere meine Haut nicht für ein bisschen Stoff und Aluminium.«

Hendrik machte sich so seine Gedanken über Udo Geßlers angebliche Pläne, aber er behielt sie für sich, um keine Panik hervorzurufen. Erst mal abwarten, was bei der Besprechung herauskam. Forschend blickte er in die Gesichter um sich herum. Auf wen konnte man im Ernstfall zählen? Der Sekretär und der Sohn des Grafen ließen sich zu leicht von der Hitze einer Auseinandersetzung mitreißen. Auch Diana war für seinen Geschmack zu draufgängerisch. Die Gräfin saß kerzengerade da und erweckte den Eindruck, als ginge sie das alles nichts an. Ihre Tochter wirkte verängstigt. Alois Kahl schüttelte in einem fort den Kopf und sah aus, als überfordere ihn die Situation. Scott Mitchell, dessen Wunde notdürftig desinfiziert und mit einem Druckverband versehen worden war, stöhnte vor Schmerzen, je mehr der Schock nachließ. Sollte sich sein Zustand verschlimmern, wäre es vielleicht eine gute Idee, ihm ein Schlafmittel zu geben, Veronal aus der Reiseapotheke zum Beispiel. Hilmar Haase wiegte den Käfig mit dem leblosen Hamster in seinen Armen. Der Legationsrat füllte sein Glas nach, als säße er bei einem Staatsempfang. Señor Valdés und die beiden Reporter schienen gefasst; sie waren noch die Besonnensten unter den Anwesenden.

»Was denken die anderen?«, wollte Herr Pfeiffer wissen. »Sollen wir etwas unternehmen oder uns ruhig verhalten?«

»Etwas unternehmen, natürlich«, rief Ferdinand von Salburg-Oertzen.

»Was können wir gegen einen Bewaffneten schon ausrichten?«, fragte Alois Kahl. »Ich habe keine Lust, mir die Kartoffeln von unten zu begucken. Soll wer anders die Rosinen aus dem Feuer holen.«

»Man muss sorgen, dass die *schweinehund* nimmt seine Hand von die Granate, dann wir hätten eine Chance«, grübelte Mister Quinn.

»Es droht uns keine unmittelbare Gefahr«, widersprach Señor Valdés. »Ich bin dafür abzuwarten.«

»Geßler ist labil, sehen Sie sich Commander Mitchell an«, meinte Diana. »Ich möchte mich nicht auf Gedeih und Verderb jemandem wie ihm ausliefern.«

»Eben, er ist labil«, erwiderte Eduard Diehl mit Nachdruck. »Und genau deswegen sollten wir ihn auf keinen Fall reizen. Wenn er merkt, dass wir gehorchen, wird er sich beruhigen.«

»Sie glauben wohl auch an den Weihnachtsmann, was?«, schnaubte Valentin Veidt. »Klar, ein Risiko besteht immer, aber ich weiß mein Schicksal lieber in den eigenen Händen als in denen eines Verrückten.«

Herr Pfeiffer machte eine beschwichtigende Geste. »Also schön, lassen Sie uns überlegen, was wir tun können. Welche Möglichkeiten haben wir?«

»Wir sollten uns gemeinsam auf ihn stürzen und ihn überwältigen«, schlug Ferdinand von Salburg-Oertzen vor.

»Sind Sie wahnsinnig?«, unterbrach ihn Señor Valdés. »In der Zeit, in der Sie auf ihn losgehen, hat er zehnmal die Granate gezündet.«

»So was erfordert natürlich mehr Mut als ein heimliches Schäferstündchen.«

Die Gräfin zuckte zusammen, als habe ihr Sohn sie geschlagen. »Bitte …«, flüsterte sie.

»Wagen Sie es nicht noch einmal, meine Gefühle für Ihre Mutter in den Schmutz zu ziehen«, presste der Brasilianer hervor.

Ferdinand ignorierte beide. »Wir sollten uns bewaffnen. In der Küche finden wir Messer.«

»Waffen nützen gar nichts«, sagte Herr Pfeiffer. »Wenn wir überhaupt eine Chance haben wollen, dann müssen wir ein

Überraschungsmoment ausnutzen und seine Hände festhalten, ehe er die Explosion auslösen kann.«

»Zunächst einmal müssten wir ihn herauslocken, so geht es doch schon los«, meinte Diana. »Wenn wir wie eine Horde Elefanten die Führerkabine betreten, weiß er sofort, was die Stunde geschlagen hat.«

»Nicht alles gleichzeitig, klären wir eine Frage nach der anderen«, mahnte Herr Pfeiffer. »Also: Wo hätte ein Plan, Geßler zu überwältigen, die größte Aussicht auf Erfolg?«

»Hier im Gang, wo es eng ist. Wir könnten von zwei Seiten kommen.«

»Und genau deswegen wird er auf der Hut sein.«

»Der Abort am Ende der Gondel«, warf Ferdinand ein. »Wenn wir da eine Ablenkung inszenieren, würde er sich vermutlich mit dem Rücken zur Wand stellen, um der Sache auf den Grund zu gehen. Nur dass die Wand dort in Wahrheit die Tür zum Stauraum ist.«

»Ah, Sie meinen, jemand könnte sich drinnen verstecken und ihn von hinten überwältigen?«, hakte Herr Pfeiffer nach.

»Genau.«

»Auf keinen Fall«, wandte Hendrik ein. »Man spürt, wenn hinter einem eine Tür geöffnet wird. Am Luftzug, am veränderten Licht, an tausend Kleinigkeiten. Das kann nicht funktionieren.«

Schweigen.

»Trotzdem, der Gedanke, jemanden zu verstecken, ist im Prinzip keine schlechte Strategie«, sagte Herr Pfeiffer. »Wenn wir das Ablenkungsmanöver nun stattdessen in einer der Kabinen stattfinden lassen würden … wenn das gegenüberliegende Abteil scheinbar leer wäre, würde sich Geßler doch sicher mit dem Rücken dorthin stellen, sind Sie nicht auch dieser Ansicht?«

»Vermutlich.«

»Und wenn sich jemand unter der Bank versteckt und leise hervorkommt, um seine Arme festzuhalten …«

»Wer soll das machen?«

»Ich«, rief Ferdinand von Salburg-Oertzen.

»Ich bezweifele, dass ein verwöhntes Grafensöhnchen den nötigen Kampfgeist dazu aufbringt«, erwiderte Valentin Veidt. »Ich werde es tun.«

»Ein großes Maul allein macht noch keinen Sieg.«

Hendrik schnaubte. »Ehrlich gesagt, habe ich Schwierigkeiten, mein Leben Menschen anzuvertrauen, die nicht mal im Augenblick der Gefahr ihre Rivalitäten vergessen können. Entweder wir ziehen hier an einem Strang, oder wir geben unser Vorhaben auf.«

»Sehr richtig«, sagte der Legationsrat, »und schon aus diesem Grund sollten wir die Finger von der Sache lassen.«

»Es spielt keine Rolle, wer es tut«, lenkte Ferdinand ein.

»Wenn Herr Veidt ist bereit, zu nehmen die Gefahr, er soll es machen«, sagte Mister Quinn.

»Wir anderen müssen ihm natürlich zu Hilfe kommen«, meinte Herr Pfeiffer.

»Was Sie da vorhaben, ist der pure Irrsinn«, beschwerte sich Herr Diehl. »Es gibt tausend Möglichkeiten für den Entführer, die Granate zu zünden.«

Hendrik musste dem Legationsrat recht geben. Der Plan barg ein unverhältnismäßig hohes Risiko. »Ich halte es auch für zu gefährlich.«

»Sollen wir etwa die Hände in den Schoß legen?«

»Nein. Ich bin sehr dafür, etwas zu unternehmen, hauptsächlich weil wir uns nicht in falscher Sicherheit wiegen dürfen. Udo Geßler ist unberechenbar. Aber ich bin kein Spieler. Solange der Mann die Hand am Abzug hat …«

»Richtig, das ist das Entscheidende: Wir müssen dafür sorgen, dass er den Sicherungsring loslässt.« Herr Pfeiffer geriet wieder ins Grübeln. »Aber wie? Indem wir ihn dazu bringen, dass er etwas aus dem Weg räumen muss? Nein. Indem wir ihn dazu bringen, dass … dass er etwas in die Hand nehmen will, richtig? Weil, sagen wir, sich jemand verdächtig benimmt und … scheinbar etwas vor ihm verbirgt, genau. Etwas, das ihn neugierig macht, sodass er von sich aus danach greift. Verstehen Sie, er muss den Eindruck haben, dass alles von ihm ausgeht.«

»Was soll das sein?«

»Nichts, was ihn noch wachsamer macht, also keine Waffe oder so was. Andererseits muss es ihm genug Sorgen bereiten, dass er es sich unbedingt näher ansehen will. Vielleicht etwas, das seinen Plan gefährden könnte.«

»Funk!«, rief Señor Valdés aus. »Er hat als Erstes den Funkverkehr lahmgelegt, nicht wahr? Er will nicht, dass jemand von der Entführung des Zeppelins erfährt. Wenn man ihm suggeriert, wir würden ein behelfsmäßiges Funkgerät basteln …«

»Hat jemand Ahnung von Funktechnik? Was würde man dafür brauchen?«

»Einen Sender und einen Empfänger, oder? Was sagen Sie, Frau Lilienthal? Sie haben doch Physik studiert.«

»Wenn Sie etwas über Atome oder nichtlineare Differentialgleichungen wissen wollen, wäre ich die richtige Ansprechpartnerin, Elektrotechnik ist eher meine schwache Seite«, erwiderte Diana. »Aber ich kann doch so viel sagen, dass ein Empfänger unnötig ist, ein einfacher Sender genügt. Im Grunde brauchen wir nicht mal ein Mikrofon, wir könnten einen Notruf schließlich auch morsen. Dazu wäre eine Elektronenröhre nötig, eine Spule, passende Kondensatoren und Widerstände.«

»Und ein langer Draht als Antenne«, ergänzte Herr Haase. »Überhaupt jede Menge Draht.«

Mister Mitchell machte mit einer schwachen Handbewegung auf sich aufmerksam. »Es gibt Ersatzteile im Stauraum«, flüsterte er. »Draht auf jeden Fall, auch Spulen.«

Diana, Herr Haase und Mister Quinn eilten los und kehrten nach einer Weile mit ihrer Ausbeute zurück, darunter auch Zangen und Schraubenzieher. »Und jetzt?«

»Wickeln wir den Draht um die vorstehenden Enden der Ersatzteile, das sieht schon mal gut aus.« Diana demonstrierte, was sie meinte.

Señor Valdés schüttelte den Kopf. »Ohne Strom könnte man so ein Gerät doch gar nicht in Betrieb nehmen.«

»Wir müssten an den Generator außen an der Funkerkabine herankommen.«

»Falsch«, meinte Herr Haase, »wir müssen nur *so tun,* als kämen wir an den Generator heran. Zu diesem Zweck lassen wir einfach ein Kabel aus dem Fenster hängen, als hätten wir es geschafft, den Generator anzuzapfen.«

»Gute Idee.«

»Das ist doch absurd«, ereiferte sich Legationsrat Diehl, »so ein Gerät würde nie und nimmer funktionieren.«

»Darauf kommt es nicht an, sondern nur darauf, dass Geßler es sich nicht leisten kann, die bloße Möglichkeit zu ignorieren.«

»Und wer ist so wahnsinnig, die Aufmerksamkeit dieses Geistesgestörten auf sich zu lenken?«

»Jemand mit schauspielerischem Talent«, sagte Diana. »Ich.«

»Nein«, rief Hendrik.

»Doch. Ich kann sehr überzeugend sein, das weißt du.«

»Ich bin ebenfalls dabei«, sagte Herr Pfeiffer. »Es war meine Idee, also sollte ich auch meinen Kopf dafür hinhalten.«

»Wahnsinn, heller Wahnsinn!«, schimpfte der Legationsrat.

»Bleibt die Frage, wie wir Geßler aus dem Führerstand locken, ohne dass er gleich die Absicht merkt.«

»Das müssen wir gar nicht«, meinte Herr Pfeiffer. »Warten wir einfach ab, bis er von selbst herauskommt. Einmal muss schließlich auch er zum Abort.«

Zustimmendes Gemurmel.

»Mit Ihrem verrückten Plan will ich nichts zu tun haben«, rief Klarissa von Salburg-Oertzen. »Sie sind doch alle übergeschnappt. Er wird uns umbringen, einen nach dem anderen.«

»Wenn du schon nichts zu unserer Rettung beitragen willst, halt wenigstens deinen Mund«, schnauzte ihr Bruder.

»Du hast mir gar nichts zu sagen, du bist nicht mein Vater.«

»Eine Dame hebt nicht ihre Stimme«, mahnte die Gräfin.

»Lass mich in Ruhe.« Klarissa drehte ihrer Mutter den Rücken zu.

»Ich bin ebenfalls dagegen«, sagte Alois Kahl. »Es wird nicht funktionieren.«

Hendrik musste zugeben, dass auch er ein unbehagliches Gefühl bei der Sache hatte. Aber einem Fanatiker wie Udo Geßler zu vertrauen, war wesentlich riskanter.

»Ich bitte Sie inständig, davon abzusehen«, sagte Eduard Diehl. »Das Ganze ist eine ausgesprochene Eselei, die uns alle das Leben kosten kann.«

»Stimmen wir ab. Wer ist dafür?« Herr Pfeiffer hob seine Hand.

Weitere Hände gingen hoch, einige schnell, andere zaghaft. Auch Señor Valdés schloss sich denjenigen an, die etwas unternehmen wollten. Die Gräfin enthielt sich.

»Neun zu drei, bei einer Enthaltung.«

Dem Legationsrat blieb nichts anderes übrig, als sich geschlagen zu geben. »Wenn Sie unbedingt Ihr Leben riskieren wollen …«, schimpfte er. »Aber ich mache da nicht mit, ich bin doch nicht bekloppt.« Er stellte fest, dass seine Weinflasche leer war, klappte seinen Koffer auf, der außer einem Pullover, einem Paar Socken und einem Kartenspiel nur weitere Flaschen enthielt, nahm eine davon heraus und entkorkte sie.

Die Verschwörer legten die Rollen fest und fingen an, Drähte und Kondensatoren fantasievoll zu drapieren. Als Tüpfelchen auf dem i präparierten sie den Roman, in dem Hendrik gelesen hatte, als Bauanleitung; das Ganze musste ja nur ein paar Sekunden lang glaubwürdig sein. Dann entfernten sie die Gepäckbehälter unter einer Sitzbank, Valentin Veidt kroch darunter, die anderen Männer verteilten sich im Gang. Anschließend probten sie den Ernstfall, dreimal. Erst danach hatte Hendrik das Gefühl, dass der Plan vielleicht doch funktionieren könnte.

Plötzlich wurde die Tür zum Führerraum aufgestoßen, und Udo Geßler guckte heraus, vorsichtig, die Hand am Ring der Handgranate. Seine Augen huschten nach allen Seiten auf der Suche nach einem Hinterhalt und blieben an den Fahrgästen im Gang hängen. »Na, was heckt ihr aus?«, fragte er fröhlich.

18

»Es war ein Schuss ins Blaue«, sagte Diana zum wiederholten Mal. »Natürlich ist ihm klar, dass wir nach einem Ausweg suchen.«

»Er hat es gewusst«, behauptete Klarissa.

»Der Kerl ist kein Hellseher. Er hat kurz reingeguckt, um uns zu zeigen, dass er auf der Hut ist. Dass wir nie vor ihm sicher sind. Er will uns verunsichern, und das ist ihm ja auch gelungen. Wir sollten bei dem Plan von Herrn Pfeiffer bleiben. Unter den gegebenen Umständen ist er unsere einzige Hoffnung.«

»Ich hätte noch einen Verbesserungsvorschlag, den Sie mir hoffentlich nicht übel nehmen«, meinte der Reporter, an die Gräfin gewandt. »Ihr Mann … Frau Lilienthal hat uns doch erzählt, dass Geßler den Mord an ihm zugegeben hat, nicht wahr?«

»Alle in der Führerkabine haben es gehört«, bestätigte Diana.

»Dann gibt es keinen Grund mehr, den Grafen in dieser entwürdigenden Lage zu belassen, oder?«

»Vermutlich nicht.«

»Also bahren wir ihn pietätvoll auf einer der Sitzbänke auf, und darunter versteckt sich Herr Veidt.«

»Not bad«, meinte Mister Quinn. »Ein toter Mann macht glaubwürdig eine leere Kabine. Was sagen Sie, Frau Gräfin? Sie sind einverstanden?«

Magdalena von Salburg-Oertzen nickte.

Die Fahrgäste begaben sich zum Waschraum. Als die Gräfin an Señor Valdés vorüberging, berührte sie seinen Arm, doch er schüttelte sie ab.

Schweigend umstanden sie den Leichnam. Die Totenstarre hatte eingesetzt, es war deshalb nicht einfach, den Grafen in die Damenkabine zu transportieren, zumal der ausgestreckte Arm immer irgendwo hängen zu bleiben drohte. Dennoch schafften sie es irgendwie, die nötige Würde zu wahren, und betteten den Grafen auf eine Bank. Valentin Veidt kroch wieder darunter.

Dann warteten sie.

Zwanzig Minuten später kam Udo Geßler nach hinten. Hendrik, der die Aufgabe hatte, ein erschrockenes Gesicht zu machen und so zu tun, als würde das Auftauchen des Entführers sie alle überraschen, musste nichts spielen, er zuckte wirklich zusammen. Ihrem Plan getreu machte er den anderen verschwörerische Zeichen, die Geßlers Aufmerksamkeit erregen sollten, und wich dann zurück.

Der Entführer warf einen flüchtigen Blick in die Kabine – und verschwand Richtung Abort, als ob nichts wäre. Diana konnte es nicht glauben. Er musste doch Lunte gerochen haben! Hendriks verstohlene Zeichen, sie selbst und Herr Pfeiffer, die mit scheinbar schuldbewusstem Blick vor den Ersatzteilen standen, als wollten sie sie verdecken – das alles konnte man doch unmöglich übersehen!

»Ich habe ja gesagt, es klappt nicht«, murmelte Herr Diehl.

»Sch!«

Nervös warteten sie darauf, dass Udo Geßler zurückkehrte. Nach einer Ewigkeit klappte die Tür zu den Waschräumen, und der Entführer schlenderte herbei, den Finger am Ring der Granate, aber sichtlich entspannt, wie jemand, der weiß, dass er alle Trümpfe in der Hand hält. Ein gutes Zeichen. Ein selbstsicherer Entführer war leichter hereinzulegen als ein vorsichtiger.

Lächelnd blieb Geßler zwischen den beiden Kabinen stehen. Warf einen Blick nach links ins Damenabteil, in dem der Graf aufgebahrt war. Drehte sich um und betrachtete die eigens für ihn vorbereitete Bühne.

Diana tat, als verberge sie die angebliche Bauanleitung hinter ihrem Rücken, und hielt den Atem an. Neben ihr stellte sich Herr Pfeiffer ungeschickt vor Spulen und Kondensatoren. Gleich war es so weit. Gleich würde Geßler fragen, was sie da vor ihm versteckte. »Nichts«, würde sie antworten, mit verängstigter Stimme, und dann würde er eine auffordernde Bewegung machen oder ihr drohen, und sie würde sich beeilen, ihm gehorsam das Buch hinzuhalten. Seine Hand beschäftigen. Gleich. Gleich.

Doch statt zu tun, was alle von ihm erwarteten – drückte Geßler den Sicherungsbügel gegen die Handgranate und zog den Vorsteckersplint heraus.

Klarissa, Alois Kahl und Diana schrien gleichzeitig auf.

Vielleicht war es Instinkt, vielleicht hatte er ein Geräusch gehört, jedenfalls drehte sich Udo Geßler gemächlich um und betrachtete Valentin Veidt, der am Boden kniete, ein Bein noch unter der Sitzbank. »Die Bolschewistensau«, sagte er. »Wer sonst.«

»Damned«, murmelte Mister Quinn. »Als ob der Teufel hält seine schützende Hand über ihn.«

Geßler trat einen Schritt zur Seite, um den Sekretär vorbeizulassen, und warf einen Blick auf das Buch in Dianas Hand. »Zeig mal her.« Er betrachtete das Funkgerät auf dem Umschlag, das Hendrik mit seiner künstlerischen Begabung entworfen hatte, las den handgeschriebenen Titel und lachte. »Und was befindet sich darunter?«

Diana entfernte den falschen Umschlag.

»*Die Verwandlung.* Kenn' ich nicht. Ist das deins?«

»Meins«, sagte Hendrik und starrte das rechte Augenlid des Entführers an, das wie verrückt zu zucken begann.

»Franz Kafka. Wer ist das? Ein Zeitgenosse?« Geßler lehnte sich gegen den Kabineneingang, als habe er vor, eine literarische Diskussion zu beginnen, als hielte er nicht eine entsicherte Granate in der Hand.

»Ein wenig bekannter Schriftsteller, der … vor kurzem gestorben ist.« Hendrik konnte seine Augen nicht von Geßlers Lid wenden, das wie eine Fahne im Wind flatterte. »Ich, äh, bin durch eine Rezension von Tucholsky auf ihn aufmerksam geworden.«

»Ist es gut, das Buch?«

»Be… beunruhigend. Mit nichts zu vergleichen, was ich kenne.«

»Interessant. Vielen Dank. Das ist ein lehrreicher Tag heute. Für jeden von uns.« Udo Geßler löste sich von der Wand. »Ihr alle wisst, was geschieht, wenn ich den Bügel loslasse? Gut. Dann gehen wir jetzt brav und friedlich ein Häuschen weiter zu den hinteren Kabinen. Wir wollen doch die Totenruhe des Grafen nicht stören, nicht wahr? Hinten haben wir mehr Platz.«

»Platz? Wofür?«, fragte Hendrik.

Geßler grinste.

»Wofür?«, insistierte Hendrik.

»Für eine Strafaktion natürlich. Ihr habt gespielt und verloren. Und der Verlierer bezahlt einen Preis, nicht wahr?«

»Hören Sie –«, begann Señor Valdés.

Geßler unterbrach ihn: »Herrje, ich glaube, ich bekomme gleich einen Krampf in meiner Hand.«

Still schlichen alle nach hinten und versammelten sich in den beiden gegenüberliegenden Kabinen am Ende des Ganges.

»Ach, richtig, hier liegt ja auch jemand«, meinte Udo Geßler beim Anblick von Scott Mitchell. »Na, ich bin kein Unmensch. Da du mit deiner Verletzung nicht an der kleinen Verschwörung gegen mich teilnehmen konntest, bist du draußen.« Er drehte sich zu Alois Kahl um. »Wenn ich mich recht erinnere, habe ich gestern bei dir einen Würfelbecher gesehen. Hol ihn.«

»Was haben Sie vor?«, wollte Diana wissen.

»Wir machen ein Spiel.«

»Ein Spiel?«

»Aber ja. Wir wollen uns ein wenig die Zeit vertreiben.«

Herr Kahl brachte zitternd den verlangten Becher und drei Würfel.

»Gut. Jeder von euch hat einen Wurf. Die niedrigste Zahl verliert. Und damit es spannend wird und ihr auch angemessen motiviert seid, setzt ihr euer Leben als Einsatz.«

»Was wollen Sie damit sagen?«

»Na, was schon? Der Verlierer stirbt.«

»Sie sind ja verrückt!«, entfuhr es Ferdinand von Salburg-Oertzen.

Geßler lachte. Sein Blick fiel auf Herrn Haase, der ihn mit seinem Blick durchbohrte. »Du würdest mich gern umbringen, nicht wahr?«

Der Konstrukteur biss die Zähne zusammen. »Ja«, presste er hervor.

»Endlich mal einer, der sich nicht wie ein Schaf verhält. Streng dich an, es täte mir leid, dich zu verlieren.«

»Dieses Spiel ist Ihrer unwürdig«, sagte Señor Valdés. »Ich appelliere an Ihre Ehre. Lassen Sie uns darüber reden, wir finden sicher eine Lösung, die alle zufriedenstellt. Wenn wir –«

»Habe ich dir nicht schon mal gesagt, du sollst dein Maul halten?«

Der Diplomat verstummte.

»Also, los geht's.«

Valentin Veidt sah den Entführer verächtlich an und schnappte sich den Becher. Ohne hinzusehen, ohne Udo Geßler aus den Augen zu lassen, kniete er im Gang nieder und ließ die Würfel über den Boden rollen.

»Fünf, drei, sechs. Vierzehn. Glück gehabt.«

Ferdinand von Salburg-Oertzen griff nach dem Becher. Er schüttelte ein halbes Dutzend Mal, schloss die Augen und würfelte.

»Vier, vier, vier. Zwölf.«

Der Konstrukteur war an der Reihe. Mit zittrigen Fingern griff er nach dem Becher, stieß ihn versehentlich um, schrie auf und schlug die Hand auf die herausrollenden Würfel, ehe sie zu liegen kamen.

»Nur die Ruhe«, sagte Geßler. »Lass dir Zeit.«

Immer noch zitternd schob Hilmar Haase die Würfel zurück in den Becher, würfelte.

»Zwei, vier, eins. Sieben. Das sieht aber gar nicht gut aus.«

Jetzt bebte der Konstrukteur am ganzen Körper. Er grub seine Fingernägel in die Handballen und biss sich auf die Lippen.

»Der Nächste«, befahl Geßler.

Hendrik schüttelte den Kopf. »Ich weigere mich, Ihr perverses Spiel mitzumachen. Ich werde mich nicht zu Ihrer Belustigung erniedrigen.«

»Tatsächlich!« Plötzlich hielt der Entführer seine Pistole in der linken Hand und drückte den Lauf gegen Hendriks Kopf. »Sieht aus, als stünde der Verlierer damit fest.«

Mach keine Dummheiten, dachte Diana. Er tut es, er drückt ab, siehst du das nicht?

Hendrik schien es auch zu erkennen, denn nach zwei, drei Sekunden, die ihr wie Stunden vorkamen, nahm er den Becher an sich.

»Na also«, lachte Geßler.

»Sie sind krank«, sagte Hendrik, als er seine Würfel rollen ließ.

»Eins, eins, sechs. Acht. Das war knapp.«

Diana war an der Reihe. Hoffentlich fällt ihm nicht auf, dass der Funker nicht hier ist, schoss ihr durch den Kopf.

Aber der Entführer schien nichts zu merken, er ging voll und ganz in dem Spiel auf. »Na los, oder brauchst du eine Extraeinladung?«

Sie würfelte. Hendrik zuckte zusammen, der Konstrukteur stieß einen hörbaren Seufzer aus, Diana krallte ihre Finger in den Teppich.

»Eins, eins, vier. Sechs. Pech.«

Noch ist nichts entschieden, dachte Diana. Wenn es sein muss, werde ich kämpfen. Ich stürze mich auf ihn und entreiße ihm die Bombe – aber das darf ich nicht, dann müssen alle sterben. Oh Gott, Gregor, ich wollte dir doch sagen, wie sehr ich dich liebe, ich wollte eines Tages mit dir nach Prag reisen, ich wollte Marianne wiedersehen und eine große Physikerin werden und –

Die Gräfin ergriff den Becher. Würdevoll, ohne zu schütteln, kippte sie ihn um.

»Zwei, drei, sechs. Elf.«

Der Legationsrat nahm den Becher, guckte hinein, zählte Augen und drehte einen der Würfel um.

»Das gilt nicht!«, brüllte Valentin Veidt.

»Geschummelt!«, rief Alois Kahl.

Geßler amüsierte sich königlich.

Unter dem Druck der anderen musste der Legationsrat den Becher mehrfach schütteln.

»Heftiger!«, befahl der Sekretär.

Die Würfel rollten.

»Sechs, sechs, fünf. Siebzehn.«

Murren.

»Er soll noch mal würfeln«, verlangte Alois Kahl.

»Warum? Ich habe ordentlich gewürfelt.«

»Sie haben versucht zu betrügen.«

»Ich habe den Becher geschüttelt, mehrmals. Der Wurf ist gültig, nicht wahr?«

Geßler grinste. »Aber ja, nur keine Aufregung. Was liegt, gilt.«

Señor Valdés beendete die Auseinandersetzung, indem er den Becher an sich nahm. Er schüttelte dreimal, zögerte und ließ die Würfel herausrollen.

»Drei, fünf, fünf. Dreizehn.«

Der Diplomat sammelte die Würfel ein und reichte den Becher Alois Kahl. Der Spekulant schnaufte, schüttelte so heftig, dass ihm der Becher beinahe entglitt, und hämmerte ihn mit der Öffnung nach unten auf den Teppich.

»Zwei, drei, eins. Sechs. Sieht aus, als gäbe es ein Stechen zwischen dir und Frau Lilienthal.«

»Die Eins steht auf der Kippe, sehen Sie? Ich würfele noch mal.«

»Was liegt, gilt.«

»Aber die Eins steht auf der Kippe.«

»Zehn Grad, höchstens.«

»Zwanzig. Mindestens zwanzig.«

»Der Wurf zählt.« Geßlers Stimme erstickte jeden weiteren Protest.

Herr Pfeiffer nahm den Becher an sich und schüttelte lange, als fiele es ihm schwer, sich von den Würfeln zu trennen.

»Drei, sechs, sechs. Fünfzehn.«

Mister Quinn schüttelte nur einmal, hielt den Becher dann aber ans Ohr, als könne er hören, in welche Richtung die Würfel zu fallen gedachten, und setzte ihn weich auf den Teppich.

»Sechs, sechs, sechs. Gratuliere.«

Klarissa von Salburg-Oertzen war die Letzte. Sie schloss die Augen, während sie den Becher schüttelte. Entweder betete sie, oder sie versuchte, die Würfel mit der Kraft ihrer Gedanken zu beeinflussen. Ein Wimmern entfuhr ihr, als sie den Becher aufsetzte.

»Heb hoch.«

Klarissa schluckte.

»Na los.«

Vorsichtig deckte sie die Würfel auf.

»Eins, zwei, eins. Vier.«

»Das ist ungerecht«, schrie Klarissa, »ich war von Anfang an dagegen! Er war's!« Sie deutete auf Herrn Pfeiffer. »Er hat sich das alles ausgedacht, den ganzen Plan und alles, ich wollte das nicht. Ihn müssen Sie erschießen, nicht mich. – Was ist?«, rief sie in die erstarrten Gesichter ringsumher. »Es stimmt doch, er war's. Ich will nicht sterben.«

»Tja, da stehe ich nun vor einer schwierigen Entscheidung, nicht wahr?«, grinste Udo Geßler. »Halte ich mich an die Regeln des Spiels und erschieße die Verliererin?« Der Lauf seiner Pistole richtete sich auf Klarissa. »Bestrafe ich den Unruhestifter?« Die Waffe schwenkte zu Herrn Pfeiffer und wurde gegen dessen Schläfe gedrückt. »Oder … richte ich das Arschloch, das mich von hinten anfallen wollte?« Geßler riss die Pistole herum, presste sie gegen die Stirn von Valentin Veidt und drückte ab, so schnell, dass niemand auch nur Zeit hatte, einen Schrei auszustoßen.

Ein Knall, dann stürzte der Sekretär leblos zu Boden.

Jetzt erst schrien alle.

Diana, Hendrik, Señor Valdés knieten neben Herrn Veidt nieder und suchten nach einem Puls, doch es gab keinen.

»Sie haben ihn umgebracht!«, schrie Herr Pfeiffer.

»Falsch. *Du* hast ihn umgebracht mit deinem nutzlosen Plan. *Du* hast ihn auf dem Gewissen.«

»Blödsinn«, entfuhr es Hendrik. »Sie hatten von Anfang an vor, Herrn Veidt zu erschießen, nicht wahr? Sie hatten seit Beginn der Fahrt etwas gegen ihn.«

Geßler grinste. »Sieh an, unser Professor spielt den Oberschlauen.« Er stieß den Toten mit dem Fuß an. »Um so eine Bolschewistensau ist es nicht schade. Ist doch prima, da bekommt der Graf ein bisschen Gesellschaft. Ihr könnt ihn natürlich auch über Bord werfen, wenn euch das lieber ist.

»Sie … Sie roher Kerl«, presste die Gräfin hervor.

Wieder lachte Geßler. »Das kuriert euch hoffentlich von weiterem Unfug. Und jetzt will ich, dass du«, er nickte Diana zu, »in der Kabine nebenan das Fenster aufmachst. Ich bekomme nämlich wirklich langsam einen Krampf im Finger.«

Am ganzen Leibe zitternd tat Diana, wie ihr befohlen wurde, und öffnete das Fenster im Nachbarabteil.

»Wunderbar machst du das. Jetzt geh zurück zu den anderen. Und sag ihnen, es könnte mich erschrecken, wenn plötzlich jemand hereinkommt.« Bedeutungsvoll hob er seine Pistole.

Wieder gehorchte Diana, eilte in die Kabine, in der Scott Mitchell lag, und riss das Fenster auf, gerade noch rechtzeitig, um zu sehen, wie nebenan etwas hinausgeworfen wurde. Eins, zählte sie in Gedanken, zwei, drei, vier. Sie hatte die letzte Zahl noch nicht zu Ende gedacht, da explodierte unten das Wasser, und eine gewaltige Fontäne spritzte hoch. Ein Luftstoß ließ den Zeppelin schwanken. Jetzt hat Geßler nur noch die Pistole, überlegte Diana.

Die anderen schienen denselben Gedanken zu haben, alle drängten sich auf dem Gang, die Muskeln angespannt. Wenn der Entführer nur einen winzigen Moment abgelenkt war …

Udo Geßler trat aus der Kabine. »Nun seht mal, was ich da in meiner Tasche gefunden habe«, lachte er. »Eine zweite Handgranate. Ist denn das zu glauben?«

19

»Hinsetzen und Maul halten!« Udo Geßler stieß Diana auf den Stuhl am Kartentisch.

»Was soll das?«, fragte Hugo Eckener. »Warum bringen Sie die Dame in den Führerstand?«

»Zur Vorsicht. Wenn die da hinten noch einmal eine Dummheit versuchen, wird sie es büßen.«

Eckener sah erschöpft aus. Sicher fühlte er sich für den Tod seiner Passagiere verantwortlich.

»Es war nicht Ihre Schuld«, sagte Diana.

Er schüttelte nur den Kopf.

Die Explosion der Granate hatte den Kommandanten nach hinten gelockt, aber auf den Anblick einer weiteren Leiche war er nicht vorbereitet gewesen. Eindringlich hatte er die Passagiere aufgefordert, jegliche Eigenmächtigkeit zu unterlassen. Diana hoffte, dass die sich davon nicht abhalten ließen, nach einem Ausweg zu suchen. Sie traute Udo Geßler nicht. Seine Spielchen bereiteten ihm eine sadistische Freude, und sie bezweifelte, dass er die Gefangenen gehen lassen würde, wenn er sein Ziel erreicht hatte. Warum sollte er? Es wäre doch viel einfacher, einen Absturz vorzutäuschen, alles in Flammen aufgehen zu lassen und als freier Mann weiterzuleben, statt zu flüchten, wie er ihnen weismachen wollte. Nein, Hendrik, du musst etwas unternehmen!

Draußen war es beinahe so dunkel wie während der Nacht. Seit Minuten fuhren sie an einer schwarzblauen Wolkenwand entlang, um eine Stelle zu finden, die weniger bedrohlich aussah, doch eine solche Stelle gab es nicht.

»Fahren Sie endlich rein«, sagte Geßler.

»Gegen einen Sturm anzukämpfen, bedeutet unnützen Brennstoffverbrauch«, erwiderte Eckener. »Ich versuche, das Schiff am Rand des Tiefs vorbeizulenken.«

»Sie haben genug Brennstoff, um uns nach Deutschland zurückzubringen, mehr als genug. Also rein!«

Eckener blieb nichts anderes übrig, als zu gehorchen. Das Schiff nahm direkten Kurs auf das bedrohliche Wolkengebilde. Im Nu hüllten schwarze Schwaden sie ein und nahmen ihnen auch noch den letzten Rest Sicht. Unheimlich, ohne Orientierung im Nirgendwo zu schweben!

Geßler machte im Kommandoraum die Runde und überzeugte sich anhand der Instrumente, dass Eckener keine Tricks versuchte.

Diana vernahm ein kaum wahrnehmbares Pfeifen. Es kam aus der Funkerkabine. Anscheinend waren die Wände doch nicht so schalldicht wie angenommen. Sie musste etwas tun, ehe Udo Geßler darauf aufmerksam wurde, sie musste ihn ablenken. »Für wen arbeiten Sie? Für eine der ehemaligen Freikorpsorganisationen?«

»Die haben sich doch alle von dem Tamtam einlullen lassen, das die jüdische Presse um dieses unsinnige Vorhaben macht. Nein, ich arbeite allein.«

»Das glaube ich nicht.«

»Traust du mir das nicht zu?« Geßler grinste.

Trotz seines Befehls, sich still zu verhalten, schien er nichts dagegen zu haben, mit ihr zu reden. Eitelkeit, damit konnte sie ihn vielleicht packen. »Die Entführung eines Luftschiffes erfordert einiges an Planung und Vorbereitung.«

»Einfach war es nicht. Aber ich wusste, was ich tat. Ich kenne mich aus. Bin früher oft genug im Zeppelin gefahren, im Krieg. Wir haben es den Franzosen und den Engländern gezeigt. Damals habe ich begriffen, dass Deutschland um keinen Preis der Welt seine Vormachtstellung im Luftraum aufgeben darf.«

»*Sie* haben mir die Drohbriefe geschickt, nicht wahr?«, warf Eckener ein. An seinen Augen, die geflissentlich die Tür zum Funkraum mieden, erkannte Diana, dass er das Pfeifen ebenfalls bemerkte.

»Drohbriefe?«, fragte sie.

»Die Amerikafahrt abzublasen, weil das Hochverrat sei.«

»Ich hatte gehofft, meine Worte würden Sie überzeugen«, erwiderte Udo Geßler.

»Ich lasse mir nicht drohen.«

»Das ist doch bloß eine fixe Idee«, rief Diana aus. »Und dafür sind Sie bereit, Menschen zu töten? Sogar sich selbst in die Luft zu sprengen?«

»Um das zu verstehen, muss man zu patriotischen Gefühlen fähig sein, an denen es dir offensichtlich mangelt. Aber warte nur ab, die nationale Erhebung wird stärker. Schon bald weht hier ein anderer Wind.«

»Das haben Kapp und Hitler und die Freikorps auch gedacht, und am Ende sind sie alle gescheitert.«

»Falsch. Fünf Tage nach dem Urteil gegen die Anführer des Hitlerputsches hat der Völkische Block bei der bayerischen Landtagswahl über siebzehn Prozent der Stimmen bekommen, in München sogar fünfunddreißig Prozent. Ihr könnt die NSDAP verbieten, aber ihr könnt uns nicht aufhalten.«

»Sind Sie einer von Hitlers Leuten?«

Geßler schnaubte verächtlich. »Ausgerechnet! Fett ist er geworden in seiner Festungshaft, der kleine König. Bestellt sich die köstlichsten Mahlzeiten, als säße er in einem Delikatessenladen, während draußen die Leute hungern. Hat nichts im Kopf als das blöde Buch, das er seinem Sekretär diktiert, als wüssten wir nicht auch ohne sein Geschmiere, woran dieses Land krankt. Ja, vor Gericht, da hat er sich als Mann gezeigt und wie ein aufrechter Soldat für unsere Sache den Kopf hingehalten. Seitdem ist er verweichlicht. Ich habe ihn mal besucht. Das ist kein Gefängnis, in dem er da sitzt, sondern ein Kasino. Da wird geraucht, getrunken, Karten gespielt, und seine Anhänger pilgern nach Landsberg wie auf einer Wallfahrt. Der Mann hätte ein großer Führer sein können, aber er hat sich die Bewegung aus der Hand nehmen lassen. Nein, wir brauchen einen Besseren als ihn. Kapitän Ehrhardt wäre ein solcher Mann. Ein aufrechter Soldat, der sich nicht durch Luxus korrumpieren lässt.«

Wieder Pfeifgeräusche.

Geßler horchte auf. »Woher …?« Diana konnte an seinem Gesicht ablesen, wie er sich plötzlich daran erinnerte, dass der

Funker nicht beim Würfeln dabei gewesen war. Mit einem Satz war er an der Tür der Funkerkabine und riss sie auf.

Atmosphärische Störungen füllten den Raum.

Geßler stieß die Funkgeräte vom Tisch und trat mit den Stiefeln zu, bis das Fiepen verstummte. Dann zerrte er Willy Speck heraus und presste ihm den Lauf seiner Pistole hinters Ohr.

»Halt«, schrie Eckener, »nicht schießen!«

»Auf die Knie!«, brüllte Geßler. »Auf die Knie!«

Zitternd sank Herr Speck zu Boden.

»Hören Sie auf«, rief Eckener wieder, »der Mann hat auf meinen Befehl hin gehandelt. Ich bin dafür verantwortlich.«

Geßlers Augen waren rot vor Wut. »Soll ich das Schiff sprengen, ja? Soll ich es sprengen? Jetzt?« Er zerrte am Ring der Handgranate.

»Tun Sie es nicht! Es wird nicht wieder vorkommen, ich gebe Ihnen mein Wort.«

Einen Augenblick war es still, nur das Keuchen der drei Männer war zu vernehmen.

Der Lauf der Pistole richtete sich auf Eckener. »Sie sind dafür verantwortlich?«, wollte Geßler wissen.

»Ich habe den Befehl gegeben. Dies ist mein Schiff, und es ist meine Pflicht, es zu schützen.«

»Sie haben Mut, das respektiere ich. Ein guter Führer steht für seine Untergebenen ein.« Der Lauf der Waffe berührte jetzt Eckeners Stirn. »Aber Sie sind nicht unersetzbar. Noch so eine Eigenmächtigkeit, und Sie sterben.« Geßler steckte seine Pistole ein und gab dem Funker einen Tritt. »Hau ab, los!«

So schnell er konnte, kletterte Herr Speck die Leiter hoch und verschwand nach oben.

Ein plötzlicher Stoß ließ das Schiff erzittern. Da auch der Höhensteuermann von den gewalttätigen Vorgängen abgelenkt war, reagierte er mit Verzögerung, und der Zeppelin tanzte und bockte im Wind. Regen prasselte gegen die Fenster.

Udo Geßler lachte. »Dann zeigen Sie mal, was Sie können.«

Eckener trat ans Fenster und versuchte, in dem zuckenden Grau und Schwarz etwas zu erkennen. »Das Sturmtief liegt direkt vor uns«, murmelte er. »Ein Unwetter mit Windstärken von bis zu hundertfünfzig Stundenkilometern, den letzten Meldungen zufolge, Tendenz steigend. Und es kommt geradewegs auf uns zu.«

20

Wolkenbruchartiger Regen hämmerte von allen Seiten gegen die Außenhaut des Zeppelins. Das Schiff war von einer schwarzen Wolkenwand eingeschlossen und trat nahezu auf der Stelle, zweitausend PS gegen einen Sturm, der immer heftiger tobte. War das Gerüst dieser Beanspruchung gewachsen? Hielten die Motoren durch? Sie brummten nicht länger, sondern grollten und fauchten wie Raubtiere. Von Zeit zu Zeit rissen die Wolken auf, dann war unten für einen kurzen Augenblick das Weiß der Wellenkämme zu erkennen. Ihre Größe ließ sich an den Brechern ermessen, die sich beim Hinabstürzen weiter und weiter ausbreiteten.

In den Fahrgastabteilen herrschte Schweigen. Nach dem ersten Schock über die Ermordung von Valentin Veidt waren die Passagiere mit gegenseitigen Schuldzuweisungen übereinander hergefallen.

»Sie haben versucht zu betrügen«, ereiferte sich der Legationsrat.

»Sie etwa nicht?«, empörte sich Herr Kahl. »Sie haben's gerade nötig. Wer im Rathaus sitzt, soll nicht mit Steinen schmeißen.« Und dann machte er erst Herrn Pfeiffer für den Tod seines Sekretärs verantwortlich und schließlich jeden Einzelnen von ihnen.

Der Sohn des Grafen gab denen die Schuld an Udo Geßlers Misstrauen, die sich Herrn Pfeiffers Plan verweigert hatten. Señor Valdés beklagte, dass niemand ihm bei seinem Versuch, eine diplomatische Lösung zu finden, beigesprungen war. Legationsrat Diehl wurde nicht müde zu erwähnen, dass er von Anfang an vor den Konsequenzen ihrer Verschwörung gewarnt hatte. Alle schnitten Klarissa von Salburg-Oertzen.

Die vordere Backbordkabine war nun den Toten vorbehalten. Auf der einen Seite lag der Graf, auf der anderen sein erbitterter Feind, Valentin Veidt. Alois Kahl hatte sein Abteil für die Damen geräumt und sich zu Herrn Diehl, Señor Valdés und Hilmar Haase in die hintere Steuerbordkabine begeben. Die vier sprachen halblaut über das amerikanische Fließbandsystem, das Opel nach dem Vorbild der Fordwerke eingeführt hatte, und vermieden es, die Vorfälle an Bord zu erwähnen. Scott Mitchell hatte Schmerzen. Von Zeit zu Zeit sah jemand nach ihm und wischte ihm mit einem feuchten Lappen Schweiß von der Stirn; viel mehr konnte man nicht tun. Mittag war bereits vorbei, doch ans Essen mochte niemand denken, zumal sich auch kein Besatzungsmitglied in der Küche blicken ließ. Gelegentlich kam Udo Geßler aus dem Kommandoraum, schaute in die Abteile und ging wieder, sobald er sich davon überzeugt hatte, dass niemand aufzumucken wagte.

Hendrik war jedoch alles andere als eingeschüchtert. Die kaltblütige Ermordung des Sekretärs bestärkte ihn in dem Verdacht, dass Geßler keineswegs vorhatte, sie nach der Landung freizulassen. »Was meinen Sie«, fragte er die Reporter, »glauben Sie, wir sind sicher, solange wir gehorchen?«

Beide schüttelten den Kopf.

»Der Mann ist *crazy*. Verrückt. *Kaput.*« Mister Quinn tippte sich an die Stirn.

»Er hat den Instinkt eines Raubtiers, das macht ihn gefährlich«, ergänzte Herr Pfeiffer.

Hendrik nickte. »Ich habe nachgedacht«, meinte er. »Viele Optionen haben wir nicht, Geßler ist wachsamer denn je. Aber vielleicht kann man seine Reaktionsfähigkeit herabsetzen.«

»Wie?«

»In der Reiseapotheke befindet sich auch ein Schlafmittel, Veronal. Ziemlich heftiges Zeug. Es dauert Tage, bis die Wirkung im Körper abgebaut ist, kann ich Ihnen aus eigener Erfahrung versichern. Wenn man das in Geßlers Kaffee mischt und wartet, bis es wirkt, könnte man ihn möglicherweise überwältigen, bevor er es schafft, die Handgranate zu zünden.«

»Wird er nicht misstrauisch werden, wenn er merkt, dass seine Konzentration nachlässt?«

»Er war gestern für die erste Nachtwache eingeteilt. Anschließend hat er die Entführung des Zeppelins vorbereitet und dabei den Grafen getötet. Seitdem ist er ununterbrochen auf den Beinen, um alles unter Kontrolle zu halten. Und ich bezweifele, dass er in der Nacht vor dem Start oder während seiner Freiwachen schlafen konnte, dazu war er sicher viel zu aufgeregt. Ich bin davon überzeugt, dass er seit mindestens achtundvierzig Stunden wach ist und somit völlig übermüdet. Haben Sie nicht bemerkt, dass er ununterbrochen Kaffee in sich hineinschüttet? Ein bisschen Schläfrigkeit wird ihm völlig natürlich vorkommen.«

»*Yeah,* klingt gut«, meinte Mister Quinn. »Ich sage, wir machen es.«

Herr Pfeiffer nickte. »Ich bin dabei. Vielleicht erzählen wir den anderen lieber nichts?«

»Das wäre mir auch am liebsten, aber wir müssen vorbereitet sein, sobald das Mittel wirkt. Unter Umständen brauchen wir jede Hand, um ihn zu überwältigen.«

»Gut, dann los. Überzeugen wir sie.«

Hendrik begab sich zu den Männern nach hinten, Herr Pfeiffer ging zur Gräfin, die am Leichnam ihres Mannes wachte, Mister Quinn sprach mit Ferdinand von Salburg-Oertzen und Scott Mitchell. Niemand informierte Klarissa.

Wie erwartet widersetzten sich sowohl Herr Diehl als auch Herr Kahl vehement.

»Sie sind komplett übergeschnappt«, fauchte der Spekulant. »Reichen Ihnen zwei Tote nicht?«

»Wollen Sie, dass wir alle umgebracht werden?«, tobte der Legationsrat.

Señor Valdés war derselben Meinung. »Wir können nichts gegen den Mann ausrichten. Er hält alle Trümpfe in der Hand.«

Zu Hendriks Überraschung war es Herr Haase, der ihn unterstützte. »Was sind wir – Karnickel, die willig den Kopf unter dem Schlachtermesser beugen? Er hat Herrn Mitchell ins Bein geschossen, einfach so. Er hat meinen Hamster umgebracht und Herrn Veidt ermordet. Erst spielt er ein krankes Spiel mit uns, dann hält er sich nicht mal an seine eigenen Regeln. Glauben Sie im Ernst, wir sind außer Gefahr, wenn wir nur den Mund halten?«

»Ich gebe auch zu bedenken, dass es für ihn sicherer ist, keine Zeugen zurückzulassen«, setzte Hendrik nach. »Ich wette, dass er vorhat, uns mitsamt dem Zeppelin in die Luft zu jagen, sobald wir gelandet sind.«

»Unsinn. Er will über die Grenze fliehen«, sagte der Legationsrat. Aber seine Stimme klang beunruhigt.

»Herrn Eckener wird das nicht gefallen«, meinte Señor Valdés.

»Ihm sind die Hände gebunden, solange Geßler bei ihm ist. Nur wir haben eine Chance, das Blatt zu unseren Gunsten zu wenden.«

Die Männer waren immer noch nicht überzeugt, mussten sich aber letzten Endes dem Druck der Übermacht beugen. Der Legationsrat protestierte und drohte, dem Entführer alles zu verraten, wenn sie nicht von ihrem Plan abließen. Erst Hendriks Einwand, es gäbe keine Garantie, dass Geßler dann nicht ein weiteres Exempel statuieren würde, brachte ihn zur Vernunft. »Es wird schiefgehen, ich weiß es«, maulte er und verkroch sich in seine Ecke.

Das war ein hartes Stück Arbeit gewesen! Erleichtert lehnte sich Hendrik zurück. »Wir müssen warten, bis er das nächste Mal von selbst nach Kaffee verlangt, damit er keinen Verdacht schöpft«, sagte er.

»Und was tun wir bis dahin?«

»Warten.«

»Warten? Mehr nicht?«

»Mehr gibt es nicht zu tun.« Hendrik schloss die Augen.

Señor Valdés trommelte mit den Fingerspitzen auf seinem Knie. Herr Kahl kaute auf einer kalten Zigarre. Mister Quinn blickte unentwegt auf seine Uhr. Herr Diehl öffnete seinen Koffer, suchte darin herum und schloss ihn unverrichteter Dinge wieder. Herr Pfeiffer ging im Gang auf und ab. Herr Haase verschwand alle paar Minuten auf dem Abort.

»Wir könnten philosophieren«, sagte Hendrik.

»Eine *kaffeeklatsch,* jetzt?«, wunderte sich Mister Quinn.

»Sonst noch was?«, schnauzte Eduard Diehl. »Wir sitzen hier auf einem Pulverfass, und Sie wollen abstrakte Gespräche führen?«

»Ich wüsste was Besseres, als kostbare Zeit mit interlektuellem Geschwätz zu verplempern«, stimmte Herr Kahl zu.

»Sich über sich selbst und die Welt klar zu werden, ist nie vergeudete Zeit. Aber wie Sie meinen.« Hendrik schloss wieder die Augen.

Herr Haase kam vom Abort, den Herr Diehl nun aufsuchte. Herr Pfeiffer setzte seine Wanderung fort. Señor Valdés fing erneut an zu trommeln. Mister Quinn konsultierte seine Uhr. Herr Kahl zerkaute seine Zigarre. Herr Diehl kehrte vom Örtchen zurück, Mister Quinn machte sich auf den Weg dorthin. Herr Haase rieb einen Schmutzfleck vom Polster einer Sitzbank. Señor Valdés trommelte immer noch.

»Zum Teufel noch mal«, entfuhr es Herrn Pfeiffer, »meinetwegen. Philosophieren wir halt.«

»Und worüber?«, fragte Señor Valdés.

»Über Herrn Geßler, zum Beispiel«, schlug Hendrik vor. »Darüber, wie legitim es ist, sein Ziel mit Terror zu erreichen.«

»Na, darüber müssen wir ja wohl nicht lange nachdenken, oder?«, ereiferte sich Herr Diehl. »Dass wir die Methoden dieses Verbrechers ablehnen, darüber sind wir uns doch alle einig.«

»Sie selbst haben gestern gesagt, Sie hätten die Franzosen an der Ruhr mit Waffengewalt vertrieben, wenn es möglich gewesen wäre.«

»Das ist etwas anderes.«

»Warum?«

»Weil wir uns dort gegen ein offensichtliches Unrecht wehren.«

»Aus Sicht der Franzosen haben *wir* das Unrecht begangen, indem wir unsere Reparationsverpflichtungen nicht erfüllten.« Hendrik hob die Hand, um einem Protest zuvorzukommen. »Ich will die Besetzung keineswegs rechtfertigen. Ich sage nur: In einem Konflikt glaubt sich jeder auf der richtigen Seite. Herr Geßler ist davon überzeugt, dass wir Hochverrat begehen, wenn wir den Zeppelin an die Amerikaner ausliefern.«

»Das lässt sich überhaupt nicht miteinander vergleichen.«

»Na schön, stellen wir die Frage grundsätzlicher: Wie gehen wir mit Unrecht oder Unterdrückung um? Wie schaffen wir es, die Welt zu einem besseren Ort zu machen?«

»Indem wir uns politisch betätigen«, sagte Herr Pfeiffer. »Indem wir Missstände anprangern. Uns engagieren. In die Politik gehen.«

»Wo das hinführt, wissen wir doch«, ereiferte sich Ferdinand von Salburg-Oertzen, der sich im Abteil gegenüber bei Scott Mitchell niedergelassen hatte. »Interessenvertreter, die sich Vorteile verschaffen. Politiker, die herumlavieren, um sich keine Blöße zu geben. Koalitionen, die sich gegenseitig lähmen. Bürokratie, Egoismus, Korruption.«

Klarissa von Salburg-Oertzen drückte sich an Herrn Pfeiffer vorbei und setzte sich zu ihrem Bruder. Herr Haase und Señor Valdés drehten ihr den Rücken zu.

»Leider muss ich dem beipflichten«, nickte Legationsrat Diehl. »Ich habe selbst allzu oft erlebt, wie die besten Pläne an Kleinmut und Selbstsucht scheitern. Da will man der hungernden Bevölkerung zu essen geben und endet mit Brotkarten, willkürlichen Preisfestsetzungen und Schwarzmarkt. Da will man die Wirtschaft stabilisieren und kurbelt stattdessen das Spekulantentum an.«

»Das ist kein Argument«, widersprach Señor Valdés, »Auswüchse gibt es überall. Demokratie bedeutet nun mal Kompromisse, und die –«

»Eben«, unterbrach ihn Ferdinand, »und mit jedem Kompromiss werden die Dinge, für die man eintritt, weiter aufgeweicht.

Ein Zugeständnis hier, eine kleine Abkürzung da, und am Ende hat man seine eigenen Ideale verraten. Sehen Sie sich doch all das Elend da draußen an: Menschen, die durch die Inflation um Hab und Gut gebracht wurden, die schuldlos alles verloren haben, was sie besaßen, während Halsabschneider wie Stinnes sich an ihrer Not bereicherten. Unterernährte Kinder, die an Scharlach und Tuberkulose leiden. Und was tun unsere Politiker dagegen? Feilschen und kungeln und machen einen faulen Kompromiss nach dem anderen.«

»Wer sagt denn, dass Kompromisse immer faul sein müssen?«, wandte Hendrik ein.

»Sie sind ungeduldig, das ist das Vorrecht der Jugend«, meinte Herr Pfeiffer. »Demokratische Entscheidungsfindungen sind langwierige Prozesse. Fehlerbehaftet, das gebe ich zu, mühselig und steinig. Aber man muss sie aushalten, es gibt nun mal keinen besseren Weg.«

»Selbst wenn währenddessen alles vor die Hunde geht?«, hielt Herr Kahl dagegen.

»Woher wollen Sie das wissen? Kennen Sie die Zukunft?«

»Was wir brauchen, sind integere Persönlichkeiten, die ihre Ideale nicht verraten, sondern an ihnen festhalten, was es auch kostet«, beharrte Ferdinand.

»Sobald Ideale zu Heilslehren mutieren, wird es gefährlich. Heilslehren haben die fatale Angewohnheit, sich zu verselbstständigen. Zu Anfang müssen sie gegen Verwässerung verteidigt werden, dann werden Abweichler bestraft, und am Ende ist jeder, der ein Wort der Kritik äußert, ein Feind, der zur Strecke gebracht werden muss.«

»Der Punkt ist doch, dass die Menschen nicht reif genug sind, um Entscheidungen zu treffen, deren Konsequenzen sie nicht überblicken«, sagte Ferdinand. »Das sind Schafe, die jedem erstbesten Lumpen folgen. Und deswegen, da hat mein Vater recht gehabt, braucht es Männer, die den Leuten sagen, was richtig und was falsch ist.«

»Die Menschen sind korrupt«, stimmte ihm der Legationsrat zu, »sie tun, was ihnen Vorteile verschafft, selbst wenn es der Gemeinschaft schadet. Man muss sie erziehen. Wenn es sein muss, zu ihrem Glück zwingen.«

»Und wer bestimmt, was das ist? Sie?«

»Diejenigen, die den nötigen Weitblick haben.«

Herr Pfeiffer schnaubte. »Ich habe schon zu viele Leute gehört, die den Menschen verbessern oder einer Theorie anpassen wollen. Und alle hatten eins gemeinsam: Sie waren nicht zimperlich mit den Opfern, die dafür gebracht werden mussten.«

»Wenn es um das große Ganze geht, muss der Einzelne zurückstecken. Mag sein, dass der eine oder andere dabei auf der Strecke bleibt, aber wo gehobelt wird, fallen Späne.«

»Wenn ein Ideal wichtiger wird als die Menschen, für die man es hochhält, hat es seine Berechtigung verloren«, widersprach Señor Valdés.

Hendrik schlug in dieselbe Kerbe: »Ein Unrecht wird durch kein noch so edles Ziel legitimiert. Die übelsten Verbrechen werden stets im Namen von Frieden, Freiheit oder sozialer Gerechtigkeit begangen. Robespierre hat als Humanist begonnen und endete als Massenmörder. Freiheit, Gleichheit, Brüderlichkeit, die Ideale der Französischen Revolution, erkauft mit Furcht und Terror.«

»Das war Pöbelherrschaft, nichts weiter. Wir reden hier von legitimen Führern.«

Klarissa, die sich bisher auf der Bank zusammengekauert hatte, bot den Herren in ihrer Nähe ein Stück Schokolade an, aber weder ihr Bruder noch Señor Valdés noch Mister Quinn, der vom Abort zurückkehrte, reagierten. Selbst Herr Haase, der sich nicht an der Diskussion beteiligte, lehnte mit einer minimalen Kopfbewegung ab. Klarissas Lippen zitterten. Sie kämpfte mit den Tränen.

»Egal, wer regiert, Fortschritt muss Schritt um Schritt erstritten werden, und zwar unter Berücksichtigung der Interessen aller und der Einhaltung demokratischer Spielregeln«, fuhr Herr Pfeiffer fort.

»*That's all very well*«, mischte sich Mister Quinn ein, »aber es setzt voraus, dass jeder kann teilhaben an diese Prozess. Was ist, wenn jemand wird verwehrt diese Teilnahme? Hat man dann nicht die Recht, zu leisten Widerstand? Mit allen die Mittel, die einem bleibt?«

»Gandhi hat gezeigt, dass das auch ohne Gewalt geht.«

»Und ist gescheitert«, rief Herr Diehl.

»Woher wollen Sie das wissen?«, fragte Herr Pfeiffer. »Sein Kampf ist noch nicht zu Ende. Zur Waffe zu greifen ist natürlich einfacher und für den Augenblick befriedigender. Man sieht Ergebnisse. Nur ändern wird man nichts. Was können Morde anderes bewirken als Hass und das Verlangen nach Rache?«

»Wir haben doch selbst erlebt, dass man auf friedlichem Wege nichts erreicht. Was hat uns der passive Widerstand an Rhein und Ruhr gebracht? Die Inflation.«

»Und was hätte uns der bewaffnete Widerstand gebracht? Tote.«

Klarissa räusperte sich. »Diese Wahl hatten wir doch gar nicht, wir waren ja viel zu schwach für einen Kampf«, sagte sie mit leiser Stimme.

Herr Pfeiffer überging ihren Einwurf, als sei sie nicht vorhanden. »Die Französische Revolution lehnen Sie als Pöbelherrschaft ab, den Ruhrkampf hätten Sie gern bewaffnet geführt. Wann sind denn Ihrer Meinung nach Revolutionen gerechtfertigt, Herr Diehl?«

»Wenn sie der nationalen Sache dienen.«

»Dann findet also der Hitlerputsch im letzten Jahr Ihre Zustimmung?«

»Das nicht gerade, aber ich habe Verständnis für die Motive der Verschwörer.«

»*Nonsense.* Die einzige legitime Grund für eine Revolution ist, wenn Untergedrückte sich nicht können anders wehren«, erklärte Mister Quinn.

»Damit stehen wir wieder am Anfang. Wer bestimmt, was Unterdrückung ist?«

»Wäre Deutschland ohne Revolution geworden eine demokratische Republik?«

»Vermutlich nicht. Aber gerade der gewaltsame Umsturz ist die Ursache für die vehemente Feindschaft großer Teile der Bevölkerung gegen diese Republik. Vielleicht trägt die Revolution – jede Revolution – zugleich den Keim ihres Untergangs in sich.«

Klarissa von Salburg-Oertzen stand auf und verließ das Passagierabteil Richtung Waschraum. Niemand sah ihr nach.

»Was denken Sie, Herr Professor?«, fragte Herr Haase. »Wie würden Sie die Welt zu einem besseren Ort machen?«

»Ich habe keine Patentrezepte, aber ich glaube, es geht darum, das rechte Maß zu wahren. Man wird nicht gleich zum Opportunisten, nur weil man Kompromisse macht. Und man muss auch nicht über Leichen gehen, um zu seinen Idealen zu stehen. Ich halte eine Art von, nun, sagen wir: pragmatischem Idealismus für angebracht.«

»Und was heißt das konkret?«, bohrte Herr Diehl nach.

»Dass man sich immer wieder vergewissert, dass man noch für das Richtige kämpft, ohne das Machbare aus prinzipiellen Erwägungen heraus zu verhindern. Geduld zu haben und Mut zur Unvollkommenheit. Zweifel zuzulassen. Fehler zu akzeptieren. In schwierigen Situationen erinnere ich mich gern an Montaigne: *Nur Narren sind frei von Ungewissheit und Schwanken.*«

Der Legationsrat setzte zu einer Erwiderung an.

In diesem Augenblick öffnete sich die Tür des Kommandoraums.

21

»Du da«, sagte Udo Geßler und deutete mit seiner Handgranate auf Hendrik, »koch eine Kanne Kaffee, zack, zack.«

Hendrik erhob sich, ignorierte die komplexen Botschaften in den Augen der anderen Fahrgäste und stakste in die Küche. Sein Blick folgte dem Entführer, der sich zum Abort begab, wachsam, jederzeit auf einen Angriff gefasst. Nein, überrumpeln lassen würde er sich nicht. Das Veronal blieb ihre einzige Hoffnung. Mit zittrigen Fingern nahm Hendrik den Herd in Betrieb.

Rings um das Schiff klatschte Regen gegen die Scheiben, immerzu zuckten Blitze aus den Wolken. Der Zeppelin musste gegen die volle Wucht des Sturms ankämpfen.

Hendrik setzte Wasser auf und dachte an Josephine. Was sie wohl gerade machte? Er stellte sich vor, wie sie sich auch einen Kaffee kochte, mit ihrer Tasse in den Salon ging, sich ans Klavier setzte und spielte. Chopin, *Nocturne op. 9 No. 2.* Er zog Kraft daraus, sich ihre Finger zu vergegenwärtigen, die über die Tasten huschten, dazu das selbstvergessene Lächeln auf ihrem Gesicht.

Das Wasser blubberte und spritzte im Topf, als Geßler vom Abort kam. »Bring mir den Kaffee nach vorn«, befahl er und verschwand Richtung Führerkabine.

Hendrik wartete zwei Minuten. Als er sicher war, dass der Entführer nicht zurückkommen würde, schloss er die Küchentür und suchte das Veronal aus der Reiseapotheke. Dann schüttete er sämtliche Tabletten in den frisch gebrühten Kaffee, wartete, bis sie sich aufgelöst hatten, und rührte ein paarmal um. Hoffentlich schmeckte man das Schlafmittel nicht heraus! Er füllte die Flüssigkeit in eine Kanne und atmete tief durch. Der Augenblick der Wahrheit.

Mit dem Kaffee verließ Hendrik die Küche. Er musste Eckener unbedingt klarmachen, dass die Mannschaft nicht davon trinken durfte; ein schläfriger Steuermann in diesem Sturm konnte eine Katastrophe bedeuten. Sollte er einen Zettel schreiben und heimlich weitergeben? Zu gefährlich. Es blieb ihm wohl nichts anderes übrig, als bedeutungsvoll zu gucken und darauf zu vertrauen, dass Eckener wach genug war, um zu ahnen, was er ihm zu sagen versuchte. Hendrik setzte seine Hoffnungen auf Diana.

Sie zumindest würde begreifen, dazu kannte sie ihn gut genug. Oder?

Er betrat den Fahrgastraum und folgte dem Gang zwischen den Kabinen. Zweimal musste er sich an der Wand abstützen, weil das Schiff unter einer Bö schaukelte. Zahllose Augenpaare folgten ihm, ängstlich, aufmunternd, zweifelnd. Mister Quinn reckte seinen Daumen hoch. Herr Haase betete. Niemand sagte ein Wort. Vor der Tür zum Führerstand hielt Hendrik noch einmal inne. Dann öffnete er sie.

Die Männer der Besatzung gingen konzentriert ihren Aufgaben nach. Herr Wittemann, der Herrn von Schiller abgelöst hatte, rechnete den Kurs aus und gab ihn an Herrn Scherz am Seitensteuer weiter. Herr Pruß hielt das Höhenruder so fest umklammert, als ringe er damit. Hugo Eckener grübelte über veralteten Informationen der Seewarten und versuchte, ihre augenblickliche Position zu erraten; ohne Funk ein aussichtsloses Unterfangen. Diana saß auf dem Stuhl am Kartentisch, Udo Geßler hinter ihr auf der Bank, von wo aus er alles im Blick hatte. Jetzt stand er auf, die Hände an der Granate.

»Der Kaffee«, sagte Hendrik.

»Gut. Stell ihn zu den Bechern auf den Tisch.«

Eckener war ans Fenster getreten. Er bemühte sich, in dem Unwetter etwas zu erkennen und zu erspüren, wohin die Wetterfront wanderte. Jetzt drehte er sich um. Hendrik suchte seine Augen, als er den Kaffee abstellte. Nicht trinken, dachte er, als könne sich der Gedanke irgendwie stumm übermitteln. Die Eindringlichkeit seines Blickes erregte die Aufmerksamkeit des Kommandanten. Fragend sah er ihn an. Hendrik blickte auf den Kaffee und wieder zurück. An der angespannten Haltung Eckeners glaubte er ablesen zu können, dass dieser verstanden oder zumindest eine Vermutung hatte. Und er sah dabei nicht glücklich aus.

Udo Geßler hatte nichts davon mitbekommen, weil er sich darauf konzentrierte, mit seiner freien Hand einen Becher Kaffee einzugießen, aber Diana blickte aufmerksam herüber.

»Geht es dir gut?«, erkundigte sich Hendrik.

»Den Umständen entsprechend.«

Geßler hob den dampfenden Becher hoch und roch daran. »Angenehmes Aroma.« Er schnupperte ein zweites Mal und hielt ihm das Trinkgefäß hin. »Hier. Du zuerst.«

Hendrik schluckte. Hatten ihn die mit Eckener getauschten Blicke verraten? Oder seine Nervosität? Sicher nicht. Der Mann war einfach misstrauisch wie eine Klapperschlange. Nun gut, dann trank er eben. Was sollte schon geschehen? Er würde müde werden, irgendwann einschlafen, wahrscheinlich noch drei Tage lang matt sein. Schlimmstenfalls würde sein Magen rebellieren. Ein geringer Preis für die Rettung der Menschen an Bord. Hendrik nahm den Becher. »Haben Sie Angst vor Gift?«, fragte er so spöttisch er konnte. Sein Lachen klang blechern, das merkte er selbst.

Diana sah mit aufgerissenen Augen zu ihm herüber. Geßler und Eckener verfolgten jede seiner Bewegungen. Hendrik setzte den Becher an die Lippen.

»Augenblick.« Der Entführer nahm ihm den Kaffee ab und reichte ihn an Eckener weiter. »*Sie* trinken. Und die Männer am Steuer.«

»Was spielt es für eine Rolle, wer trinkt?«, wandte Hendrik ein. »Glauben Sie, ich würde es tun, wenn etwas Gefährliches drin wäre?«

Ohne Vorwarnung hieb ihm Udo Geßler mit der Handgranate auf den Mund, dass Hendrik zurücktaumelte und gegen die Wand stürzte. »Willst du mich verarschen?«, schrie er.

Hendrik schmeckte Blut, vermutlich von einer aufgeplatzten Lippe. Seine Nase pochte. Mit der Zunge fuhr er sich über die Schneidezähne; sie schienen heil geblieben zu sein. »Ich verstehe nicht«, setzte er an, da wurde er schon an der Kehle gepackt und gegen die Brüstung gedrängt.

»Soll ich dir die Handgranate ins Maul stopfen und dann zünden?«, keuchte Geßler. »Soll ich?« Seine Lider zuckten wie die Blitze vor dem Fenster.

»Beruhigen Sie sich«, begann Eckener, doch Geßler ließ sich nicht aufhalten.

»Ich schmeiße dich aus dem Zeppelin«, brüllte er, »jetzt gleich!« Er packte Hendrik und schob ihn zur Tür.

»Nein!«, schrie Diana.

»Warten Sie!«, rief Eckener.

Hendrik glaubte, den Inhalt seines Darms nicht länger halten zu können. »Der Kaffee ist in Ordnung«, keuchte er, »ich war doch bereit zu trinken.«

Wieder schlug ihn Geßler auf den Mund, diesmal mit der bloßen Faust.

In diesem Augenblick sprang der Wind um. Eine Aufwärtsströmung riss den Bug des Schiffes so gewaltsam in die Höhe, dass die Menschen im Führerstand das Gefühl hatten, die Beine würden ihnen in den Leib gedrückt. Mit einem Ruck entwand sich das Ruder den Händen von Herrn Pruß. Kanne und Becher, Karten, Winkelmesser und Zirkel rutschten vom Tisch und flogen durch den Raum, Kaffee ergoss sich über den Boden, heiße Spritzer verbrühten so manche Haut. Jeder versuchte, sich irgendwo festzuhalten. Dianas Stuhl kippte nach hinten; der Aufprall raubte ihr den Atem. Hendrik schlug mit einem Schmerzenslaut gegen die Wand. Geßler ruderte mit den Armen, dabei entglitt ihm die Granate.

Herr Pruß bot all seine Kraft auf, um das umherschlagende Steuerrad zu bändigen. Hastig versuchte er auszugleichen und drückte den Bug nach unten, dadurch sauste der vordere Teil des Schiffes wie ein Stein in die Tiefe und riss allen den Boden unter den Füßen weg. Aus dem Fahrgastraum drangen gedämpfte Schreie und das Poltern von Gepäck und Blechgeschirr, selbst aus der Küche konnte man das Getöse vernehmen, mit dem Töpfe und Pfannen aus den Schränken stürzten. Das Schiffsgerippe ächzte und knackte. Udo Geßler verlor den Halt und schlidderte rücklings durch die Kaffeepfütze.

Hendrik sah seine Chance. Die Handgranate, immer noch gesichert, war in den Hohlraum unter dem Höhensteuer gerutscht. Er hechtete danach, wurde jedoch von Geßler am Knöchel gepackt und zurückgerissen, ehe er sein Ziel erreichte. Er trat nach ihm, traf etwas Weiches und strampelte sich frei, doch nur für eine Sekunde. Wieder packte ihn die Hand, während der Entführer mit der anderen nach seiner Pistole angelte. Die Männer der Besatzung kamen Hendrik zu Hilfe. Bis auf Herrn Pruß, der sich bemühte, das Schiff wieder unter Kontrolle zu bringen, verließen alle ihre Posten und stürzten sich auf den Entführer. Hendrik riss seinen Fuß los, robbte auf die Granate zu. Ein Schuss fiel, pfiff haarscharf an Herrn Scherz vorbei und schlug ein Loch in den Kabinenboden. Herrn Wittemann gelang es, dem Tobenden die Waffe zu entwenden, doch wider alle Wahrscheinlichkeit kämpfte sich Geßler Zentimeter um Zentimeter hinter Hendrik her. Herr Scherz umklammerte seine Beine, dann waren die anderen über ihm und drehten ihm die Arme auf den Rücken. Selbst Diana warf sich auf ihn und drückte ihn mit ihrem Gewicht zu Boden.

»Fesselt ihn und sperrt ihn in die Funkbude«, befahl Eckener keuchend. »Herr Scherz, bringen Sie uns so schnell wie möglich aus dem Sturm raus.«

Nur zu gern kamen die Männer diesem Auftrag nach, während das Schiff immer noch bockte und zitterte.

Hendrik hielt die Granate an sich gepresst und wagte nicht, sich zu rühren. »Machen Sie das Fenster auf«, stammelte er.

Eckeners Blick glitt über die Scheiben, gegen die von allen Seiten Regentropfen klatschten. »Hier bekommen wir die volle Wucht des Sturms ab«, sagte er. »Wir gehen nach hinten.«

Mit Hilfe seiner Ellbogen kam Hendrik auf die Knie und richtete sich an der Kabinenwand auf; die Hände zu benutzen, wagte er nicht. Eckener hielt ihm die Tür auf. Zu zweit gingen sie in den Fahrgastraum, vorbei an immer noch schreienden Mitreisenden, an durcheinandergepurzelten Koffern, Kleidern, Büchern und an den Reportern, die damit beschäftigt waren, die Gräfin unter den Leichen hervorzuziehen, unter denen sie begraben worden war. Klarissa von Salburg-Oertzen schrie hysterisch, die Männer sollten ihren Vater vorsichtig behandeln. Auch Mister Mitchell war gestürzt und stöhnte vor Schmerzen. Sein Verband färbte sich wieder rot.

Eckener stieg über das Chaos hinweg und öffnete ein Fenster. Sofort schlug ihnen Regen entgegen und durchnässte die Polster der Sitzbänke. Mit den Füßen tastete Hendrik den Boden ab, um nicht im letzten Moment noch auszurutschen. Die Tropfen, die ihm ins Gesicht peitschten, und den Sturm, der an seinen Haaren riss, bemerkte er kaum. Er reckte sich nach draußen und streckte seine Hände aus.

»Achten Sie auf den Wind«, rief Eckener, »nicht, dass sich das Ding irgendwo verfängt.«

Unter ihnen rissen die Wolken wieder auf und gaben den Blick auf gewaltige Dünungen frei. Mit aller Kraft warf Hendrik die Handgranate hinunter. Der Sturm schleuderte sie nach hinten, wo sie eine Maschinengondel knapp verfehlte, dann fiel sie ins Meer und wurde von den Wogen verschluckt, ehe eine weitere Wolkenwand sich dazwischenschob und ihnen die Sicht nahm.

3

Mittwoch, 1. Oktober 1924,
15:07 Uhr – 19:26 Uhr (MEZ)

Fanatismus ist nichts anderes als überkompensierter Zweifel.
CARL GUSTAV JUNG: *Psychologische Typen, 1920*

22

Nein, dachte Hendrik, ich sollte auf Lichtenberg vertrauen. Das ging schon mit Valentin Veidt los, dem ehemaligen Diener des Grafen. Sicher, für sich betrachtet gab es eine harmlose Erklärung für alles. Aber wenn man den Kaffee dazunahm, sah die Sache anders aus. Was, wenn der Teufel ein gewöhnlicher Mensch war? Andererseits – warum hatte Udo Geßler dann nicht sofort reagiert? Weil er Spaß an sadistischen Spielen hatte, natürlich. Weil er sich an seiner Überlegenheit berauschte. Vor allem, weil er seine Quelle nicht preisgeben wollte. Ja, das ergab Sinn.

»Macht Ihnen die Geschaukel nicht zu schaffen?«, fragte Mister Quinn. Er stand im Gang, beobachtete ihn und genehmigte sich einen schottischen Whisky aus der einzigen heil gebliebenen Flasche im ganzen Schiff. Selbst der teure Wein für Dianas Schwester und ihren Mann erfreute jetzt nur noch den Wischlappen. Das ganze Abteil roch nach Alkohol.

»Geschaukel?« Ach so, ja, der Sturm war eher schlimmer geworden statt besser, obwohl der Zeppelin jetzt vor ihm herjagte. Alle paar Sekunden ging ein Beben durch das Schiff, als mühe sich das Unwetter mit aller Macht, die Gondel vom Rumpf zu reißen. Die Regentropfen schlugen ein wie Gewehrsalven, und der Wind heulte und sang in den Drahtseilverspannungen. Egal. Valentin Veidt und Kaffee, diese beiden Gedanken durfte er nicht loslassen, darin verbarg sich die Lösung. Eigentlich war es ja klar, wohin die Indizien zeigten, nicht wahr? Nur leider warf das neue Fragen auf.

»Sie sind schon eine komische Kauz«, lachte Mister Quinn. »Wir sind entkommen eine große Gefahr, und statt zu freuen sich oder zu sein erleichtert oder stolz auf was Sie haben getan, Sie sitzen da mit eine *katzenjammer* und machen eine Gesicht, als ob Reichspräsident Ebert will auch bringen nach Deutschland die Prohibition. Was ist los?«

»Lichtenberg macht mir Sorgen.«

»*Who the hell is* Lichtenberg?«

»Georg Christoph Lichtenberg«, murmelte Hendrik und versank wieder in seinen Grübeleien, sodass Mister Quinn schließlich kopfschüttelnd davonging.

Im Schein der Bordlampen konnte man graue Wolkenfetzen an den Fenstern vorbeiflitzen sehen. Immer noch prasselte der Regen unaufhörlich gegen die Scheiben. Eckener hatte entschieden, wieder zu drehen und mit dem Wind zu fahren, zumal die englische Küste näher lag als die deutsche. Falls er jedoch hoffte, dem Unwetter davoneilen zu können, so erfüllte sich diese Hoffnung nicht.

Auf dem Gang liefen die Fahrgäste in ihren wärmsten Jacken und Mänteln hin und her, sahen mal aus diesem Fenster, mal aus jenem, besprachen die Aussichten, je wieder wolkenlosen Himmel zu Gesicht zu bekommen, und lauschten auf das Knarren und Knirschen der Schiffskonstruktion. Niemanden hielt es unter diesen Umständen auf den Sitzen. Herr Knorr hatte sich endlich um das Essen gekümmert – es gab Ochsenschweifsuppe, Hammelragout mit Gelbrübengemüse und Pudding mit eingemachten Pfirsichen –, aber die Fahrgäste waren zu nervös, um es zu genießen.

Hendrik starrte die Wolkenwand an, ohne etwas zu sehen. Vielleicht gab es für alles eine natürliche Erklärung. Vielleicht verrannte er sich in etwas. Alle anderen schienen davon überzeugt, dass die Gefahr ausgestanden war. Machte er sich zu viele Gedanken?

»Entschuldigung«, sagte Klarissa von Salburg-Oertzen, so leise, dass Hendrik sie kaum verstand. Ein Winkel seines Hirns verriet ihm, dass sie wohl schon eine Weile im Kabineneingang gestanden hatte. »Können Sie mir bitte sagen, wo ich die Reiseapotheke finde? Mister Mitchell geht es schlecht, und ich dachte ... ich wollte ... darf ich ihm helfen?«

Ihr kleinlautes Gebaren rührte ihn. »Sicher.« Er erhob sich und ging zum Heck der Gondel. Klarissa folgte ihm wie ein Schoßhündchen.

Die Küche sah aus, als habe jemand die Schlacht um Verdun nachgestellt. Scherben waren notdürftig zusammengekehrt worden, verschüttete Flüssigkeiten aufgewischt, aber ein Schrank hing halb aus der Verankerung, ein Tischbein war gebrochen, und Becher und Teller stapelten sich in den Ecken, wo sie bei jeder Erschütterung des Schiffes klapperten. Es roch nach Wein und Kaffee, gemischt mit Senf. Kartoffeln waren zwischen die Scherben gerollt, hinter die Tür und neben den Herd.

»Da liegen nun die Kartoffeln und schlafen ihrer Auferstehung entgegen«, murmelte Hendrik.

»Wie bitte?«

»Ach nichts, nur ein kleiner Scherz von Lichtenberg.«

Überraschenderweise fand sich die Reiseapotheke da, wo sie sich befinden sollte. Falls sie bei dem Tohuwabohu aus dem Schrank gefallen war, hatte sie jemand wieder zurückgestellt.

Klarissa drückte den Kasten an ihre Brust. »Ich möchte etwas Nützliches tun«, erklärte sie. »Mister Mitchell ... er hat Fieber.« Es klang wie eine Entschuldigung. Vielleicht war es eine.

Hendrik nickte.

Sie kehrten in den Fahrgastraum zurück. Dem Amerikaner schien es wirklich schlecht zu gehen. Seine Augen waren glasig, von Zeit zu Zeit stöhnte er. Seine Wunde schien sich zu entzünden. Der Sturz von der Sitzbank hatte nicht gerade geholfen.

Klarissa von Salburg-Oertzen kniete neben ihm nieder und nahm den Verband ab, wusch behutsam verkrustetes Blut von der Wunde und suchte Jod aus der Reiseapotheke, um die Infektion zu bekämpfen. Sie schien zu wissen, was sie tat, deshalb ließ Hendrik die beiden allein und kehrte in seine Kabine zurück.

Dort erwartete ihn ihr Bruder. »Darf ich mich zu Ihnen setzen?«

»Sicher. Die Kabine gehört nicht mir allein.« Hendrik nahm ihm gegenüber Platz.

Eine Weile schwiegen beide, mit ihren eigenen Gedanken beschäftigt.

»Mein Vater war kein sympathischer Mann«, sagte Ferdinand schließlich. »Es war nicht leicht, mit ihm zu leben. Aber er stand immer loyal zu seiner Familie, die Familie war ihm heilig. Zum Dank dafür hat meine Mutter ihn betrogen, und ich habe ihn verspottet, wo ich nur konnte. Ihn bloßgestellt und blamiert. Das hat er nicht verdient.«

»Vielleicht haben Sie Fehler gemacht, das kann ich nicht beurteilen, und es steht mir auch nicht zu. Aber lassen Sie sich nicht von Ihren Schuldgefühlen diktieren, welche Entscheidungen Sie zu treffen haben. Richten Sie Ihr Leben nicht darauf aus, was Ihr Vater gewollt hätte, nur weil Sie glauben, Sie hätten etwas gutzumachen. Sie müssen sich seinetwegen weder duellieren noch sonst etwas tun, was Sie ins Unglück stürzt. Sie leben Ihr eigenes Leben.«

Draußen jagten wieder zerrissene Wolken vorüber. Mehrmals wurde das Schiff von einer Bö getroffen und schwankte.

»Eine seltsame Reise«, sinnierte Ferdinand. »Jeder aus meiner Familie hat bittere Wahrheiten über sich erfahren müssen, darüber, wer er wirklich ist. Wir haben uns verändert, alle. Meine Schwester, die sich bisher nur für sich selbst interessiert hat, kümmert sich um Mister Mitchell, meine Mutter erweckt mit einem Mal den Anschein, als sei sie zu Gefühlen fähig, und ich … Glauben Sie, solche Veränderungen sind von Dauer?«

»Ich weiß nicht. Dazu kenne ich Sie zu wenig.«

Der Sohn des Grafen zupfte an seiner Hosennaht. »Ich habe mich entschlossen, die Frau zu heiraten, die ich liebe«, erklärte er. »Wenn sie mich noch will.«

Weil er ihn ansah, als ob er eine Reaktion erwartete, erwiderte Hendrik: »Das klingt gut.«

»Es hat mir geholfen, was Sie vorhin gesagt haben. Dass es in Ordnung ist, Fehler zu machen. Unvollkommen zu sein.« Ferdinand von Salburg-Oertzen zog die Schultern hoch, als ob er fröstele. »Aber ich habe Angst, dass meine Veränderung nicht lange anhält. Mich quält der Gedanke, dass ich in einem Jahr in den Spiegel gucke und einen Mann sehe, der mit Odile von Lehndorff-Alvensleben verheiratet ist und Haltung für das Wichtigste auf der Welt hält.«

»Krisen sind dazu da, um an ihnen zu wachsen. Meiner Erfahrung nach werden wir alle von Zeit zu Zeit vom Leben auf Herz und Nieren geprüft.«

»Und wenn ich bei dieser Prüfung versage?«

»Dann ist das kein Schuldspruch für die Ewigkeit. In der Regel bekommen wir eine zweite Chance.« Hendrik legte all seine Zuversicht in das Lächeln, das er dem Sohn des Grafen schenkte. »Wichtig ist nur, dass Sie Ihre Zweifel ernst nehmen. Und auf Ihr Herz hören.«

»Vielleicht haben Sie recht. Ich … werde versuchen, mich daran zu erinnern, wenn ich wieder mit allem hadere.« Ferdinand nickte, stand auf, zögerte, nickte noch einmal und verließ die Kabine.

Hendrik sah ihm nach, in Gedanken schon wieder bei seinem Problem. Stand er im Begriff, sich in eine fixe Idee zu verbeißen? Nein, er sollte auf seinen eigenen Rat hören und seine Zweifel ernst nehmen. Mochte ja sein, dass alle glaubten, der Schrecken sei ausgestanden, aber da blieben immer noch Valentin Veidt und der Kaffee. Die Frage war nur: wie? Und wo? Über Blicke? Denkbar. Und dann? Der Abort wäre eine Möglichkeit. Sogar eine gute. Das würde auch die Sache mit dem falschen Funkgerät erklären. Überhaupt – der Abort! An und für sich unverdächtig, vor allem, wenn man berücksichtigte, dass Udo Geßler Nachtwache hatte. Aber warum? Nein, je mehr er darüber nachdachte, desto sicherer war er, dass Lichtenberg wieder einmal recht behielt.

»Du bist ja ganz nass.« Diana tauchte im Kabineneingang auf und sah nach oben. »Hier regnet es auch durch.«

Hm? Tatsächlich. Hendrik wischte sich die Hände an der Hose ab und schüttelte die Haare, dass das Wasser nach allen Seiten spritzte. Von der Deckenbespannung tröpfelte es. »Was heißt hier: auch?«

»In der Führergondel sieht es verheerend aus, überall dringt Regen durch die Ritzen. Wir können nur hoffen, dass wir bald aus diesem Wetter raus sind.« Sie schloss die Druckhutzen für die Luftzufuhr, doch es tropfte weiter. Diana suchte sich einen einigermaßen trockenen Sitz. »Mister Quinn hat gesagt, du grübelst«, meinte sie. »Eigentlich hat er gesagt, du redest merkwürdig daher. Aber ich weiß ja, was das zu bedeuten hat.«

»Ich habe nur Lichtenberg erwähnt.«

»Oje. Ich hatte gehofft, es ginge um Sokrates oder schlimmstenfalls um Nietzsche, aber wenn du von Lichtenberg sprichst, stehen die Dinge schlechter, als ich dachte.«

»Nimmst du mich auf den Arm?«

»Aber nein. Raus mit der Sprache: Was hat ein Gelehrter des 18. Jahrhunderts über den Zeppelin zu sagen?«

»Du nimmst mich auf den Arm. Dabei lohnt es sich, ihm zuzuhören: *Dinge zu bezweifeln, die ganz ohne weitere Untersuchung geglaubt werden, das ist die Hauptsache überall.*«

»Aha. Wie was zum Beispiel?«

»Wie zum Beispiel, dass alles aufgeklärt sei. Ein Fanatiker hat zwei Morde begangen, das Schiff in seine Gewalt gebracht und ist überwältigt worden. Ende gut, alles gut.«

»Und dem ist nicht so?«

»Sag du es mir. Geßler hat Valentin Veidt entdeckt, noch bevor der ihn überwältigen konnte. Natürlich wäre es möglich, dass er sich instinktiv umgedreht oder ein Geräusch gehört hat, keine Frage. Aber beim Kaffee dasselbe: Wieder hat er die Falle gerochen. Und zweimal scheint mir ein bisschen viel Instinkt.«

»Worauf willst du hinaus?«

»Ich glaube, er hat *gewusst*, worauf er achten muss. ›Als ob der Teufel seine schützende Hand über ihn hält‹, hat Mister Quinn gesagt. Vielleicht war es nicht der Teufel, sondern eine weit realere Person.«

»Du denkst, er hat einen Komplizen?«

»Das wäre zumindest wahrscheinlicher als seine geradezu übermenschliche Fähigkeit, Gefahren zu ahnen.«

»Aber wie hätte derjenige ihn warnen können? Geßler war nie mit einem von uns allein.«

»Es gibt andere Möglichkeiten. Ich vermute, dass er deswegen alle naselang ins Fahrgastabteil geguckt hat. Nicht, um sich davon zu überzeugen, dass wir keine Dummheiten machen, sondern um gegebenenfalls auf einen Wink seines Komplizen – das kann ein kaum wahrnehmbares Nicken gewesen sein, ein offener Knopf am Hemd, einfach alles – zum Abort zu gehen, wo ein Zettel für ihn versteckt lag.«

»Mit Hinweisen, was wir planen.«

»Ja. Das würde auch erklären, warum er nicht sofort auf unser angebliches Funkgerät reagiert hat. Ein Zeichen seines Komplizen signalisierte ihm: Geh zum Abort, dort findest du eine wichtige Nachricht. Ich habe alles im Kopf noch mal durchgespielt, was wir gesagt und getan haben, wie viel Zeit jeweils vergangen ist, wann Geßler im Führerstand war, wann auf dem Abort. Es passt.«

»Wer könnte ihm geholfen haben?«

»Ich weiß es nicht. Jeder von uns ist irgendwann mal dort gewesen. In einer lebensbedrohlichen Situation achtet doch niemand darauf, wer sich wann erleichtert.«

Diana kaute auf ihren Nägeln. »Verflixt, Hendrik, jetzt hast du es geschafft, mich zu verunsichern. Eigentlich will ich dir widersprechen, aber … ja, es ist denkbar. Es ist möglich.«

»Es ist sogar wahrscheinlich. Hattest du den Eindruck, dass Geßler aussieht wie einer, dem etwas misslungen ist, für das er sein Leben riskiert hat? Dafür wirkt er noch recht munter, oder?«

Langsam nickte Diana. »Wir sollten ihn befragen.«

»Aus dem holst du nichts raus, diesen Typus kenne ich.«

»Zumindest muss Eckener erfahren, dass die Gefahr noch nicht vorüber ist.«

Auf den Gedanken war Hendrik gar nicht gekommen, so sehr hatte ihn das Wer und Wie beschäftigt. »Du hast recht. Erklär es ihm.«

Diana war bereits verschwunden. Etwas zu tun, war ihr wie immer lieber, als herumzusitzen und zu rätseln.

Wer?

Wer hatte Udo Geßler heimlich mit Informationen versorgt?

Hendrik beschloss, auf gute alte Methodik zu vertrauen. Er holte ein Stück Papier und einen seiner obligatorischen Bleistiftstummel hervor und dachte nach. Es musste jemand aus dem Fahrgastraum sein, die Mannschaft schied damit aus. Mister Mitchell delirierte, außerdem würde ein Verbündeter nicht zulassen, dass Geßler ihn derart verwundete, nicht mal, um jeden Verdacht von sich abzulenken. Wenn man also Mitchell und die beiden Toten außer acht ließ und Diana und ihn selbst ausklammerte, blieben noch neun Personen.

Welche Punkte waren zu klären? Erst mal die klassischen: Motiv und Gelegenheit. Außerdem mussten sich die unbekannte Person und Udo Geßler von irgendwoher kennen, es gab also eine Verbindung zwischen ihnen. Und dann war die Ermordung des Grafen zu berücksichtigen. Sie war nicht eingeplant gewesen, wie also reagierte Herr oder Frau X darauf? Hendrik beugte sich über das Papier und schrieb:

1. Gräfin v. S.-O.

Motiv: unklar. Gelegenheit: sehr gut, häufig allein in Kabine. Verbindung: unwahrscheinlich. Reaktion: Kam ihr der Mord gelegen? Sie hat Valdés verdächtigt. Nur gespielt?

2. Klarissa v. S.-O.

Motiv: unklar. Gelegenheit: möglich. Verbindung: unwahrscheinlich. Reaktion: betroffen. Würde sie dem Mörder ihres Vaters helfen?

3. Ferdinand v. S.-O.

Motiv: unklar. Gelegenheit: möglich. Verbindung: unwahrscheinlich. Reaktion: schlechtes Verhältnis zum Toten, andererseits scheint der Mord ihn zu belasten.

4. Alois Kahl

Motiv: vielleicht geschäftlich? Will in der Luftschifffahrt mitmischen – nützt ihm ein Rückschlag bei Zepp. irgendwie? Überprüfen! Gelegenheit: möglich. Verbindung: denkbar, hat Finger in allen möglichen Geschäften. Reaktion: indifferent.

5. Reinhold Pfeiffer

Motiv: unklar. Gelegenheit: möglich. Verbindung: denkbar, bei einer Recherche. Reaktion: indifferent. Zu beachten: Von ihm stammt der Plan, Geßler zu überwältigen – warum sollte er so etwas vorschlagen und dann selbst vereiteln?

6. Orren Quinn

Motiv: unklar. Gelegenheit: möglich. Verbindung: denkbar, bei einer Recherche. Reaktion: indifferent.

7. Eduard Diehl

Motiv: denkbar, favorisiert Flugzeugbau, ein Misserfolg des Zeppelins käme ihm vielleicht zupass. Gelegenheit: möglich. Verbindung: unwahrscheinlich. Reaktion: indifferent.

8. José Miguel Valdés

Motiv: nationale Interessen? Sein Land ist an Linienflügen interessiert, aber vielleicht gibt es widerstreitende Gruppen oder Konkurrenz. Überprüfen! Gelegenheit: möglich. Verbindung: denkbar (z.B. auf anderem Luftschiff kennengelernt). Reaktion: Kam ihm der Mord gelegen?

9. Hilmar Haase

Motiv: Streit mit Konzern, Rache? Überprüfen! Gelegenheit: möglich. Verbindung: sehr gut denkbar. Er arbeitet für Zepp., und Geßler ist Luftschiffer. Genau genommen ist er der Einzige, bei dem Kontakt wahrscheinlich ist. Reaktion: indifferent.

Hendrik las seine Notizen noch einmal durch und verzog das Gesicht. Das Rätsel gab sein Geheimnis nicht preis. Die passende Gelegenheit hätten alle gehabt, aber sonst? Verbindungen gab es kaum, die Motive waren vage, und die Reaktionen auf den Mord am Grafen brachten keine neuen Erkenntnisse.

Und wenn er die Sache von der anderen Seite anging? Mit den Augen der Mitreisenden sah? Was trieb sie an, was behaupteten sie vorzuhaben, passte es zu seinen Beobachtungen? Welche Fakten konnte er zusammentragen?

Der Graf und sein Sohn. *Ich mache das nicht.* Die Gräfin und Señor Valdés. Alois Kahls Zigarre. Valentin Veidt und die Peitsche. Der Hamster. Ruhrbesetzung. Inflationsgewinnler. Drohbriefe. Hochverrat. *Die Deutschen sind die Herren der Lüfte.* Der Abort. *Er hat mich bei meinen Vorbereitungen überrascht.* Das Mikiphone. *Als ob der Teufel seine schützende Hand über ihn hält.* Wein. Ein Kartenspiel. Socken.

Natürlich! Hendrik sprang auf. Dass er mitten unter der nassen Deckenbespannung stand, dass unaufhörlich Tropfen in seine Haare fielen und ihm von da aus über das Gesicht liefen, merkte er gar nicht. Er lächelte. Die Socken, sicher. So simpel. Letzten Endes lief alles auf die Socken hinaus.

23

Hendrik ließ seine Augen von einer Seite des Aborts zur anderen schweifen. Wenn er recht hatte, fand er hier den entscheidenden Hinweis, um den Schuldigen festzunageln. Viel gab es nicht zu sehen. Ein Klosett. Ein ovales Fenster, fest eingebaut. Ein Frischwasserbehälter. Hinter der Tür? Unwahrscheinlich. Wer immer sein Geschäft verrichtete, blickte die ganze Zeit dorthin, die Gefahr, dass ein Uneingeweihter zufällig die Nachricht entdeckte, war viel zu groß. Hinter dem Klosett? Nichts. Blieb der Frischwasserbehälter. Hendrik tastete mit der Hand in die Ritze zwischen Wand und Kasten. Wider besseres Wissen hoffte er auf ein vergessenes Stück Papier oder wenigstens einen abgerissenen Fetzen, der ihm verriet, wo die Nachrichten versteckt worden waren, aber so viel Glück war ihm nicht beschieden. Er betrachtete seine Hände – weniger Schmutz als erwartet – und begutachtete den Behälter von allen Seiten. Obenauf lag eine Staubschicht, die Rückfront dagegen sah vergleichsweise sauber aus. Entweder wurde an Bord dieses Schiffes ausschließlich an Stellen geputzt, die man ohnehin nicht sah, oder der Schmutz dort war durch ständige Berührung abgerieben worden.

Hendrik richtete sich auf. Genügte das, um darauf eine Überrumpelungsstrategie aufzubauen? Es musste. Er hatte ohnehin nichts zu verlieren. Und er brauchte ein Geständnis. Er war sich seiner Sache zwar sicher, aber ein Paar Socken konnte man nicht gerade als unumstößlichen Beweis bezeichnen.

Sein Magen rebellierte, als er unter den Schlingerbewegungen des Schiffes in den Kabinenbereich zurückkehrte. Der Sturm peitschte unverändert auf den Zeppelin ein, die Wucht des Regens hatte weiter zugenommen. Unwichtig. Er musste den Schuldigen mit seinem Verdacht konfrontieren. Hendrik hielt sich am Bild eines hinter dem Frischwasserbehälter eingeklemmten Stücks Papier fest, während er durch den Gang torkelte.

Kurz die Lage überprüft: Die Gräfin und ihr Sohn versuchten, die Fensterritzen der Kabine zu verstopfen, in der die Toten lagen. Klarissa kümmerte sich um Scott Mitchell. Diana befand sich immer noch im Führerstand, wo es zweifellos dramatisch zuging. Die Reporter waren in der Küche damit beschäftigt, Kaffee zu kochen, diesmal ohne Schlafmittel. Hilmar Haase eilte zum Abort. Alois Kahl und Señor Valdés standen im Gang und unterhielten sich über Amundsens Polarflug und inwieweit ein Luftschiff geeignet sei, die weißen Flecken auf der Landkarte zu füllen. Gut. Der Legationsrat war allein in seinem Abteil.

»Erlauben Sie?«, fragte Hendrik.

Herr Diehl nickte.

Hendrik setzte sich und beobachtete sein Gegenüber. »Haben Sie es irgendwann bereut?«, fragte er nach einer Weile.

»Bereut? Was?«

»Sich mit Udo Geßler eingelassen zu haben.«

»Sind Sie verrückt? Was habe ich mit diesem Kerl zu schaffen?«

»Sagen *Sie* es mir.«

»Ich habe nicht den geringsten Schimmer, wovon Sie sprechen.«

»Er wusste über jede Falle Bescheid, die wir ihm gestellt haben. Jemand hat ihm unsere Pläne verraten. Jemand von den Fahrgästen.«

»Und Sie glauben, dieser Jemand sei ich?« Das Lachen des Legationsrats klang unecht.

»Ich glaube nicht, ich weiß. Geßler hat ausgepackt. Das Spiel ist aus.«

»Was soll er ausgepackt haben?«

»Alles: ihre geheimen Zeichen, die Nachrichten auf dem Abort, alles. Wir wissen Bescheid. Es ist vorbei, Herr Legationsrat.«

Eduard Diehl leckte sich über die Lippen. »Und … warum lässt mich der Kommandant dann nicht in Fesseln legen?«

»Weil er der Meinung ist, dass von Ihnen keine Gefahr ausgeht, daher dürfen Sie für den Augenblick Ihr Gesicht wahren. Bis zur Landung. Dann allerdings werden Sie verhaftet.«

Hendrik lehnte sich zurück. Herr Diehl war noch nicht überzeugt, das spürte er. Er stand auf der Kippe, aber es bedurfte eines weiteren Stoßes, um ihn zu Fall zu bringen. Eines Details, das ihn davon überzeugte, dass wirklich alles verraten war. Hendrik zwang sich zu einem Lächeln. Er musste das Risiko eingehen und hoffen, dass er sich nicht irrte. »Das mit dem Abort war schlau ausgedacht. Wer käme schon auf den Gedanken, hinter dem Frischwasserbehälter nachzusehen?«

Ein Zucken in den Augenwinkeln des Legationsrats, winzig nur, doch es bestätigte seinen Verdacht.

»Und nun wiederhole ich meine Frage von vorhin: Haben Sie es irgendwann bereut? Als der Graf ermordet wurde vielleicht? Oder Herr Veidt?«

Herr Diehl nahm den Vorwurf schweigend entgegen. In seinem Gesicht arbeitete es, aber er wandte seinen Blick nicht ab. »Es ist alles aus dem Ruder gelaufen«, sagte er schließlich. »Ich wollte nicht, dass jemand zu Schaden kommt. Nur den Erfolg der Zeppelinfahrt verhindern, damit wir uns auf das konzentrieren, was einzig dazu angetan ist, unserem Vaterland die alte Größe zurückzugeben: Flugzeuge.«

»Das ist anscheinend eine fixe Idee von Ihnen.«

»Sie haben ja keine Ahnung. Im nächsten Krieg wird den Luftstreitkräften eine ähnliche Bedeutung zukommen wie den Land- und Seestreitkräften, vielleicht sogar eine größere. Dann müssen wir vorbereitet sein.«

»Sie rechnen mit einem neuen Krieg?«

»Kriege wird es immer geben. Und der Kampf um die Lufthoheit wird entscheidend sein.«

Hendrik seufzte. »Vergessen wir Ihr Motiv. Erzählen Sie mir: Wie sind Sie mit Geßler in Kontakt gekommen? Im Auswärtigen Amt?«

»In meinem Stammlokal, das vor allem von Patrioten frequentiert wird. Er fiel mir auf, weil er nicht nur daherredete, sondern offensichtlich bereit war, etwas zu riskieren. Wir kamen ins Gespräch. Irgendwann erzählte er von seinen Drohbriefen an Eckener und dass man verhindern müsse, dass der Zeppelin den Amerikanern in die Hände fällt. Das hat mir die Augen geöffnet. Mit seiner Hilfe schien es möglich, dafür zu sorgen, dass vom Luftschiffbau keine Gefahr mehr ausgeht. Also habe ich ihm Papiere und Referenzen besorgt, damit er der naheliegende Ersatz für das erkrankte Mannschaftsmitglied war.«

»Wie konnten Sie sich nur dazu hergeben, mit einem solchen Menschen zusammenzuarbeiten?«

»Geßler ist kein sympathischer Zeitgenosse, das gebe ich zu. Hat einen Sprung in der Schüssel, wenn Sie mich fragen. Aber man muss strategisch denken. Manchmal braucht man jemanden fürs Grobe. Dann kann es ein Vorteil sein, sich eines solchen Menschen zu bedienen. Ihn zu zähmen und seinen Kampfgeist in die richtigen Bahnen zu lenken.«

»Einen Fanatiker, der nichts und niemanden respektiert, kann man so wenig zähmen wie einen Orkan.«

Der Legationsrat wischte den Einwand mit einer Handbewegung beiseite. »Sie reden, wie Sie es verstehen.«

»Haben Ihnen die vergangenen Stunden nicht zur Genüge bewiesen, wie wenig sich Geßler um Regeln oder Vereinbarungen schert? Ihm ist nichts heilig, gar nichts. Für seine Ziele ist er bereit, über Leichen zu gehen. Ein Leben bedeutet ihm nichts, nicht mal das eigene.«

»Ja, allerdings … und wenn ich so darüber nachdenke … Warum sollte so jemand einknicken und mich verraten?«

»Hat er nicht«, gab Hendrik zu.

Der Legationsrat nickte. »Was soll's. Ich hatte mich ohnehin entschieden, aus der Deckung zu treten. Aber eins interessiert mich doch: Wenn Geßler mich nicht verraten hat – wie sind Sie mir dann auf die Schliche gekommen?«

»Dass Sie sein Komplize sein müssen, ist mir erst klar geworden, als ich mich von den klassischen Fragen nach Motiv und Gelegenheit gelöst und mir jeden Einzelnen von Ihnen genauer angesehen habe. Überprüft, ob das, was Sie vorgeben zu sein, zu dem passt, wie Sie sich verhalten. Nehmen wir Señor Valdés. Angeblich kommt er an Bord, um sich von der Leistungsfähigkeit des Zeppelins zu überzeugen, aber er hält sich kaum je im Führerstand auf, lieber weilt er bei den Fahrgästen. Das würde ihn verdächtig machen, wüssten wir nicht mittlerweile, dass er ein Verhältnis mit der Gräfin hat. Wenn wir dieses wahre Motiv für seine Reise in Betracht ziehen, passt sein Verhalten.«

»Und meines passt nicht?«

»Ganz und gar nicht. Ihr Koffer ist halb leer, obwohl Sie doch angeblich in diplomatischer Mission unterwegs sind, die zweifellos Tage, wenn nicht Wochen in Anspruch nehmen würde. Sie haben keine Unterlagen dabei, dafür aber etliche Flaschen Wein und ein Kartenspiel. Vor allem: nur ein einziges Paar Socken zum Wechseln. Weil Sie schon vor Beginn der Reise wussten, dass Sie nie am Ziel ankommen würden.«

»Sie meinen, das Einzige, was Sie gegen mich in der Hand hatten, waren meine Socken?«

»Tja, was soll ich sagen? Natürlich ist das kein Beweis, der vor Gericht Bestand hätte. Deshalb musste ich zu meiner kleinen List greifen.«

Der Legationsrat schnaubte. »Nun, es spielt keine Rolle.« Er griff in seine Manteltasche, zog eine Pistole hervor und richtete sie auf Hendrik, während er mit der anderen Hand den Kabinenvorhang zuzog. »Bitte zwingen Sie mich nicht zu schießen. Ich möchte keine weiteren Opfer, aber ich habe es im Großen Krieg bis zum Major gebracht, und wenn es sein muss, habe ich keine Skrupel.«

Hendrik legte seine Hände auf die Knie, wo Eduard Diehl sie sehen konnte. Langsam, um keine Bewegung zu machen, die als bedrohlich missverstanden werden könnte. Gregor hätte ihm jetzt die Leviten gelesen. Du kannst nicht einfach losstürzen und jemanden mit einem Verdacht konfrontieren, hatte er oft genug gesagt. »Bei dem Kommen und Gehen, das hier herrscht, wird es nicht lange geheim bleiben, dass Sie mich mit einer Waffe bedrohen. Und was dann? Wollen Sie sämtliche Zeugen umbringen?«

»Ich will überhaupt niemanden umbringen. Nicht, wenn es nicht sein muss.«

Hendrik versuchte, das Reaktionsvermögen des Legationsrats einzuschätzen. Konnte er ihn überwältigen? Oder nach draußen entkommen? Keine Chance. Eduard Diehl würde schießen, so viel stand fest. Seine Tarnung war aufgeflogen, er hatte nichts mehr zu verlieren.

Die Tür zu den Waschräumen klappte, Herr Haase kehrte vom Abort zurück. Hendrik und der Legationsrat hielten den Atem an. Jeden Augenblick musste der Vorhang beiseitegezogen werden. Doch der Konstrukteur ging an der Kabine vorbei und gesellte sich zu den Männern auf dem Gang, um sich an deren Diskussion über Hermann Oberths These einer bemannten Mondfahrt zu beteiligen.

»Was für einen Sinn hat es, jetzt noch weiterzumachen?«, fragte Hendrik. »In Deutschland wartet das Gefängnis auf Sie, Ihre Rolle ist ausgespielt.«

»Umso wichtiger ist es, die Mission zu einem erfolgreichen Ende zu bringen.«

»Das ist doch Wahnsinn. Geben Sie auf!«

»Das kann ich nicht. Wir haben Schwierigkeiten mit dem Wiederaufbau unserer Luftstreitkräfte, einen weiteren Rückschlag können wir uns nicht leisten.«

»Wie meinen Sie das? Was für Schwierigkeiten?«

»In der Zusammenarbeit mit … anderen Großmächten.«

»Den Russen«, vermutete Hendrik. »Der Roten Armee.«

»Sie wissen davon?«

»Das ist ein offenes Geheimnis.« Hendrik erinnerte sich noch gut an die Dinge, die ihm sein Student Ludwig Sebald einmal erzählt hatte.

»Tja, es stimmt«, nickte der Legationsrat. »Junkers sollte drüben die Serienproduktion von Flugzeugen vornehmen und Anfang des Jahres hundert Flieger an die Russen liefern. Aber die Inflation und die Warenknappheit haben ihnen einen Strich durch die Rechnung gemacht. Die Russen sind verärgert. Die Reichswehr ist verärgert. Junkers ist verärgert, weil das Reichswehrministerium Flieger bei Fokker bestellt hat. Ein ständiges Tauziehen ist die Folge, ein Kuhhandel jagt den nächsten, und keiner weiß, was werden wird. Wir haben Fliegerfachleute zur Roten Luftflotte geschickt, die den Russen ihre Erfahrungen zur Verfügung stellen, trotzdem bleiben die Spannungen aus dem geplatzten Geschäft mit Junkers. Und wir brauchen die Russen, um wieder eine einsatzfähige Luftwaffe aufzubauen. Deswegen darf dieser Zeppelin keinen Erfolg haben. Jeder Pfennig, der in die Luftschifffahrt gesteckt wird, geht dem Flugzeugbau verloren.« Er schien sich zu erinnern, wo er sich befand. »Genug geschwatzt«, sagte er und bedeutete Hendrik mit dem Lauf seiner Pistole aufzustehen.

»Wohin gehen wir?«

»In die Führerkabine. Wir werden Udo Geßler befreien.«

»Der Mann ist nicht zurechnungsfähig, das haben Sie selbst zugegeben.«

»In der Not frisst der Teufel Fliegen. Geßler ist ein einfacher Soldat, er braucht die Führung durch einen erfahrenen Offizier, das hätte ich bedenken müssen. Ich habe mich im Hintergrund gehalten und ihn dadurch mit einer Situation allein gelassen, der er nicht gewachsen war, das war mein Fehler. So etwas wird nicht wieder vorkommen, ab jetzt übernehme ich das Kommando.«

»Wachen Sie auf! *Sie* werden von *ihm* benutzt, nicht umgekehrt. Wenn Sie den Mann befreien, spielen Sie mit dem Feuer.«

»Ohne Handgranate kann ich die Besatzung nicht allein kontrollieren, also bleibt mir nichts anderes übrig, als mich noch einmal Geßlers zu bedienen. Aber machen Sie sich keine Sorgen, ich habe die Situation im Griff. Ich bringe die Operation zu Ende, ohne weitere Zwischenfälle. Und jetzt vorwärts.«

Er versteckte die Pistole in seiner Manteltasche, behielt aber den Finger am Abzug. Hendrik sah, dass der Lauf weiter auf ihn zielte. Ein Gedanke von Voltaire ging ihm durch den Sinn: *Fanatiker sind gefährlicher als Schurken. Einen Schurken kann man zur Vernunft bringen, einen Besessenen nie.* Auf eine auffordernde Kopfbewegung hin erhob er sich und zog den Vorhang zurück.

Klarissa, in der Kabine gegenüber, kühlte Mister Mitchells Stirn und hatte von den Vorgängen im Nachbarabteil nichts mitbekommen. Und die drei Männer auf dem Gang waren so in ihr Gespräch vertieft, dass sie weder Hendrik noch den Legationsrat beachteten, als die beiden an ihnen vorbei zum Führerstand gingen.

24

Hinter den Fenstern des Kommandoraumes war praktisch nichts zu erkennen. In nahezu vollständiger Finsternis fuhr der Zeppelin durch schwarze Wolkenschichten. Im Schein der Bordlampen huschten graue und blaue Schlieren vorbei, dann wurde es wieder dunkel. Dafür hörte man es ununterbrochen gegen die Scheiben und die Aluminiumverschalung prasseln. Wasser bedeckte den Fußboden mehrere Zentimeter hoch, es tröpfelte von der Deckenbespannung, durch die Luke zum Schiffsinneren und die Fensterritzen. Die Männer der Besatzung standen mit den Füßen im eiskalten Wasser.

Diana saß auf der Bank, die Beine an den Körper gezogen. Auf ihre Eröffnung, es gäbe möglicherweise einen Komplizen des Entführers, hatte der Kommandant kaum reagiert, zu sehr war er damit beschäftigt, das Schiff durch das Unwetter zu lotsen. Vermutlich hatte er sie gleich wieder vergessen, andernfalls wäre sie sicher aufgefordert worden zu gehen, deshalb verhielt sie sich still und tat keinen Mucks. Um nichts in der Welt wollte sie diese dramatischen Augenblicke in der Führerkabine verpassen.

Vor einer halben Stunde war die Wachablösung erfolgt, aber Hugo Eckener blieb im Kommandoraum. Herr Scherz, der bis zur Landung am Seitensteuer ausharren musste, weil Udo Geßler als Ablösung ausfiel, sah übermüdet aus. Herr Sammt am Höhensteuer meldete, dass das Schiff durch den Regen immer schwerer wurde und kaum noch zu halten war.

Herr Lehmann erinnerte sich offenbar an Diana, denn er beruhigte sie mit den Worten: »Vier bis fünf Grad Schräglage machen uns nichts aus.« Er hatte einen Schirm über dem Tisch aufgespannt, damit die Karten nicht nass wurden – es hätte komisch gewirkt, wäre die Lage nicht so ernst gewesen.

»Ich stelle eine Vertrimmung fest«, sagte Herr Sammt. »Das Schiff wird bugschwer.«

Spätfolgen von Geßlers Sabotage? Herr von Schiller wies den Ballonmeister über die Telefonanlage an, die Gaszellen zu kontrollieren. Eckener ließ die Geschwindigkeit verringern, um dadurch das Kippmoment zu vermindern, und befahl, auf knapp unter Prallhöhe zu gehen, um die Suche nach dem Leck zu erleichtern.

Um das Schiff blitzte es, Sekunden später krachte der Donner. Zu allem Überfluss fing Motor zwei wieder an zu stottern, und diesmal hörte er nicht mehr damit auf.

Der Summerton der Lautfernsprechanlage erklang, Herr Knorr meldete ein Leck im unteren Bereich der vordersten Gaszelle. Offenbar hatte sie sich beim Erschlaffen eingeklemmt und beim späteren Prallwerden einen Riss bekommen. Mittschiffs war ebenfalls ein Riss entdeckt worden, einer der geflickten Sabotageschäden Geßlers war durch die übermäßige Beanspruchung des Schiffes wieder aufgerissen. Auch dieses Leck befand sich im unteren Bereich, deshalb ließ Eckener den Zeppelin tiefer gehen, um die Gasgrenze über die Löcher hinaufzudrücken.

Kaum war der Befehl ausgeführt, stand Motor zwei still.

»Verdammt, das können wir jetzt gar nicht gebrauchen«, fluchte Herr Lehmann.

Herr Belser, einer der Fahrmeister, meldete sich telefonisch und erklärte, eine Reparatur sei notwendig, möglicherweise handele es sich nur um einen Ventilfederbruch, dann sei der Motor in Kürze wieder einsatzbereit. Eckener gab seine Zustimmung.

Das war der Moment, in dem Hendrik hereinkam, gefolgt von Legationsrat Diehl, der eine Pistole auf ihn gerichtet hielt. Diana begriff sofort, was das bedeutete.

Die Männer in der Kabine drehten sich um. »Was soll das?«, wollte Eckener wissen.

»Ich übernehme jetzt das Kommando«, erwiderte der Legationsrat. »Jeder bleibt auf seinem Platz.«

»Herr Diehl ist mit Herrn Geßler im Bunde«, erklärte Hendrik.

Diana schätzte die Entfernung ab. Sie stand seitlich vom Legationsrat, nicht ganz in seinem toten Winkel, aber doch fast. Wenn sie es schaffte, seinen Arm mit der Pistole zu Boden zu reißen … Hendriks Blick warnte sie. Nein, sagten seine Augen, lass es bleiben!

Der Legationsrat gab Herrn Lehmann einen Wink. »Holen Sie Geßler her.«

Der Wachhabende sah Eckener an.

»Ich kann nicht zulassen, dass Sie diesen Irren befreien.«

»Wollen Sie wirklich noch mehr Tote?« Eduard Diehl hielt den Lauf seiner Waffe jetzt direkt hinter Hendriks rechtes Ohr.

»Der Kerl wird uns alle umbringen, wenn ich ihn freilasse.«

»Ich gebe Ihnen mein Ehrenwort als Offizier, dass niemand getötet wird, sofern Sie sich kooperativ verhalten. Ich verspreche Ihnen außerdem, die Menschen an Bord nicht weiter durch riskante Wendemanöver zu gefährden. *Sie* bestimmen den Kurs, wir landen, wo immer Sie es für richtig halten. Dort werden wir den Zeppelin zerstören und uns vor Gericht dafür verantworten. Auch darauf gebe ich Ihnen mein Ehrenwort.«

Eckener zögerte. Dann nickte er Herrn Lehmann zu.

Nein, dachte Diana, tun Sie das nicht, Geßler ist unberechenbar! Sie wollte etwas einwenden, die Befreiung verhindern, aber es ging alles viel zu schnell, sie kam nicht mal dazu, sich etwas zu überlegen.

Der Wachhabende öffnete die Tür zum Funkraum, wo die Funker noch immer vergeblich versuchten, den Schaden zu reparieren, und zerrte den gefesselten Entführer heraus.

Geßler grinste, als er den Legationsrat mit der Pistole sah. »Haben Sie sich endlich entschieden, sich die Hände schmutzig zu machen, ja?«

»Halten Sie den Mund und hören Sie zu: Ich übernehme jetzt das Kommando. Ich binde Sie los, aber es wird keine weiteren Toten geben, verstanden? Wir werden den Kurs fahren, den der Kommandant für richtig hält – ich vermute, weiter Richtung England, oder?«

Eckener nickte.

»Also: Sie helfen mir, die Besatzung in Schach zu halten, aber Sie werden nichts gegen das Schiff oder die Mannschaft unternehmen, keinen Kurswechsel erzwingen oder sonst wie Sabotage betreiben, schwören Sie das?«

Belustigt sah Geßler den Legationsrat an. »Aber gern. Ganz wie Sie wollen.«

»Bei Ihrer Ehre?«

»Bei meiner Ehre.«

Unschlüssig verharrte Herr Diehl, weil er wohl genau wie Diana das Gefühl hatte, der Gefangene amüsiere sich auf seine Kosten. Dann befahl er Herrn Lehmann: »Binden Sie ihn los.«

»Überlegen Sie sich das noch mal«, beschwor ihn Hendrik, »dem Mann ist nicht zu trauen.«

»Unsinn. Er hat sein Ehrenwort gegeben.«

Es war ohnehin zu spät; die Fesseln fielen. Geßler rieb sich die Handgelenke, während er aufstand, und sah Hendrik ins Gesicht. »Du schon wieder«, sagte er. Leise, aber mit drohendem Unterton.

»Geben Sie ihm die Pistole zurück«, befahl Herr Diehl.

Wieder zögerte Eckener.

Geßler wartete. Belustigt.

Der Kommandant ging zum Kartentisch, holte die Waffe aus der Schublade und reichte sie ihm.

»Danke.« Der Entführer überprüfte die Pistole und nickte zufrieden. Er entdeckte ein Messer in der Schublade, lächelte und nahm es ebenfalls an sich. »Ich sehe mal oben nach dem Rechten«, sagte er zum Legationsrat.

»Was haben Sie vor?«

»Sagte ich doch: nach dem Rechten sehen. Sie halten hier unten Wache, ich da oben. Entspannen Sie sich. Ich habe Ihnen mein Wort gegeben, ich rühre das Schiff nicht an.«

»Nun … also schön, meinetwegen.«

»Wir haben Risse in den Gaszellen«, wandte Eckener ein. »Die Mannschaft braucht Platz für die Reparaturarbeiten.«

»Wir werden nicht stören.« Geßler packte Hendrik am Kragen. »Du kommst mit.«

»Nein!«, rief Diana.

»Wozu brauchen Sie den Mann?«

»Zur Sicherheit. Als Geisel. Ich weiß doch nicht, was mich da oben erwartet.«

»Nein!«, rief Diana noch einmal. Nur der drohende Blick aus Geßlers Augen hinderte sie daran, sich auf ihn zu stürzen.

»Ich weiß nicht …«, sagte der Legationsrat.

»Machen Sie sich keine Sorgen, es kommt alles in Ordnung.« Geßler tätschelte ihm den Arm.

Es fühlte sich falsch an, alles fühlte sich falsch an. Den Verrückten zu befreien, war ein Fehler gewesen. Sie durften Hendrik nicht mit ihm allein lassen. Diana sah sich nach etwas um, mit dem sie Geßler aufhalten konnte. Es gab nichts.

Der Entführer winkte Hendrik mit dem Lauf der Pistole zur Leiter. »Hoch da!«

»Raus? Nach oben?« Diana konnte das Entsetzen in seiner Stimme hören.

»Wohin sonst? Los jetzt!« Geßler gab ihm einen Stoß.

Hendrik setzte einen Fuß auf die Leiter und sah sich noch einmal um, als nähme er Abschied. Ein weiterer Stoß trieb ihn an.

»Beeilung!«

Er öffnete die Luke zum Inneren des Schiffes. Eine Sturzflut von Wasser ergoss sich in die Kommandokabine und durchnässte alle, die im Weg standen. Beinahe wäre Hendrik ausgeglitten, aber Geßler drängte ihn erbarmungslos weiter.

Dann waren die beiden draußen, und die Luke wurde mit einem Knall geschlossen. Diana zuckte zusammen. Es hatte endgültig geklungen. Beinahe wie ein Schuss.

25

Unheimlich, das war das Wort, das Hendrik in den Sinn kam, als er sich im Inneren des Zeppelins aufrichtete. Unwirkliches Licht umfing ihn, bläulich, gedämpft durch die Bespannung. Die Geräusche verstärkten den beklemmenden Eindruck noch: das vom Echo zurückgeworfene Knallen der Ballonhülle, das Trommeln des Regens auf der Außenhaut und das Rattern der Motoren, das hier oben um ein Vielfaches lauter war als in der Passagiergondel.

Vor ihm wanden sich die Laufplanken des Kielgangs durch den Zeppelin, getragen von einer dreieckigen Metallkonstruktion mit nach unten gekehrter Spitze, über ihm bauschten sich die Gaszellen, die das Schiff ausfüllten und ihn zu erdrücken schienen. Aber es war die Leere zwischen den Drahtseilverspannungen, die ihn mehr als alles andere entsetzte, die plötzliche Erkenntnis, dass der von außen so robust aussehende Schiffskörper in Wahrheit nur ein an Aluminiumträgern festgeschnürtes Stück Baumwolle war.

Hendrik merkte, dass er hyperventilierte. Bleib ruhig. Denk an die fest vernieteten Knotenpunkte der Träger. Denk an die Ringe aus Profilstäben, die dem Zeppelin seine Form geben. Denk an die Querverspannungen, die die Gaszellen wie Schottwände voneinander trennen und ihren Druck auffangen, wenn sie prall werden.

Udo Geßler amüsierte sich. »Du siehst aus, als ob dir schlecht wäre.«

»Ich bin in Ordnung.« Hendrik, der sich auf seinen Knien abstützte, um das Schwindelgefühl zu bekämpfen, richtete sich auf. »Und was jetzt?«

»Jetzt werden wir ein bisschen Spaß haben.«

»Wie denn?«

»Indem du rennst.«

»Wie … wie meinen Sie das?«

»Du bist der Hase, ich bin der Jäger. Ich gebe dir zwei Minuten Vorsprung. Dann folge ich dir und töte dich.«

»Sie … sind verrückt. Ich mache bei Ihren kranken Spielen nicht mit.«

»Tatsächlich?« Der Entführer grinste immer noch, als er ein Zündholzheft aus seiner Tasche holte. »Lassen wir doch das Gottesurteil entscheiden. Wenn das Schiff in die Luft fliegt, brauchst du nicht zu laufen.« Er riss ein Zündholz an, ohne seine Pistole beiseitezulegen.

Hastig blies Hendrik es aus. »Hören Sie auf!«

Geßler griff zum zweiten Zündholz. »Hast du es immer noch nicht kapiert? Du hast keine Wahl. Wenn du nicht mitspielst, zünde ich die Gaszellen an oder jage ein paar Kugeln in die Benzinfässer.«

»Warten Sie! Ich … ich tue es.«

»Brav.« Geßler steckte die Zündhölzer wieder ein. »Du bekommst auch eine faire Chance, ich bin ja kein Unmensch. Ich werde meine Pistole nicht benutzen, das wäre langweilig.« Er verstaute die Waffe in seiner Jackentasche und holte stattdessen das Messer heraus. »Viel besser zum Ausweiden«, lachte er.

»Was haben Sie davon, mich zu töten? Ihr Plan ist gescheitert, bei der Landung werden Sie verhaftet. Wollen Sie wirklich alles noch schlimmer machen?«

»Es gibt keine Landung.«

»Sie haben versprochen, nichts gegen das Schiff zu unternehmen.«

»Muss ich auch nicht. Was zu tun war, ist bereits getan.«

»Wie meinen Sie das?«

»Wie ich es sage. Genug geschwatzt, die Jagd beginnt. Zwei Minuten ab jetzt.« Geßler sah auf seine Uhr.

Irrsinn! Irrsinn! Hendrik suchte fieberhaft nach einem Argument, mit dem er zu dem Verrückten durchdringen konnte.

Vorn, bei der Ankervorrichtung, prasselt der Regen mit doppelter Wucht auf die Blechkappe der Schiffsspitze.

»Eine Minute fünfundvierzig Sekunden.«

Verrückt, der Mann war durch und durch verrückt! Hendrik stolperte los, Richtung Heck. Wasser rann über den Laufgang und durchnässte seine Schuhe. Hinter den Stauräumen für Reserveteile und Gepäck drehte er sich noch einmal um. Udo Geßler hielt den Blick unverwandt auf seine Uhr gerichtet. Es war diese Unerbittlichkeit, verpackt in einer beiläufigen Handlung, die Hendrik klarmachte, dass es für ihn ums Überleben ging. Er musste so viel Raum wie nötig zwischen sich und den Entführer bringen.

Das Wasser spritzte nach allen Seiten, als er seine Schritte beschleunigte. Soviel er wusste, führte der Gang durch das ganze Schiff, von der vordersten Spitze bis zu den Stabilisierungsflächen, eine Weile konnte er seinen Verfolger also hinter sich lassen. Aber irgendwann würde der Gang unweigerlich enden, und dann war es aus. Ein Plan, er brauchte einen Plan! Er sah sich nach einem Versteck um, aber ringsum schien es nur Stahlseile und Aluminiumträger zu geben. Hinter sich hörte er es poltern; Udo Geßler wuchtete irgendetwas Schweres hin und her. Weiter!

Seine Kriegsverletzung machte sich wieder bemerkbar, Hendrik fing an zu humpeln. Nicht jetzt, bitte, nicht jetzt! Er versuchte, den Schmerz zu ignorieren, doch es gelang ihm nicht. Keuchend stolperte er an Stauräumen für Fracht, Gepäck und Post vorbei. Irgendwo in einer Maschinengondel ertönte eine Klingel.

Ein Blick zurück: Geßler war in dem diffusen Licht nicht länger auszumachen. Weiter, nicht nachlassen! Links und rechts Frischwassertanks, dann Ballastsäcke. Jetzt kamen die Offiziersräume. Sollte er sich dort verstecken? Nein, Geßler wird drinnen nachsehen, jede Wette. Weiter, weiter!

Säcke mit Wasserballast wölbten sich zu beiden Seiten des Steges zwischen etlichen Aluminiumfässern. Benzin! Der Anblick war wie ein Schlag in die Magengrube. Zwei, vier, acht, zwölf – eine ganze Batterie. Unwillkürlich wanderten Hendriks Augen zu den Gaszellen über ihm. Was hatte Herr Pfeiffer noch über die *Dixmuide* gesagt? Dass sie nach einem Blitzschlag in Flammen aufgegangen war.

In diesem Moment blitzte es draußen.

Oh Gott! Bloß jetzt kein Gas abblasen, Herr Eckener! Aber darauf waren die Blitze gar nicht angewiesen, nicht wahr? Einige Zellen waren undicht, der Kommandant hatte von Rissen gesprochen. Hör auf damit, verfall jetzt nicht in Panik, das wäre dein Tod!

Hendrik stolperte weiter und kam sich in dem Labyrinth aus Trossen und Spanten vor wie ein Hamster in seinem Drahtkäfig. Rechts und links führten Treppengänge zu den Luken, durch die man Zugang zu den vorderen Maschinengondeln erhielt. Ein Versteck? Nein, dort säße er in der Falle. Und gefährdete zudem die Maschinisten.

»Die Zeit ist um«, brüllte eine entfernte Stimme, gefolgt von hysterischem Gelächter.

Hendrik verdoppelte seine Anstrengungen, passierte Ölfässer und die Mannschaftsräume, kleine Lauben, mit Segeltuch bespannt. Schließlich erreichte er die Gänge zu den mittleren Motorgondeln. Der Lärm wurde ohrenbetäubend. Aus allen Ritzen lief der Regen herein, sogar aus den Gasschächten.

Vor ihm Bewegung, Besatzungsmitglieder, die hin und her wateten und Decken, Matratzen und sonstiges Material herbeischleppten, um eine Gaszelle abzudichten. Herr Ladwig hielt einen anderthalb Meter langen Riss zu, damit nicht noch mehr Gas entweichen konnte. Die *Dixmuide*, denkt an die *Dixmuide*!, pochte es in Hendriks Kopf. Andere Männer waren dabei, Ausrüstungsgegenstände umzuverteilen, um das Gleichgewicht im Schiff wiederherzustellen.

Ein Windstoß ließ den Zeppelin erbeben. Das Schiff bäumte sich auf. Im fahlen Licht konnte man erkennen, wie sich die Konstruktion unter den gewaltigen Kräften drehte und wand wie eine Schlange. Herr Knorr, der Ballonmeister, kletterte trotz des Sturms einem Eichhörnchen gleich im Gerippe umher, um die Gaszellen auf weitere Lecks zu kontrollieren.

Einer der Männer entdeckte Hendrik. »He, was machen Sie hier oben? Was haben Sie hier zu suchen?«

»Weg da, aus dem Weg! Verschwinden Sie, der Verrückte kommt!« Hendrik musste schreien, um sich im Lärm der Motoren verständlich zu machen.

»Geßler? Der ist doch gefangen.«

Hendrik war sicher gewesen, dass Eckener die Mannschaft über die Lautfernsprechanlage informieren würde, aber vermutlich dauerte es eine Weile, bis er alle Stationen erreichte, und hier oben herrschte das Chaos. »Keine Zeit für lange Erklärungen, Geßler ist mir dicht auf den Fersen, hauen Sie ab.«

»Wir müssen ihn überwältigen«, sagte einer der Männer.

»Er hat eine Waffe, er wird Sie einfach abknallen. Nun laufen Sie schon, bringen Sie sich in Sicherheit!«

»Kommen Sie mit.«

Hendrik schüttelte den Kopf. Wie gern würde er sich der Obhut der Mannschaft anvertrauen, aber das wäre ein trügerischer Schutz. Geßler würde ihn finden und kurzen Prozess mit ihm machen, mit ihm und jedem, der ihm half. Nein, seine einzige Chance lag darin, in Bewegung zu bleiben.

Während die Besatzung in die Mannschaftsräume eilte, hastete Hendrik weiter. Er war sich darüber im Klaren, dass seine Flucht am Heck enden würde. Gab es denn keinen Ausweg? Denk nach! Denk nach!

Wieder Benzinbehälter, diese hier waren in Betrieb. Mechaniker in Overalls lagen vor den Pumpen auf dem Bauch und schraubten Leitungen los oder hingen kopfüber, um Anschlüsse und Ventile zu überprüfen, während sie die Gase von auslaufendem Benzin einatmeten und das Schiff um sie herum schaukelte und schwankte. Zwischen zwei Trägern war eine Werkbank aus Aluminium mit Schraubstock montiert, die kleinere Reparaturarbeiten ermöglichte, an dieser stand Herr Grötzinger, einer der Fahrmeister, und feilte etwas zurecht.

»Weg da«, rief Hendrik wieder, »Udo Geßler kommt! Er ist bewaffnet. Verschwinden Sie, schnell!«

Herr Grötzinger hob seine Schutzbrille, um ihn besser sehen zu können. Seine rote Nase zeugte davon, wie sehr er trotz

Pulswärmer, pelzgefütterter Kopfhaube und Filzstiefeln fror. »Hab' ich schon gehört«, sagte er. »Der Kommandant hat uns informiert.«

»Worauf warten Sie dann noch? Hauen Sie ab.«

»Wir können hier nicht weg. Wir haben Probleme mit den Pumpen, und ich muss Motor zwei wieder in Gang kriegen, sonst sind wir alle im Arsch.« Er zog die Schutzbrille über die Augen und feilte ungerührt weiter.

Hendrik packte ihn am Overall. »Der Kerl ist völlig durchgedreht«, brüllte er. »Wenn Sie hier nicht verschwinden, bringt er Sie um!«

Herr Grötzinger zögerte. Dann gab er seinen Männern einen Wink.

Die Mechaniker zwängten sich an Hendrik vorbei und eilten zu den Mannschaftsräumen, er selbst lief in die entgegengesetzte Richtung. »Wo wollen Sie hin? Kommen Sie mit uns«, rief ihm der Fahrmeister nach, doch Hendrik achtete nicht darauf und rannte weiter.

Das Heck des Schiffes und damit das Ende der Flucht musste schon bedrohlich nahe sein. Hendrik keuchte. Wenn ihm nicht gleich etwas einfiel, war er geliefert. Eine weitere Batterie Benzinfässer kam in Sicht. Augenblick! Wenn er sich dahinter versteckte und Geßler an ihm vorbeilief, konnte er wieder zum Bug zurück. Dann hatte er zumindest Zeit gewonnen. Vielleicht gelang es ihm sogar, unbemerkt in die Führergondel zu schlüpfen. Lieber stellte er sich dem Legationsrat, als von diesem Wahnsinnigen zu Tode gehetzt zu werden. Mit ein bisschen Glück würde Herr Diehl sogar seinen Komplizen festnehmen lassen, wenn er hiervon erfuhr.

Hendrik drehte sich um. Sein Verfolger war nirgends zu sehen, vermutlich überzeugte er sich davon, dass sich sein Opfer nicht in die Mannschaftsräume geflüchtet hatte. Wertvolle Sekunden! Ohne zu überlegen, kletterte er die Dreiecksträger hinauf und balancierte über das Schiffsgerippe zu den Fässern, kauerte sich hinter einem davon zusammen und machte sich so klein wie möglich. Sein eigener Atem klang schwer in seinen Ohren. Beruhige dich! Hendrik zwang sich, gleichmäßig zu atmen. Lauschte.

»Wo ist denn mein Häschen?«, tönte es aus einiger Entfernung.

Hendrik presste sich an die Fässer. Nicht daran denken, woran du dich klammerst. Dass ein kleiner Funken genügt, um …

Jemand pfiff ein Lied: *Häschen in der Grube.* Das Pfeifen drang durch das Dröhnen der Motoren und das Heulen des Sturms hindurch, näherte sich. Jetzt waren auch Schritte zu vernehmen. Hendrik beobachtete Geßlers Schatten, der stehen blieb, sich umsah und nach zwei, drei Schrecksekunden weiterwanderte. Die Schritte entfernten sich. Hendrik zählte in Gedanken: Eins … zwei … drei … vier … Nur nicht zu früh aufstehen. Gib ihm Zeit. Aber du hast keine Zeit! Sobald Geßler das Heck erreicht und dich nicht vorfindet, weiß er Bescheid!

Hendrik spähte um das Fass. Niemand zu sehen. Zitternd kletterte er auf den Laufgang zurück und huschte so leise wie möglich davon.

»Ich höre dich«, sang eine Stimme, und dann erklang wieder das grausame Lachen, das ihm den Schweiß auf die Stirn trieb.

Hendrik lief schneller. Er konnte das Beben des Schiffsleibes und das Hämmern der Motoren in seinem Bauch spüren. Die gas- und wasserdichten Grubenlampen warfen bizarre Schatten. Überall knarrte und ächzte es, Wind ließ die Verspannung flattern, ein loses Stück Stoff knallte in unregelmäßigen Abständen gegen Metall. Da der Gang vorn offen war, um ausströmendes Gas zu vertreiben, herrschte eine Eiseskälte; der Sturm konnte ungehindert hereinbrausen. Es pfiff in den Gestängen, die Stahlseilverspannungen sangen, ein Choral, der einem auch ohne Geschwindigkeitsmesser verriet, ob das Schiff schnell oder langsam lief, weil der Ton bald anstieg, bald fiel, je nachdem, ob Fahrt gemacht wurde oder der Wind sich drehte und gegen den Zeppelin ankämpfte. Im Laufen zog Hendrik seinen Mantel enger um die Schultern.

»Will mein Häschen zurück in den Bau?«, rief Geßler hinter ihm. »Zu dumm, dass da Kisten auf der Luke stehen.«

Verdammt! Konnte der Kerl denn Gedanken lesen?

»Das wird langsam langweilig. Hin und her, Versteck spielen – ich verschärfe jetzt die Regeln. Solltest du wieder nach unten gehen, schieße ich in die Gasballons.« Gelächter.

Aus. Hendrik sank an einem Duraluminträger zu Boden. Selbst wenn er es in der kurzen Zeit schaffte, die Kisten beiseite zu räumen – er durfte nicht in die Führergondel zurück, sonst machte Geßler seine Drohung wahr. Damit blieb ihm nur, bis zum Bug zu laufen. Und dann? Würde der Verrückte ihn einholen. Töten. *Ausweiden.*

Vor ihm führten Sprossen nach oben. Das musste die Steigleiter zum Beobachtungspunkt auf der Außenhülle sein. Er folgte ihr mit den Augen. Höher. Höher. Höher. Nein, dachte er, das schaffe ich nie. Nicht mit meiner Höhenangst. Nicht bei diesem Sturm.

»Der Fuchs kommt«, jauchzte eine Stimme.

Hendrik fing an zu klettern.

26

Sie musste da rauf! Zum wiederholten Mal huschte Dianas Blick zur Luke. Dass Udo Geßler eine Teufelei vorhatte, war offensichtlich, Hendrik hatte gegen ihn keine Chance. Und der verdammte Legationsrat hielt sie und die Besatzung mit seiner Pistole in Schach und hinderte sie daran, etwas zu unternehmen. Es war zum Verzweifeln.

Hugo Eckener warf einen besorgten Blick auf die Instrumente über dem Höhensteuer. »Sie fügen der deutschen Sache großen Schaden zu«, sagte er zu Herrn Diehl, »und das aus kleinlichen Erwägungen. Sehen Sie nicht, welche Begeisterung der Zeppelin überall auslöst, wo er hinkommt? Ist das Ansehen Deutschlands in der Welt nicht wichtiger als militärische Stärke?«

»Ich werde mit aller Kraft dafür kämpfen, dass sich so etwas wie die Ruhrbesetzung nicht wiederholt«, erwiderte der Legationsrat, »und ich bin bereit, einen hohen Preis dafür zu zahlen.«

»Was hat Geßler mit Hendrik vor?«, warf Diana ein.

»Er braucht ihn als Geisel, hat er doch gesagt.«

»Und das glauben Sie? Oder möchten Sie das nur glauben? Damit Sie sich einreden können, Sie seien unschuldig an dem, was da oben geschieht?«

»Und was geschieht da, Ihrer Meinung nach?«

»Irgendetwas Schreckliches.«

»Weibliche Intuition«, spottete der Legationsrat.

»Haben Sie nicht Geßlers Augen gesehen? Oder sein Lachen gehört?«

»Seien Sie endlich still.«

Diana verstummte, nicht, weil der Legationsrat sie eingeschüchtert hätte, sondern weil sie nach einer anderen Strategie suchte, um ihn zu überzeugen. »Die öffentliche Meinung wird Ihnen hierfür keinen Dank wissen«, fing sie von Neuem an. »Die Menschen lieben den Zeppelin.«

»Ich will keinen Dank. Wenn meine Tat dazu beiträgt, Deutschland wieder stark zu machen, bin ich zufrieden. Spätere Generationen werden mein Opfer zu schätzen wissen.«

»Dann lassen Sie mich wenigstens nach oben gehen. Hendrik ist in Gefahr, ich weiß es. Ein weiterer Toter kann doch nicht in Ihrem Interesse liegen.«

»Was glauben Sie denn, gegen Geßler ausrichten zu können?«

»Ich habe die Überraschung auf meiner Seite. Und wenn Sie mir erlauben würden, eine Waffe mitzunehmen …«

»Setzen Sie sich wieder hin.«

»Was muss ich tun, um Sie zu erweichen? Vor Ihnen auf die Knie fallen? Betteln? Tränen vergießen?«

»Wenn Sie nicht gleich still sind, lasse ich Sie knebeln.«

Die Telefonanlage summte. Eckener nahm das Gespräch an und bellte »Was gibt's?« in den Schalltrichter. Während er den

Worten am anderen Ende der Leitung lauschte, spannten sich seine Muskeln. »Was?«, schrie er. »Sind Sie sicher?« Er wartete die Antwort nicht ab. »Motoren drosseln, halbe Kraft«, rief er Herrn von Schiller zu. Und an Herrn Scherz gewandt: »Richten Sie das Schiff so aus, dass es mit dem Sturm fährt, und sehen Sie zu, dass es so genau wie möglich in Windrichtung liegt.«

Der Seitensteuermann drehte am Ruder, der Navigator betätigte den Maschinentelegrafen, gleich darauf veränderte sich der Klang der Motoren.

»Mit halber Kraft kann ich das Schiff nicht lange halten«, sagte Herr Sammt ruhig.

Eckener hatte sich bereits wieder der Telefonanlage zugewandt. »Was ist mit Motor zwei und den beschädigten Gaszellen?« Konzentriert hörte er zu und beendete das Gespräch mit einem knappen »Beeilen Sie sich.«

»Was ist los?«, wollte Eduard Diehl wissen.

Eckener streifte Diana mit einem Blick und sah dann fort. »Ein … technisches Problem.«

Diana sprang auf. »Sie lügen. Es geht um Hendrik, nicht wahr? Was ist mit ihm? Ist er verletzt? Sagen Sie mir, was da oben vorgeht.«

»Von einer Verletzung weiß ich nichts. Machen Sie sich keine Sorgen, es wird alles gut.«

»Behandeln Sie mich nicht wie ein Kind. Reden Sie schon!«

»Die Situation ist nicht eindeutig. Es scheint, als habe der Professor sich befreien können, zumindest sind er und Geßler nicht mehr zusammen. Offenbar gibt es eine Art Verfolgung.«

»Das ist noch nicht alles, nicht wahr?«

Umständlich brachte Eckener die Sprechanlage in Ruhestellung.

»Was verschweigen Sie mir?«

»Der Professor … ist dabei, nach draußen zu klettern.«

»Draußen? Was meinen Sie mit draußen?«

»Draußen. Nach oben, auf die Außenhülle.«

Diana presste die Fingerknöchel gegen ihren Mund. Hendrik? Der unter Höhenangst litt? In diesem Sturm? Bei diesem Regen?

»Wir fahren mit gedrosselten Motoren, mehr kann ich nicht für ihn tun. Es tut mir leid.«

Dianas Gedanken überschlugen sich. Die Geschwindigkeit des Sturms spielte keine Rolle, solange der Zeppelin in seinem Fluss fuhr. Wären die Motoren ausgeschaltet, müsste es da oben theoretisch sogar windstill sein. Theoretisch. Natürlich blieben immer noch die unvorhersehbaren Böen. Da das Schiff aber nun mal fuhr, wirkte seine Eigengeschwindigkeit auf Hendrik ein. Und Eckener konnte die Motoren nicht ausschalten, weil der Regen trotz Firnis von der Hülle aufgenommen wurde und den Zeppelin mit einigen Tausend Kilogramm Wasser belastete.

»Wir sinken«, sagte Herr Sammt, »das Wasser ist zu schwer.«

»Mehr Schub, Herr von Schiller, bis wir auf fünfhundert Meter sind, dann verlangsamen Sie die Motoren wieder.«

Diana wirbelte zum Legationsrat herum. »Sie haben den Kerl befreit«, fuhr sie ihn an.

»Er hat versprochen, niemandem ein Haar zu krümmen.«

»Dieser Irre hält sich an nichts, an gar nichts, kapieren Sie das endlich!«

»Er hat nicht versucht, uns zur Umkehr zu bewegen. Er hat keinen Sabotageversuch mehr unternommen.«

»Er ist dabei, Hendrik umzubringen.«

»Das glaube ich nicht. Er hat bei seiner Ehre geschworen.«

»Und dabei gelacht.«

Eigensinnig schüttelte Eduard Diehl den Kopf. »Es wird sich alles aufklären, Sie werden sehen.«

»Hören Sie«, sagte Diana mit erzwungener Ruhe, »Sie sind kein Mörder. Mit einem Mann wie Geßler haben Sie nichts zu schaffen, an seinen Verbrechen sind Sie unschuldig.« Wohl kaum. Zwar war keiner der Morde geplant gewesen, aber spätestens in dem Moment, als Geßler kaltblütig Valentin Veidt umbrachte, musste der Legationsrat begriffen haben, dass sein Komplize über Leichen ging. Indem er ihm das Vorhaben mit dem Schlafmittel verriet, hatte er einen weiteren Toten billigend in Kauf genommen. Diana ließ sich ihre Gedanken nicht anmerken. »Kein

Ehrenmann lässt zu, dass ein Unbewaffneter kaltblütig ermordet wird«, beschwor sie ihn. »Wollen Sie als Komplize eines gewissenlosen Verbrechers in die Geschichte eingehen?«

Der Blick des Legationsrats irrte von ihr zum Wandfernsprecher, zu Eckener, zur Luke.

»Lassen Sie mich gehen«, setzte Diana nach, »ich bin doch keine Gefahr für Sie. Bitte.«

»Also gut. Sie allein.«

»Warten Sie!«, rief Hugo Eckener, doch Diana war schon auf der Leiter und drückte gegen die Luke. Vergeblich.

»Was ist los?«

»Geßler hat etwas auf die Klappe gestellt«, hauchte sie.

27

Das Schiff schwankte. Hendrik klammerte sich an die obersten Sprossen der Steigleiter und betete, dass Geßler vorbeiging. Bitte, lass ihn nicht merken, wohin ich geflüchtet bin!

Gelächter drang zu ihm herauf. »Seit wann hoppeln Häschen auf Bäume?« Die Sprossen vibrierten, Geßler kletterte ihm nach.

Hendrik öffnete die Luke, schob seinen Kopf nach draußen und war im Nu durchnässt. Schwarze Schwaden hüllten ihn ein, Wind peitschte seine Haare, Regen lief ihm übers Gesicht. Er konnte da nicht raus, es wäre sein sicherer Tod! Hendrik zog sich wieder ins Innere des Schiffes zurück und sah sich nach etwas um, das er seinem Verfolger an den Kopf werfen konnte, aber natürlich gab es nichts. Wie standen seine Aussichten, in einem Kampf Mann gegen Mann Sieger zu bleiben? In dieser Höhe? Gleich null.

Unter ihm wurde *Häschen in der Grube* gepfiffen, nah, viel zu nah.

Ohne sich zu besinnen, öffnete Hendrik erneut die Luke, kroch nach draußen und presste sich flach an den Schiffsrücken.

Der Stoff unter seinem Körper war glitschig, stellenweise vereist. Es gab kein Seil, nichts, woran er sich festhalten konnte. Tintenartige Wolkengespinste strichen über seine Haut. Regentropfen prallten von der Außenhülle des Zeppelins ab und umtanzten ihn. Fahrtwind riss an seiner Kleidung, wollte ihn mit sich zerren.

Zu seiner Überraschung war der Sturm schwächer als erwartet, Gefahr drohte eher von den plötzlichen Böen, die von überallher zu kommen schienen. Und natürlich vom Untergrund. Ein bisschen Baumwolle zwischen dünnen Streben, das war alles, was ihn vom Nichts trennte. Ich stürze ab, dachte er und sah bereits den Stoff reißen, sah sich durch die Gaszellen fallen, die untere Haut des Zeppelins durchschlagen und in die Tiefe rasen. Wenn er unten aufschlug, wäre die Wasseroberfläche hart wie Beton. Seine Brust war so eng, dass er kaum Luft bekam.

Das Pfeifen näherte sich.

Hendrik spürte die Gerippestruktur des Schiffes unter sich und robbte an einem der Träger entlang, fort von dem Pfeifen, auf das Heck zu. Zweimal rutschten seine Knie auf einer dünnen Eisschicht weg, aber er konnte sich gerade noch rechtzeitig fangen. Zitternd vor Kälte kroch er voran, Millimeter um Millimeter, den Körper an die Ballonhülle gepresst, die Finger auf der Suche nach einem Halt, den es nicht gab, immer in dem Bewusstsein, dass sich rechts und links des Trägers, auf dem er lag, nichts als Stoff befand, der sein Gewicht kaum aushalten würde.

Jeden Augenblick musste Udo Geßler auftauchen. Dreh dich um, sieh der Gefahr ins Auge! An die Unterlage gepresst schob und zog sich Hendrik, bis er in Fahrtrichtung zu liegen kam. Der Ausstieg befand sich kaum zwei Meter entfernt, dabei hatte er das Gefühl, endlos über den Schiffsrücken gekrochen zu sein. Rückwärts schob er sich weiter von der Luke fort.

Der Sturm würde ihn erfassen und davontragen, er wusste es! Wäre es da nicht besser, gleich selbst zu springen? Er spürte den Sog der Tiefe, das Verlangen, einfach loszulassen und sich den Armen des Nichts entgegenzuwerfen. Wie leicht das wäre! Wie entlastend!

Vor ihm zuckten Blitze aus dem Himmel und erleuchteten die Dunkelheit. Hendrik krümmte sich zusammen. Wie weit war das Gewitter entfernt? In Gedanken zählte er: Eins … zwei … Schon krachte der Donner. Das Zentrum des Unwetters konnte kaum mehr als ein paar Hundert Meter voraus sein, und der Zeppelin hielt direkt darauf zu! Rings umher blitzte und heulte es, als würde das Schiff von Dämonen eingekreist.

Hendrik schob sich weiter zurück, das Gesicht auf den Stoff gepresst, die Augen geschlossen. Wasser lief in Sturzbächen an der Hülle herunter. Eine Bö erfasste den Zeppelin und brachte ihn zum Schlingern. Hendrik suchte Halt. Etwas flatterte, streifte seine Hand. Er öffnete die Augen. An einer Stelle war die Stoffbespannung geplatzt, Fetzen schlugen im Wind hin und her. Er versuchte, die zuckenden Enden zu fassen, doch sie entglitten ihm immer wieder.

Nacktes Metall lugte aus dem Riss hervor, das Gerippe des Schiffes, nass und schlüpfrig, wie alles. Er grub seine Finger in die Löcher des Trägers und krallte sich darin fest, obwohl die Kälte an seinen Gelenken fraß. Duralumin. Nahezu gewichtslos, hatten die Arbeiter in der Halle gesagt. *Bei einem Zusammenstoß knicken auch die besten Träger wie Strohhalme.*

Sinnlose Gedanken gingen Hendrik durch den Kopf. Dass Josephine immer zweimal nieste, wenn ein Sonnenstrahl sie kitzelte, nie einmal oder dreimal, immer zweimal. Dass ihr ewig klemmendes Schlafzimmerfenster mal ausgebessert werden müsste. Dass die Rose, die er ihr zum Geburtstag geschenkt hatte, sicher längst verblüht war.

Die Nässe legte sich wie ein Umhang über ihn. Sein Mantel war schwer vom Regen und zog ihn nach unten. Seine Glieder wurden von der Kälte allmählich gefühllos. Eiskörner wirbelten plötzlich über die Schiffshaut wie Blütenstaub und bedeckten den oberen Teil der Hülle mit einer weißen Schicht.

Ein Haarschopf tauchte auf, Augen, Hände. Udo Geßler entdeckte sein Opfer, lachte. Ohne sich um das Gewitter zu kümmern, kletterte er nach draußen, richtete sich auf, schrie dem

Wind entgegen. In diesem Augenblick kam er Hendrik vor wie ein Donnergott, der ihn mit seinem Hammer zerschmettern würde. »Das Häschen steckt den Kopf in den Sand«, lachte der Entführer. »So was tun Häschen aber nicht. Häschen hoppeln davon, husch, husch!« Wieder lachte er, ein jähes, gellendes Lachen. Geßler ging auf die Knie und zog sein Messer. »Das Wild ist gestellt.« Er kroch näher. »Was nützt dir jetzt deine Philosophie, he? Was hast du von Platon und Sokrates, wo eine Klinge auf dich zuschnellt?«

Philosophie, ja. Hendrik presste sich flach an die Schiffshülle und schloss die Augen. *Falls ihr nicht zu sterben versteht – keine Angst! Die Natur wird euch, wenn es soweit ist, schon sagen, was ihr zu tun habt.* Schon wieder Montaigne. Ein Mann, dem die Selbsterkenntnis über alles ging. Ein Mann, der vor nichts die Augen verschloss.

Hendrik biss sich auf die Lippen. Nichts zu sehen und nichts zu hören wäre ein erbärmlicher Abgang, eines Philosophen unwürdig. Er ließ seine Angst los, spürte dem Wind nach, der an ihm riss, den Eiskörnern, die auf seine Haut prasselten, er lauschte dem Heulen, und dann öffnete er die Augen, um noch einmal die Welt zu sehen.

Stattdessen sah er Udo Geßler, der auf ihn zukroch, das Messer in der Hand. Hendrik schlug nach ihm, blind, ohne zu treffen, und erntete hysterisches Gelächter.

»Willst du mir Luft zufächeln?«, wieherte Geßler. Er war jetzt nah genug. Grinsend hielt er an und sang den *Walkürenritt*, aus vollem Halse. Hob das Messer. Stach zu.

Es gelang Hendrik, den Schlag abzuwehren, um den Preis, dass er beinahe ins Rutschen geriet. Nur seine in den Träger gekrallten Finger bewahrten ihn vor einem Sturz in die Tiefe. Bevor der Entführer ein zweites Mal zustoßen konnte, packte Hendrik das Handgelenk mit dem Messer und hielt es fest. Geßler schlug ihm die Faust ins Gesicht. Hendrik rutschte wieder, ließ die Hand seines Gegners los, klammerte sich an den Träger, schmeckte Blut.

Udo Geßler richtete sich auf. »Zeit für den Gnadenstoß«, lachte er.

28

Wasser gefror an den Cellonscheiben der Führerkabine, Eisstücke trommelten gegen Stoff, Metall und Fenster. Diana spürte jeden Schlag, als träfe er sie selbst. Wie konnte Hendrik so etwas überleben?

»Wir sinken weiter«, verkündete Herr Sammt.

Eckener stellte eine Verbindung zum Inneren des Schiffes her. »Sind die beiden immer noch draußen?«, fragte er und nickte grimmig, als er die Antwort hörte. »Geben Sie mir sofort Bescheid, wenn sich etwas ändert.« Er unterbrach den Kontakt.

Der Zeppelin vibrierte wie bei einem Erdbeben, übermäßig beanspruchtes Metall kreischte. Das Schiff ächzte und stöhnte. Eckener stand neben Herrn Sammt und verfolgte die Anzeigen auf dessen Instrumenten.

Die Tür der Funkerkabine öffnete sich. »Der Funk lässt sich nicht reparieren«, sagte Herr Speck, »wir können nur –«

»Jetzt nicht«, bellte Eckener.

Erschrocken zog sich Herr Speck wieder in seine Kabine zurück.

»Der Zepp trägt das Gewicht nicht mehr«, rief Herr Sammt.

Alle spürten es: Das Schiff begann durchzusacken, allen Bemühungen des Höhensteuermanns zum Trotz.

»Das sind jetzt zwölf Grad Schräglage; mehr halten wir nicht aus.«

Eckener ballte die Fäuste. »Volle Kraft voraus«, sagte er.

»Hendrik ist da oben«, rief Diana.

»Es tut mir leid, aber wir sterben alle, wenn wir nichts unternehmen.« Dennoch zögerte der Kommandant und starrte die Lampen der Lautfernsprechanlage an, als könne er sie kraft seines Willens zwingen aufzuleuchten.

Herr von Schiller hatte die Hand am Maschinentelegrafen, abwartend.

Bitte, flehte Diana in Gedanken, bitte!

Drei Herzschläge lang stand die Zeit still, vier. Die Lampen blieben dunkel.

Eckener sah Diana an, Bedauern im Blick.

Dann nickte er Herrn von Schiller zu.

29

Die Motoren heulten auf, als sie auf volle Leistung gingen. Der plötzliche Ruck brachte Udo Geßler aus dem Gleichgewicht. Sein Knie rutschte auf einer vereisten Wasserschicht zur Seite weg, das Schiff schlingerte und verstärkte das Schlittern. Geßler suchte nach Halt und fand keinen, der Sturm warf ihn über den Träger hinaus. Die Stahlseilverspannung hielt, aber die Rutschbewegung war nicht aufzuhalten. Seine Hände griffen ins Leere, dann glitt er an der Außenhaut des Zeppelins entlang nach unten, stürzte in die Tiefe und verschwand mit einem grässlichen Schrei in der Schwärze des Unwetters.

Schluchzend klammerte sich Hendrik in die Löcher des Längsträgers. Der rettende Einstieg ins Schiff war nur vier, fünf Meter von ihm entfernt, aber er wusste, dass er es niemals dorthin schaffen würde. Er würde Geßler folgen, jeden Augenblick. In die Leere. In das Nichts. Hendrik presste sich enger an das Metall. Er würde sich hier festklammern und langsam vereisen, bis er eins war mit dem Aluminium. Riefen nicht die Dämonen der Unterwelt bereits seinen Namen? Hendrik blinzelte. Nein, es war einer der Mechaniker.

»Fangen Sie das Seil!«

Er schüttelte den Kopf. Niemals würde er den Träger loslassen, den einzigen Freund hier oben, der ihn vor dem Sturz in die Tiefe bewahrte.

Ein Seil wurde geworfen, rutschte über die Bespannung und verschwand. Wie er verschwinden würde, sobald er losließ.

Das Seil wurde eingeholt. »Fangen Sie!«

Hendrik war unfähig, sich zu regen. Wenn er auch nur einen Muskel bewegte, würde er sterben. Wenn er nur zu heftig atmete, würde der Sturm ihn fressen.

Etwas schlug ihm auf den Kopf. Der Eisregen ging in Hagel über; Körner von der Größe seines Daumens sprangen auf den Stoff und trommelten darauf herum wie auf einer Pauke, Eisstücke rissen Löcher hinein, hämmerten auf seinen Nacken, zerschlugen ihm den Rücken. Macht doch. Zerschlagt mich, brecht mir die Knochen, ich rühre mich nicht von der Stelle. Hendrik spürte seine Hände nicht mehr, alles an ihm war taub. Eine vereiste Haarsträhne bog sich unter ihrem eigenen Gewicht.

»Fangen Sie!«

»Ich kann nicht.« Wie erbärmlich. Da war ein Mensch zu seiner Rettung erschienen, und er rührte keinen Finger, um ihm zu helfen.

Die Hagelschläge wurden heftiger. Er würde jede Menge blauer Flecke bekommen, aber das spielte keine Rolle, er war ohnehin bald tot. Wie sie alle, nicht wahr? Denn es gab schließlich einen Grund, weshalb Geßler so bereitwillig auf die Bedingungen des Legationsrats eingegangen war. Weshalb er es sich leisten konnte zu versprechen, das Schiff nicht anzurühren. Hendrik wimmerte wieder in einer Mischung aus Scham und Schuld. Warum hatte er seiner Intuition nicht getraut, als er die Vorfälle im Geist noch einmal durchgegangen war, um über die Möglichkeit eines Komplizen nachzudenken? Lichtenberg stieß ihn doch geradezu mit der Nase darauf: *Dinge zu bezweifeln, die ganz ohne weitere Untersuchung geglaubt werden, das ist die Hauptsache überall.* Die Ermordung des Grafen, warum war er diesem Gedanken nicht gefolgt? Weil er sich vor den Konsequenzen fürchtete. Genau wie jetzt. Weil er Angst hatte loszulassen. Und diese Angst würde nicht nur *sein* Leben kosten, sondern das Leben aller an Bord.

Wieder wurde das Seil geworfen. Mit einem Schrei, der aus der Tiefe seiner Kehle kam und eher dem eines Tieres ähnelte, warf sich Hendrik nach vorn und packte zu. Eine Bö riss ihn zur

Seite, eisiger Stoff glitt unter ihm hinweg, er stürzte nach unten, zwei Meter, drei, und schrie, schrie, schrie. Ein Ruck ging durch seine tauben Arme, er schlug gegen den Stoff des Zeppelins und brüllte wie von Sinnen, aber er ließ nicht los. Der Mechaniker zog das Seil nach oben; es war kein weiter Weg, höchstens vier Meter, aber in der Zeit, die verging, bis er an der Luke anlangte, hatte Hendrik ein Dutzend Mal sein Leben ausgehaucht.

Dann packten ihn kräftige Arme und zerrten ihn nach drinnen.

30

Der Summer der Lautfernsprechanlage ertönte. Eckener stellte die Verbindung her. »Ja?« Seine Gesichtszüge hellten sich auf, zum ersten Mal seit langem. »Herr Lilienthal ist gerettet«, sagte er zu Diana. »Er wird heruntergebracht.«

»Gebracht? Ist er verletzt?«

»Ich glaube nicht. Nur unterkühlt.«

»Was ist da oben geschehen?«, wollte Herr Diehl wissen.

»Ihr Verrückter hat den Professor auf den Schiffsrücken gejagt, dabei ist er selbst zu Tode gestürzt.«

Als dem Legationsrat klar wurde, dass er jetzt auf sich allein gestellt war, richtete er seine Pistole abwechselnd auf die Männer in der Kabine. »Bleiben Sie, wo Sie sind«, sagte er, obwohl niemand Anstalten machte, sich ihm zu nähern.

»Wollen Sie nicht endlich aufgeben?«, drängte Eckener.

Eduard Diehl schüttelte den Kopf.

»Der Hagel lässt nach«, rief Diana.

Tatsächlich: Das Trommeln wurde schwächer, Blitz und Donner blieben hinter ihnen zurück, und dann waren sie aus dem schlimmsten Unwetter heraus.

»Haben Sie das Schiff im Griff?«, fragte Eckener den Höhensteuermann.

Herr Sammt nickte.

Wieder meldete sich jemand aus dem Inneren des Zeppelins und teilte Eckener mit, welche Schäden der Hagel verursacht hatte. »Es scheint, als seien wir glimpflich davongekommen.«

Von oben waren schabende Geräusche zu hören, Kisten wurden beiseitegeschoben. Dann öffnete sich die Luke, und ein bibbernder Hendrik wurde heruntergereicht. »D… danke«, zitterte er. Seine Lippen waren blau.

Eckener und Diana nahmen ihn in Empfang. Diana erschrak über die Kälte seiner Hände. »Ich hole dir eine Decke.«

»K… keine Zeit«, schlotterte er. »Müssen die Bombe finden.«

»Bombe? Was für eine Bombe?«

»Geßler hat eine B… Bombe versteckt, wahrscheinlich mit Zeitzünder.«

»Was wissen Sie davon?«, fragte der Kommandant den Legationsrat.

»Nichts, ich … das ist Unsinn. Geßler würde nie …« Aber seine Augen verrieten, dass er Hendrik glaubte.

»W… warum hat er Ihnen so schnell nachgegeben? Weil er s… sicher war, dass das Schiff sein Ziel niemals erreichen würde.« Ein Kälteschauer ließ Hendrik schlottern. Eckener gab ihm seine Fliegerjacke, die er dankbar annahm. »Er h… hat gesagt, dass der Graf ihn bei ›Vorbereitungen‹ erwischt hat, deshalb habe er ihn umbringen müssen. Was für V… Vorbereitungen sollen das gewesen sein? Die Handgranaten? Wohl kaum. Graf von Salburg-Oertzen kam hinzu, als er seine Sprengladung scharf machte.«

Eckener drehte sich zu Eduard Diehl um, grau im Gesicht. »Wollen Sie weiter Spiele spielen, oder helfen Sie suchen?«

Der Legationsrat zögerte einen Augenblick. Dann nahm er seine Waffe herunter und steckte sie ein.

»Ausschwärmen!«, befahl Eckener. »Sie durchkämmen die Gondel, ich lasse den Schiffskörper und die Mannschaftsräume filzen.«

Diana sah Hendrik an. Jedem war klar, wie aussichtslos eine solche Suche sein musste. Geßler konnte die Bombe überall versteckt haben, zwischen den Gaszellen, unter dem Laufgang, irgendwo, wo sie unsichtbar war. Es würde Stunden, wenn nicht Tage dauern, jeden Zentimeter des Schiffes unter die Lupe zu nehmen. Dennoch stürzten alle los, Diana, Hendrik und der Legationsrat in die Passagierräume, wo sie unter Bänke guckten und Polster abklopften. Dabei gingen sie nicht eben rücksichtsvoll vor.

»Was tun Sie denn da?«, beschwerte sich Herr Haase. »Dieses Schiff repräsentiert die letzte Hoffnung der Menschen in Friedrichshafen, und Sie –«

»Helfen Sie uns«, keuchte Diana, »irgendwo muss eine Bombe versteckt sein.«

»Aber …«

»Machen Sie schon, es kommt auf jede Sekunde an.« Sie setzte die Mitreisenden, die sich um sie drängten, über die Vorfälle der letzten Minuten ins Bild, ohne ihre Suche zu unterbrechen.

Die beiden Reporter machten sich in der Küche zu schaffen, während die anderen die Abteile auf den Kopf stellten. Ferdinand von Salburg-Oertzen und Herr Haase kümmerten sich um die Stauräume zwischen den Kabinen. Sie alle kehrten das Unterste zuoberst, wühlten im Gepäck, klopften Wände ab, hoben Teppiche an.

Hendrik stand im Laufgang, mit herabhängenden Armen. Er zitterte, ohne es zu merken. »Wir haben die Situation immer noch nicht klar genug durchdacht«, krächzte er.

»Wie meinst du das?« Diana trat neben ihn.

»Wir gehen vollkommen planlos vor. Dabei muss sich doch logisch erschließen lassen, wo sich die Bombe befindet.«

»Das beste Versteck wäre im Schiffsinneren. Und da können wir suchen, bis wir schwarz werden.«

»Aber Geßler hatte Nachtwache. Er war hier unten. Der Graf hat ihn im Waschraum erwischt, nicht im Schiffsinneren.«

»Also besteht eine hohe Wahrscheinlichkeit, dass die Bombe hier unten ist.«

Hendrik nickte abwesend. »Wir denken zu kompliziert«, sagte er und presste seine Fäuste gegen die Stirn. »Es ist Nacht. Geßler geht in den Waschraum, weil er glaubt, dort unbeobachtet zu sein. Er bereitet eine Bombe vor, um auf Nummer sicher zu gehen, falls sein Plan misslingt und er überwältigt wird. Unerwartet kommt der Graf herein. Geßler erwürgt ihn. Er ist nervös. Vielleicht kommt noch jemand, vielleicht wird der Graf bald vermisst. Er hat keine Zeit für komplizierte Pläne, er –«

»– braucht ein schnelles Versteck«, fiel Diana ihm ins Wort.

Sie wechselten einen Blick miteinander. Dann rannten sie zugleich zum Herrenwaschraum. Dort sah es aus, als habe der Sturm auch im Inneren gewütet: Der Spiegel war heruntergefallen und zerbrochen, der Ecktisch umgestürzt, der Mülleimer in eine Ecke gerollt, vermutlich beim Aufbäumen des Schiffes. Anscheinend hatte niemand Zeit gefunden, die Schäden zu beseitigen.

Hendrik richtete den Ecktisch wieder auf und überprüfte ihn, Diana nahm sich die Waschbecken und die Lampe vor. Ihr Blick fiel auf den Mülleimer. Ein Teil des Abfalls war herausgepurzelt: Schokoladenpapier, ein Knopf, ein Apfelgriebs, zwei Weinkorken. Doch am Boden, fest verstopft, hatte ein dickes Bündel Putzlappen den Sturz unbeschadet überstanden. »Hendrik?«, sagte sie.

Er kam zu ihr und verstand, was sie meinte. »Um das Ticken zu dämpfen?«

Sie nickte.

»Du könntest recht haben.«

Sie knieten neben dem Eimer nieder.

»Halt fest«, sagte Diana. Während Hendrik seine Hände um den Behälter legte, zog Diana behutsam einen Stofffetzen nach dem anderen heraus.

»Ich glaube nicht, dass eine Erschütterung die Explosion auslöst. Dann hätte das Ding längst in die Luft fliegen müssen.«

Vermutlich hatte er recht, dennoch behandelte Diana jeden Lappen wie ein rohes Ei, nur für alle Fälle. Plötzlich hielt sie inne, lauschte. Ja, jetzt konnte sie es hören, ein feines Ticken. Das Geräusch fuhr ihr durch die Eingeweide wie eine Säge. Vorsichtig faltete sie weitere Fetzen auseinander. Bis zuletzt hatte sie gehofft, dass sie sich irrten, doch nun blickte sie auf ein zylindrisches Paket, eingewickelt in Paraffinpapier, verbunden mit einem Zünder. »Selbst gebastelt«, stellte sie fest. »Dynamit?«

Hendrik zuckte die Achseln und betrachtete die Bombe. »Ich habe etwas Ähnliches im Krieg gesehen«, meinte er. »Ein mechanischer Zeitzünder, von Krupp, wenn ich mich recht erinnere. Irgendwo gibt es eine Schlagfeder, die mit der Zündnadel in ein Zündhütchen schlägt und dadurch die Explosion auslöst.«

»Ist das hier der Drehkranz, mit dem man die Zeit einstellt?«

»Ja. Das Uhrwerk sitzt da drin.«

»Kannst du erkennen, wie viel Zeit uns noch bleibt?«

»Nein. Aber viel ist es nicht mehr, die beiden Striche liegen fast übereinander.«

»Dann raus damit, ehe das Ding hochgeht.« Diana nahm den Eimer und erhob sich.

Da sich das Fenster im Waschraum nicht öffnen ließ, half Hendrik ihr durch die Türen. »Platz da!«, rief er, stürzte in die erstbeste Kabine und riss dort die Flügel auf.

»Sind wir noch über dem Meer?«, fragte Diana.

»Ich weiß nicht, ich sehe nichts als Wolken. Aber wir können unmöglich schon über dem Festland sein.«

»Und wenn da unten nun ein Dampfer vorbeifährt?«

»Verdammt!« Hendrik fuhr sich durchs Haar. »Die Chancen sind gering, würde ich sagen. Dennoch …«

Diana spähte nach draußen. Schwarze Schwaden. Sie sah in den Mülleimer. Der Strich hatte sich weiterbewegt, jeden Moment konnte die Bombe explodieren. Sie traf eine Entscheidung. Immer noch vorsichtig, um unnötige Erschütterungen zu vermeiden, hob sie den Behälter hoch und warf ihn mit aller Kraft nach unten, damit er nicht vom Fahrtwind erfasst und gegen eine Maschinengondel getrieben wurde.

Der Eimer trudelte durch eine Wolke und verschwand in der Dunkelheit.

Dann zerriss eine Explosion die Wolkenwand.

31

London. Siebeneinhalb Millionen Einwohner, die größte Stadt der Welt. Die Fahrgäste drängten sich an den Fenstern, um keinen Augenblick ihrer Ankunft zu verpassen. Der Zeppelin folgte den charakteristischen Windungen der Themse, die sie über Dampfer und ein Segelboot hinweg auf ihr Ziel zuführten. In der Ferne konnte man bereits die Tower Bridge ausmachen. Abendrot lag über Häusern und Straßenzügen und brachte das Wasser zum Glänzen. Ohne funktionierenden Funkverkehr war Eckener nichts anderes übrig geblieben, als sich an der Küstenlinie Englands zu orientieren, doch nun hatten sie die Schrecken der Reise überstanden.

Sobald das Luftschiff aus der schmutziggrauen Dunsthaube über London auftauchte, setzte ein enthusiastisches Begrüßungskonzert ein: Fabriksirenen heulten, Schiffe tuteten, Autos hupten, Züge ließen ihre Pfeifen gellen. In den Straßen liefen die Leute zusammen, der Verkehr kam zum Erliegen. Eine wahre Völkerwanderung setzte ein, Wege und Plätze waren schwarz von Menschen. Wer konnte, kletterte auf Hausdächer, Brückengeländer, Laternenmasten, um besser sehen zu können. Eine Handvoll Arbeiter auf den Eisenträgern eines halb fertigen Gebäudes winkte ihnen zu. Überall wurden Hüte und Tücher geschwenkt; man konnte den Jubel bis oben herauf hören.

Hendrik ließ sich wieder in den Sitz fallen. Immer noch klapperte er mit den Zähnen, obwohl er sich umgezogen und in drei Decken gewickelt hatte. Seine Finger schienen halb erfroren, und er glaubte, dass ihm nie wieder warm werden würde.

Diana redete ununterbrochen, über Marianne, über Percy, über London.

Drüben, im Nachbarabteil, saß der Legationsrat, das Gesicht in den Händen vergraben. Eckener hatte ihm die Waffe abgenommen; ihn zu binden, war nicht nötig gewesen. Dass sie so knapp dem Tode entronnen waren, dass Geßler ihrer aller Untergang kaltblütig geplant hatte, erschütterte ihn. Er starrte vor sich hin und fügte sich ins Unvermeidliche.

Der Zeppelin näherte sich dem Hyde Park. Eine Landemannschaft erwartete sie bereits, trotz der Verspätung hatten die Männer ausgeharrt. Zweifellos war ihre Ankunft von den Schiffen angekündigt worden, auf die sie nahe der Themsemündung gestoßen waren. Tausende von Menschen säumten die Wiese hinter den Absperrungslinien.

Eckener ließ die Landungsflagge aus der Gondel herab. Das Luftschiff umkreiste den Landeplatz in großem Bogen, wurde vom Bodenwind erfasst und trieb ab, sodass der Kommandant gezwungen war, einen zweiten Anlauf zu nehmen. Das Dröhnen der Motoren wurde leiser, die Maschinen verlangsamten ihre Fahrt. Weil der Zeppelin kopflastig war, ließ Eckener Ballastwasser ab. Nach und nach sank das Schiff auf etwa fünfzig Meter Höhe hinab. Landetaue wurden abgeworfen und von zahllosen Händen ergriffen. Die Engländer holten das Schiff die letzten Meter herunter, bis sie die Haltestangen fassen und den Zeppelin im Triumphzug zum vorbereiteten Landeplatz tragen konnten.

Sobald das Schiff auf dem Landungspuffer ruhte und die Motoren abgestellt waren, gab es kein Halten mehr. Die Zuschauer rannten die Absperrungslinien über den Haufen und umringten das Wunderwerk der Technik, um ihm nahe zu sein. Eine Kapelle stimmte sogar das Deutschlandlied an.

Diana lehnte sich aus dem Fenster und suchte die Menge mit den Augen ab. Nah am Einstieg wartete das offizielle Empfangskomitee darauf, dass die Tür geöffnet wurde. »Da ist sie«, schrie sie plötzlich und rüttelte Hendrik an der Schulter. »Da vorn, siehst du? – Marianne! Marianne!«

Hendrik sah nichts vor lauter Köpfen und winkenden Armen, aber das machte nichts. Er hatte endlich wieder Boden unter den Füßen! Dankbar schickte er ein Stoßgebet gen Himmel.

Beamte der Zoll- und Passkontrolle kamen an Bord, verlangten jedoch nicht nach Papieren, sondern hießen sie überschwänglich willkommen. Eckener klärte die Engländer auszugsweise über die Vorfälle während der Fahrt auf und erbat Hilfe für den Verletzten. Einer der Beamten sorgte dafür, dass zwei Sanitäter mit einer Trage kamen, den delirierenden Scott Mitchell darauf festschnallten und in ein Krankenhaus brachten. Klarissa von Salburg-Oertzen ließ es sich nicht nehmen, ihn bis zum Ausstieg zu begleiten.

Eckener drängte auch die anderen zum Aufbruch, denn er wollte so rasch wie möglich wieder starten, um den Zeppelin in der Luftschiffhalle von Howden unterzustellen, bis die Wetterverhältnisse sich stabilisierten. Von dort aus würde er morgen auf direktem Wege nach Deutschland zurückkehren, um die Leichen in die Heimat zu bringen, die Polizei zu informieren und den Legationsrat verhaften zu lassen. Nun musste Hendrik doch mit einem Dampfer zurückreisen, was er nicht wirklich bedauerte.

Herzlich verabschiedeten sich die Passagiere von ihren Schicksalsgefährten. Die Ereignisse der vergangenen Stunden hatten sie einander nähergebracht und unerwartete Sympathien zutage gefördert. Herr Haase hatte sich mit Señor Valdés angefreundet, und Alois Kahl und Orren Quinn hatten eine gemeinsame Vorliebe für Debbekooche und Karneval entdeckt.

Die Familie des Grafen, der Legationsrat und der Konstrukteur blieben an Bord. Die Reporter dagegen waren die Ersten, die das Schiff verließen und davonstürzten, um ihre Erlebnisse der letzten sechsunddreißig Stunden an ihre Zeitungen weiterzugeben. Herr Kahl steckte sich schon auf der Leiter eine Zigarre an und hinderte die Nachrückenden am Aussteigen.

Auch Señor Valdés hatte sich entschieden, von Bord zu gehen. Er dankte dem Kommandanten für sein umsichtiges Verhalten und begab sich zum Ausstieg. Magdalena von Salburg-Oertzen erwartete ihn dort. Hendrik hörte, wie sie mit leiser Stimme fragte: »Können wir nicht einen neuen Anfang machen?« Doch der Brasilianer schüttelte nur den Kopf und verließ das Schiff.

Ferdinand von Salburg-Oertzen ergriff zum Abschied Hendriks Hand. »Danke. Für alles.«

»Ich wünsche Ihnen Kraft, Ihren eigenen Weg zu gehen.«

»Ich glaube, das werde ich. Diese Reise hat mir in vielerlei Hinsicht die Augen geöffnet. Ich habe vor, ein freundliches Gespräch mit Odile von Lehndorff-Alvensleben zu führen, und dann die Frau zu heiraten, die ich liebe.«

Hendrik drückte ihm im Stillen die Daumen. Dann stieg auch er mit Diana aus.

Hinter ihnen wurden bereits die Motoren angeworfen.

»Marianne!« Diana stürzte sich durch die Menge und warf sich einer Frau in die Arme, die in Gestik und Mimik wie eine ältere Ausgabe ihrer selbst wirkte, obwohl die beiden äußerlich wenig miteinander gemein hatten. Das ging schon damit los, dass Dianas Schwester Geschmack in Kleiderfragen besaß. Der Mann neben ihr, der sich mit einem höflichen *»How do you do?«* nach ihrem Wohlergehen erkundigte, musste wohl Percy sein, Mariannes Ehemann. Ein Bilderbuch-Gentleman, wäre da nicht das lausbubenhafte Lächeln. Das Jauchzen und Schnattern der beiden Frauen konnte durchaus mit dem Lärm der Menge ringsherum konkurrieren. Anscheinend waren sich Diana und Marianne nicht nur hinsichtlich der Mimik ähnlich.

»Ich dachte, wir würden es nie schaffen bei all dem Verkehr auf den –«

»Es gab einen Mord, und –«

»Wir haben uns solche Sorgen gemacht, als –«

»Denk dir, das Schiff ist entführt worden von –«

»Es kam keine Nachricht vom Zeppelin, und da –«

»Wir hatten Wein für euch dabei, aber –«

Hendrik kam sich verloren vor. Ein letztes Mal drehte er sich zum Zeppelin um, der von der Menge gegen den Wind gedreht wurde. Eine Friedenstaube. Geßler hatte unrecht: Die Überführung des Luftschiffes nach Amerika war weit davon entfernt, Deutschland Schaden zuzufügen. Im Gegenteil, alle Welt fieberte mit ihnen. Sicher würde der Zeppelin in Lakehurst ähnlich enthusiastisch aufgenommen werden wie hier in London. Vielleicht konnte das der Anfang eines neuen Zeitalters sein, eines, das Frieden und Völkerverständigung möglich machte.

Das würde auch den Druck aus den politischen Auseinandersetzungen in Deutschland nehmen. Und zusammen mit der neuen Währung, die Stabilität und genug zu essen verhieß, mochte es nicht undenkbar sein, dass Deutschland endlich zur Ruhe kam. Eines Tages. Vielleicht.

Nachwort

Die Fahrten des LZ 126 sind anhand von Bordbüchern gut dokumentiert und die Mitreisenden bekannt, aus diesem Grund habe ich mich entschieden, für *Zeppelin 126* eine zusätzliche Probefahrt zu erfinden. Die Vorkommnisse an Bord sind mithin allesamt fiktiv, desgleichen die Passagiere. Die Mannschaft und die amerikanische Kontrollkommission hingegen sind authentisch, abgesehen von Udo Geßler und Scott Mitchell. Und natürlich ist die politische, technische und soziale Situation wie immer gründlich recherchiert, von der Zusammenarbeit der Reichswehr mit Russland über die Brutalität in den deutschen Kolonien bis zum Mikiphone. Auch die Drohbriefe an Eckener hat es gegeben, ebenso Kuriosa wie Straußenrennen in Berlin oder Predigten auf Grammophon. Und so manchen Kampf der Zeppelinmannschaft mit extremen Wettersituationen habe ich mir von späteren Luftschifffahrten geborgt. Eine Auflistung der tatsächlichen Testfahrten des LZ 126 findet sich auf meiner Website www.gunnarkunz.de, auf der ich wie immer historische Hintergrundinformationen zur Verfügung stelle.

Angriffe mit dem Spähkorb wie im Prolog beschrieben hat es während des Ersten Weltkrieges vereinzelt gegeben. Da auch hier in der Regel der Mann im Korb bekannt ist, habe ich aus den verschiedenen mir vorliegenden Berichten eine idealisierte Fassung destilliert, mit einer fiktiven Figur besetzt und, um Verwechslungen vorzubeugen, einen anderen Tag gewählt als den am 17.3.1915 tatsächlich erfolgten Angriff auf Calais.

Die Überführung des LZ 126 nach Amerika geriet zu einem triumphalen Erfolg und trug dazu bei, einen Neubeginn des deutsch-amerikanischen Verhältnisses zu begründen. Die Ankunft in Lakehurst rief bei den Amerikanern einen Sturm der Begeisterung hervor, Präsident Coolidge beglückwünschte Eckener und seine Offiziere persönlich zu ihrer Leistung, und das Luftschiff wurde in »Los Angeles« umbenannt, weil es als Friedensengel gekommen sei. Eine Berliner Zeitung schrieb, der Zeppelin habe Deutschland mehr genützt als zehn Botschafter. Was Außenminister Stresemann reichlich geärgert haben soll.

All denen, die gern glauben, vergangene Zeiten seien primitiv und die damals lebenden Menschen rückständig, halte ich auch diesmal wieder den technischen Entwicklungsstand entgegen: Es hat die beschriebenen Überlegungen zur Mondfahrt und zum Fernsehen ebenso gegeben wie die Bildübertragung per Telefon. Und auch die Sprache war moderner, als man glauben mag (»verarschen«). Mit einiger Berechtigung hätte ich sogar unser Modewort »geil« im heute üblichen Sinn verwenden können: »auf Gewinne geil« schrieb Hans Ostwald 1931 in seiner *Sittengeschichte der Inflation.*

Meine wie immer kuriosen Recherchefragen (Wie roch es im Zeppelin? Wo wurde an Bord die Post abgestempelt?) beantworteten mir diesmal Frau Waibel, Herr Flümann, Frau Nustede und Frau Ochaba vom Zeppelin-Archiv und Zeppelin-Museum in Friedrichshafen, bei denen ich mich ganz herzlich für ihre Hilfe bedanken möchte. Für die Klärung der Frage, welche Kräfte auf jemanden einwirken, der sich während eines Sturms auf einem fahrenden Zeppelin befindet, danke ich Dr. Ralf-Peter Blum von der Humboldt-Universität und Prof. Dr. Wolfgang Kuch von der Freien Universität in Berlin. Nach wochenlanger vergeblicher Suche nach Informationen zu Sprengstoff und Zeitzündern in der Weimarer Republik erlöste mich ein Kollege aus dem Montségur-Autorenforum, Thomas Roeder, und mein amerikanischer Kollege Steve Anderson prüfte für mich die amerikanischen Redewendungen von Orren Quinn; auch euch beiden herzlichen Dank. Und natürlich geht ein besonderer Dank wieder an bewährte Freunde: Wolf-Rüdiger Kuhl für das Lesen einer Rohfassung des Romans und die wie immer hilfreichen Anmerkungen sowie George Kuchar für Chopins *Nocturne* und Vorschläge zum Bau eines vorgetäuschten Funkgerätes. Schließlich und endlich möchte ich mich nach der guten und fruchtbaren Zusammenarbeit an mittlerweile fünf Romanen auch bei meiner Lektorin Julia Ströbel bedanken für Gründlichkeit, Engagement und die Bereitschaft, sich mit mir auf eine Diskussion um jedes Komma einzulassen.

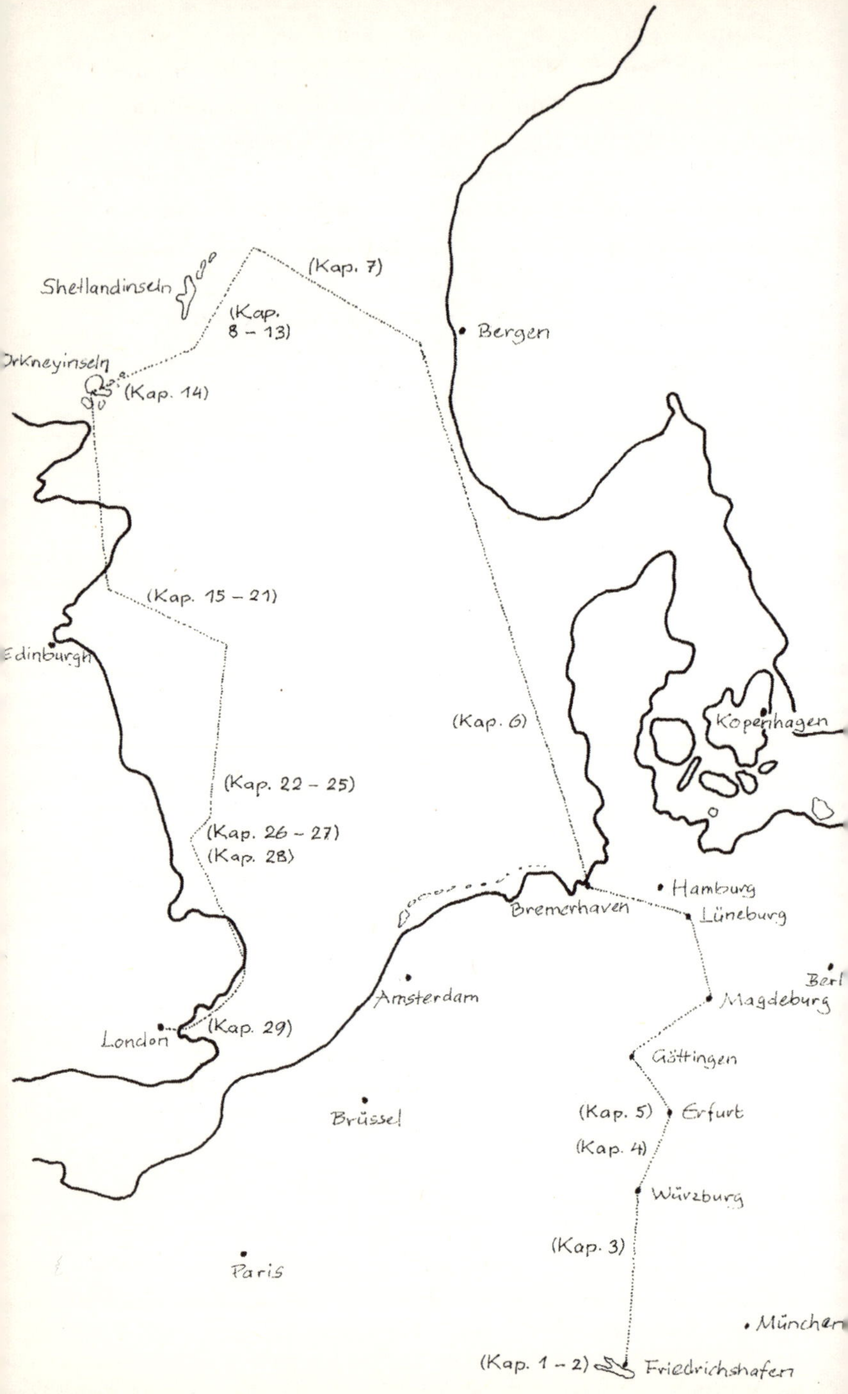
(Kap. 7)
Shetlandinseln
(Kap. 8 – 13)
Bergen
Orkneyinseln
(Kap. 14)
(Kap. 15 – 21)
Edinburgh
(Kap. 6)
Kopenhagen
(Kap. 22 – 25)
(Kap. 26 – 27)
(Kap. 28)
Hamburg
Bremerhaven
Lüneburg
Amsterdam
Magdeburg
London
(Kap. 29)
Göttingen
Brüssel
(Kap. 5)
Erfurt
(Kap. 4)
Würzburg
(Kap. 3)
Paris
München
(Kap. 1 – 2)
Friedrichshafen

Empfehlenswerte Literatur zum Thema

Während es über den LZ 127 (»Graf Zeppelin«) und den LZ 129 (»Hindenburg«) eine Fülle von Material auch in populärwissenschaftlichen Büchern gibt, sind Informationen über den LZ 126 eher spärlich gesät. PETER KLEINHEINS und WOLFGANG MEIGHÖRNER (Hg.): *Die großen Zeppeline. Die Geschichte des Luftschiffbaus* (Springer-Verlag, Berlin und Heidelberg, 2005) drucken dankenswerterweise die detaillierte Schiffsbeschreibung samt Risszeichnungen des Chefkonstrukteurs Ludwig Dürr ab. Vor allem aber haben mir die Berichte von Mannschaftsmitgliedern der damaligen Zeit geholfen, in erster Linie in BRUNO POCHHAMMER: *Logbuch Z.R.III* und *Z.R.III. Das deutsch-amerikanische Verkehrsluftschiff* (beide Theodor Fisher Verlag, Freiburg, 1924), sowie ANTON WITTEMANN: *Die Amerika-Fahrt des Z.R.III* (Amsel-Verlag, Wiesbaden, 1925). Auch das Buch der Reporter WALTHER KLEFFEL und WILHELM SCHULZE: *Die Zeppelinfahrt. Im Luftschiff nach Amerika und zurück* (Ullstein Verlag, Berlin, 1928) machte mich auf manch interessanten Aspekt aufmerksam, auch wenn es darin um eine andere Amerikafahrt mit einem anderen Zeppelin geht. Für einige technische Hinweise erwiesen sich als nützlich: HUGO ECKENER: *Kurze Anleitung und praktische Winke für die Führung von Zeppelin-Luftschiffen* (Fotokopie aus dem Archiv der Luftschiffbau Zeppelin GmbH, Friedrichshafen, 1920/1921) und EUGEN BENTELE: *Ein Zeppelin-Maschinist erzählt* (Zeppelin-Archiv, Friedrichshafen, 2010).

Wenn man über Personenkreise recherchiert, die einem fremd sind, ist es von besonderer Bedeutung, ihre innere Dynamik zu verstehen, die Lebenseinstellung, die Glaubensgrundsätze. Zum Thema Adel war daher ungemein hilfreich das Buch von STEPHAN

Malinowski: *Vom König zum Führer. Deutscher Adel und Nationalsozialismus* (S. Fischer Verlag, Frankfurt am Main, 2004).

Über die Zusammenarbeit der deutschen Militärs mit Russland gibt Aufschluss: Manfred Zeidler: *Reichswehr und Rote Armee 1920–1933* (R. Oldenbourg Verlag, München, 1994). Die Bedeutung der Luftstreitkräfte »im nächsten Krieg« betont Oberst Stülpnagel bereits im Rahmen seiner Aufrüstungspläne im Februar 1924, nachzulesen bei Carl Dirks und Karl-Heinz Janssen: *Der Krieg der Generäle* (Ullstein Verlag, München, 2001).

Bitte beachten Sie auch die folgenden Buchhinweise.

Buchhinweise

Dunkle Tage

Ein Kriminalroman aus dem Berlin der Weimarer Zeit

Gunnar Kunz

9,90 € [D]
978-3-86680-072-4

Berlin, 1920. Inmitten der Nachkriegswirren wird Hendrik Lilienthal, Philosophieprofessor an der Universität, zu den Ermittlungen im Mordfall Max Unger hinzugezogen. Gegen seinen Willen lässt sich Hendrik immer tiefer in die Morduntersuchungen hineinziehen. Eine Verbündete findet er in der streitbaren Physikstudentin Diana Escher, der Nichte des Toten. Bewaffnet mit dem Witz der Philosophie und den Gesetzen der Naturwissenschaft stellen sie auf eigene Faust Nachforschungen an, die sie in die barbarischen Wohnverhältnisse der Mietskasernen Berlins, in unternehmerische Intrigen und in die Schusslinie der rechtsgerichteten Putschisten führen. Besteht gar eine Verbindung zu den jüngst verübten Morden an Rosa Luxemburg und Karl Liebknecht?

Organisation C.

Ein Kriminal-
roman aus
dem Berlin der
Weimarer Zeit

Gunnar Kunz

9,90 € [D]
978-3-86680-215-5

Berlin, 1922. Im Grunewald wird die Leiche eines jungen Mannes gefunden. Wie sich herausstellt, gehörte der Tote der berüchtigten Organisation Consul an, einer Vereinigung ehemaliger Freikorpssoldaten, die die junge Republik mit Terror und Gewalt bekämpfen. Walther Rathenau steht als nächster auf ihrer Abschussliste. In einem Wettlauf gegen die Zeit versuchen Hendrik Lilienthal, Diana Escher und Kommissar Gregor Lilienthal, die Verschwörung aufzudecken und dem Anschlag zuvorzukommen. Doch die Attentäter sind ihnen immer einen Schritt voraus.

Inflation!

Ein Kriminalroman aus dem Berlin der Weimarer Zeit

Gunnar Kunz

12,00 € [D]
978-3-86680-747-1

Berlin, 1923: Millionen in der Tasche, aber nichts zu essen. Kein Wunder, dass Philosophieprofessor Hendrik Lilienthal und Diana Escher, Assistentin von Max Planck, sich nicht anders zu helfen wissen, als nachts heimlich die Kartoffeläcker im Berliner Umland heimzusuchen. Doch plötzlich stehen sie vor einer übel zugerichteten Leiche.

Die Ermittlungen führen zu Schiebern und Hehlern, zu Menschen am Rande der Existenz. Eine Spur weist ins von den Franzosen besetzte Ruhrgebiet, wo Auseinandersetzungen zwischen Deutschen und Besatzern, Saboteuren und Separatisten toben. Als Diana sich zu weit vorwagt, gerät sie in tödliche Gefahr.

Buchhinweise

Die Göring-Verschwörung

Achim Müller Hale

12,00 € [D]
978-3-86680-678-8

Frühjahr 1939. Auf Bitten von Winston Churchill begibt sich der ehemalige Kampfflieger Henry Clarson zusammen mit seiner Frau nach Berlin. Er soll ganz inoffiziell herausfinden, was im Deutschen Reich vor sich geht und was an den Gerüchten über Konflikte zwischen Hitler und der Wehrmachtführung dran ist. Clarson hat keine Geheimdienstausbildung, keine politischen Kontakte, keine Rückendeckung – aber er ist der Schwager von Magda Goebbels.